KB112892

컵케이크 워싱턴 슈거하이

컵케이크 워싱턴 슈거하이

임지한 에세이

제철소

차 례

슈거하이

낙상

2020년 3월 1일 저녁, 나는 워싱턴 D.C. 조지워싱턴대학병원 응급실 병상에 홀로 누워 있었다. 하얀 가벽과 회색 커튼으로 만들어진 방 안에는 침대와 응급조치에 필요한 갖가지 기계장치들이 있었고, 침대 옆에는 보호자를 위한 것으로 보이는 작은 바퀴 의자가 놓여 있었다. 두 평이 채 되지 않는 좁은 공간이었다. 간간이 커튼 밖에서 돌아다니는 의사와 간호사 들의 발자국 소리와 대화 소리가 들렸다. 그들은 아무 일도 없는 것처럼 고요하다가도 갑자기 떠들썩해지곤 했다. 〈그레이 아나토미〉 같은 미국 드라마에서 봤던 쉴 새 없이 바쁜 응급실과는 사뭇 다른 느낌이었다. 방에는 창문이 없었고 시계가 없었고 마침 휴대폰 배터리가 없었기에 시간이 얼마나 흘렀는지 알지 못했다. 그저 하염없이 담당 의사를 기다렸다.

사고 당일은 워싱턴에 도착한 후 첫 일요일이었다. 여전히 시차 적응을 하지 못한 탓에 새벽에 깨어 거실에서 휴대폰을 만지작거리고 있었다. 한국에 있는 친구에게 연락을 할까도 했지만 출국한 지 얼마나 되었다고 벌써, 라는 생각이 들어 스포츠 기사나 넘겨 보며 다시 졸음이 찾아오기만을 기다릴 뿐이었다. 하지만 오라는 잠은 오지 않고 정신은 점점 또렷해졌다. 이럴 바에는 집안일이라도 해야겠다 싶어서 주위를 둘러보니, 마침 벽에 세워진 형광등이 눈에 들어왔다.

워싱턴으로 이사 왔던 날, 집 안에 형광등이 하나도 없다는 사실에 놀랐다. 조명이라고는 화장실과 부엌에 매달려 있는 작은 백열등 몇 개가 전부였다. 방마다 설치된 스위치를 아무리 끄고 켜봐도 불빛은 보이지 않았다. 천장에는 단순히 전구가 없는 것이 아니라 전구를 설치할 틀도 없었다. 급한 대로 스탠드형 램프를 하나 샀지만 빛은 여전히 턱없이 부족했기에 결국 형광등 세트를 주문했다. 어젯밤 제품을 받자마자 설치하려 했지만 날이 밝을 때 하자는 아내의 말에 그대로 벽에 기대어 뒀던 것이다. 그 말을 끝까지 들어야 했는데…. 잠들지 못한 새벽의 내가 쓸데없이 부지런했다.

형광등 커버 설치는 어렵지 않았다. 드라이버와 나사만

있으면 되는 일이었다. 형광등을 꽂기만 하면 끝. 사소한 뿌듯함이 차오르기 시작했다. 의자 위에 서 있던 나는 허리를 숙여 옆에 있던 콘센트 스위치를 탁, 하고 눌렀다. 전구를 꽂기 전에 전기를 차단해야 한다는 무의식적인 습관이었다. 그때였다. 어!? 콘센트에 연결되어 있던 램프가 꺼지자 갑작스럽게 켜진 어둠에 앞이 보이지 않았다. 동시에 어지러움이 찾아왔다. 벽을 잡고 기대려 했지만 머리가 핑글핑글 돌기 시작했다.

쿵!

다시 눈을 떴을 때 내 손이 짚고 있는 것은 벽이 아닌 바닥이었고 왼쪽 관자놀이에서는 극심한 통증이 느껴졌다. 귀를 감싸자 손바닥이 축축해졌다. 손바닥을 펼쳐보니 시야가 흐렸다. 얼굴을 더듬어 안경이 없다는 걸 깨달았다. 간신히 바닥을 더듬어 램프를 다시 켰다. 손바닥에 묻은 붉은 피가 선명했다.

관자놀이에서 흐르는 피는 곧장 이성을 마비시키고 두려움을 불러일으켰다. 얼마나 다쳤는지 가늠할 수가 없었다. 공포가 찾아왔다. 심각한 두통은 뇌진탕의 전조일까? 이 피는 머리가 깨져서 흘러나온 것인가, 아니면 귀? 청력에 이상에 생기는 것은 아닐까? 왼팔의 통증은 타박상인지, 골절상인지 알 수 없었다. 블랙아웃으로 인한 낙상이 위험한 이유는 다치는 과정을 전혀 기억하지 못하는 데 있음을 몸소 깨달았다. 눈은 떴지만 통증으로 온몸이 잠식되어 정신을 차릴 수 없었다. 손바닥만으로는 지혈이 되지 않아 상처에서 흐르는 피는 멈출 줄을 몰랐다. 다시 정신을 잃을까 봐 휴지를 닥치는 대로 뜯어 상처에 덮고, 머리를 감싼 채 벽에 등을 기대며 바닥에 주저앉았다. 난방이 되지 않는 차가운 바닥에 몸이 더욱 떨렸다. 맥박이 느려질 때까지 하염없이 기다렸다.

소란에 잠에서 깬 아내는 내 상처를 살펴보며 당장 병원에 갈 채비를 했다. 가까운 병원을 검색하고 전화를 걸기 시작했다. 하지만 나는 그제야 잠이 들 수 있을 것 같았다. 이불 속에서 깊은 잠을 자고 나면 아무 일도 일어나지 않은 것처럼 일어날 수 있을 것 같았다. 어쩌면 꿈일지도 모른다고 생각했다. 소리는 들리니까 괜찮을 거야. 어딘가 그냥 찢어진 거겠지, 찢어진 상처는 가만히 두면 저절로 아물 수 있어. 후시딘이 있잖아. 길 가다 넘어진 거라고 생각하면 되지. 그렇게 다시 잠을 청하고 싶었다. 아내에게도 그렇게 말했다. 괜찮아, 그냥 연고 바르고 붕대만 감자.

병원에 가는 것이 두려웠다. 타국에서 치료를 받는 것에 대한 막연한 거부감도 있었다. 외국어로 나의 상태를 올바르게 전달할 수 있을까? 만약 의사가 수술을 해야 한다고 하면 그것이 적절한 판단인지 내가 분별할 수 있을까? 그냥 'Yes'라고만 말하다 나도 모르게 수술대에 누워 있게 되는 것은 아닐까? 혹시 마취나 수술이 잘못되면 더 큰 피해가 발생할 수도 있지 않을까? 나중에 진료 비용은 얼마나 나올까. 모든 것이 불확실하고 불투명한 상황이었다. 집 근처에 있는 아무 병원이나 찾아가도 될까. 여기에서는 어떤 경로로 병원을 알아보고 가야 하는지 아무것도 모르고 있었다.

아내는 완강했다. 그의 끈질긴 설득은 나를 간신히 병원으로 이끌었다. 과연 미국 의료 시스템은 악명에 걸맞게 복잡했다. 911을 부르지 않은 상황에서 가장 빠르게 응급처치를 받기 위해서는 일단 보험 적용이 가능한 1차 진료 병원을 찾아야 했다. 아무 병원이나 갔다가는 진료비 폭탄을 맞게 된다. 어렵게 가까운 병원을 찾았지만 업무 시간이 9시부터였기 때문에 무려 세 시간을 하릴없이 기다려야 했고, 병원에 찾아간 이후에도 보험 문제로 서류 작업을 처리하느라 10시 반이 넘어서야 의사를 만날 수 있었다. 그렇게 만난 의사가 한 일이라고는 상처를 살펴보고 큰 병원으로 가는 게 좋겠다는 말뿐이었다. 아무 소득도 없이 기다림에 지친 채 조지워싱턴대학병원 응급실로 발길을 옮겼다.

기다림과의 싸움은 응급실에서도 계속되었다. 또다시 보험 처리를 위한 서류 작업을 해야 했고, 키와 몸무게 따위를 물어보는 간호사 문진을 위해 번호표를 받아 대기해야 했다. 좁은 접수대 앞 의자에 앉아 이름이 호명되기를 기다리며 마스크도 쓰지 않고 기침을 해대는 환자들을, 휴대폰 게임을 하며 낄낄대는 학생들을, 지팡이에 기댄 채 힘없이 창밖을 바라보고 있는 노인들을, 휠체어에 어머니를 태우고 간호사와 말다툼을 하는 자녀들을 하염없이 지켜봤다. 응급실인데 응급환자처럼 보이는 사람은 없었다. 그렇게 두 시간이 지나, 휴대폰 배터리가 떨어질 때쯤에야 겨우, 시계 없는 병실로 들어가 이름도 모르는 담당 의사를 기다리고 있었던 것이다. 이미 아내는 아이와 함께 집으로 돌아갔기에 오롯이 홀로 낯선 도시의 응급실에 누워 지루함과 고통을 견뎌야 했다.

*

병상에 있으니 워싱턴으로 출국하기 전 만난 사람들이 했던 말이 떠올랐다. 아내를 잘 둔 덕에 미국에서도 살아보고 좋겠다고. 남들은 가고 싶어도 못 가는데 잘됐다고. 하지만 나는 한국에서 사는 것에 대한 불만과 해외 생활에 대한 로망이 없는 사람이었다. 친구들과 순대국밥에 소주 마시고 치킨에 맥주를 들이켜는 것이 삶의 즐거움인 그냥 그런 흔한 한국 사람이었다. 이런 내가 아내를 따라 아는 사람 하나

없는 워싱턴으로 건너가 살아야 한다니 막막함이 앞섰다. 남성도 육아휴직을 쓸 수 있는 세상이긴 하지만 2년이나 쓰는 사람은 아무도 없었다. 아무리 가족끼리 같이 사는 게 중요하다지만 내 커리어는 대체 어떻게 되는 것인가.

아내에게 외국에서 직장 생활을 하거나 대학원에 다니고 싶은 바람이 있다는 것은 오래전부터 알고 있었다. 그는 연애 기간에도 이 욕망을 숨기지 않았기 때문에 우리의 대화는 불확실한 미래로 인한 나툼으로 종결되기 일쑤였다. 우여곡절 끝에 부부가 되었고 그때 결혼이 우리의 꿈을, 당신의 꿈을 꺾는 선택이 아닐 거라고 약속하긴 했지만 이렇게 빠른 시일 내에 현실로 다가올 줄은 미처 예상하지 못했다. 어쩌면 말하기에도 좋고 듣기에도 좋은 허언이었을지도 모르겠다.

워싱턴행을 결정해야 할 시기가 다가오자 머릿속이 복잡했다. 워싱턴으로 가지 않을 경우 내가 한국에서 네 살배기 딸을 양육해야 하는데 가능할까. 그렇다고 아이도 아내와 같이 미국으로 보내고 기러기아빠 생활을 하는 건 괜찮은 일일까. 휴직이 가능하다고 해도 내가 미국에 가면 무슨 일을 하며 시간을 보내야 할까. 떠올렸던 모든 시나리오가 쉽지 않았다. 나와 가족의 삶이니 최선의 판단이 무엇일지는 아무도 알려줄 수 없는 상황이었다. 오래 고민하지 않았지만 담대하게 선택하지 못하고 한숨을 쉬는 날이 많았다.

그럼에도 워싱턴을 선택했다. 더 나은 미래가 열릴 수도 있다고 기대했을까. 결국 나의 가치관, 꿈, 직관, 희망, 욕심 등 모든 마음들이 하나로 뭉쳐 내린 판단이었다. 적어도 미국의 대자연과 넘치는 문화 시설을 한껏 즐기며 잊지 못할 추억이라도 많이 만들면 되지 않겠냐고 자위했다. 그렇게 2020년 2월 워싱턴 D.C.행 비행기에 몸을 실었다. 당연히 그땐 미처 알지 못했다. 도착하자마자 잔뜩 겁에 질려 응급실에 누워 있게 될 줄이야.

병상에서의 기다림이 길어질수록 미국 생활에 대한 의구심과 후회가 커지기 시작했다. 굳이 육아휴직까지 하면서 아내를 따라온 것이 옳은 선택일까. 코로나바이러스도 심상치 않은 상황에 이렇게 복잡하고 느린 의료 시스템을 갖춘 나라에서 살아도 되는 걸까. 꼬리를 물고 한없이 이어진 온갖 불안은 의사가 나타나 주사를 놓고 상처를 꿰맬 때까지도 가라앉지 않았다.

퇴원 수속을 밟고 보니 이미 모든 약국과 상점이 문을 닫은 늦은 밤이었다. 몸과 마음이 허기진 탓에 무거워진 병원 문을 열고 인적이 드문 지하철에 몸을 실었다. 평소라면 긴장하며 탔을 한밤의 미국 지하철이었겠지만 피곤함이 다른 감정들을 압도했다. 집으로 돌아가 이불 속에 몸을 누이고 싶은 마음뿐이었다.

집 안은 환했다. 아내가 형광등을 꽂은 모양이었다. 식탁 위에 놓인 빨간 케이크가 빛을 받아 무척 선명했다. 아내에게 정체를 묻지도 않고 그대로 자리에 앉아 한 숟가락 가득 목구멍 깊숙이 털어 넣었다. 목이 막히자 옆에 놓인 블랙티를 머금었다. 쌉싸름한 찻잎 향이 따뜻했다. 잊고 있던 배고픔이 되살아나 케이크 하나를 순식간에 먹어치웠다.

나는 그제야 웬 케이크인지 물었다. 워싱턴에서는 축하할 일 있으면 컵케이크를 먹는대. 아내의 대답이었다. 무슨 축하? 내가 어리둥절한 말투로 되묻자 그는 커다란 담요로 나를 감싸 안으며 말했다. 이렇게 무사히 퇴원했으니까 축하할 일이지. 소감이 어때? 나는 무엇에 대한 소감이냐고 물어보려다 이렇게 대답했다. "엄청 달아. 다시는 못 먹을 만큼." 워싱턴 컵케이크와의 첫 만남이었다.

사실은 엄청 무섭다고, 이 낯설고 불편한 도시에서 잘 지낼 수 있을지 겁이 난다고 말할 수 없었다. 이제 와 다시 집으로 돌아갈 수는 없는 노릇이니까. 어쨌든 워싱턴에서의 첫 번째 주말이 지나가고 또 다른 하루가 다가오고 있었다.

컵케이크

스트레인저

미연방 인구조사국의 발표에 따르면 2020년 기준으로 미국 내 한국인이 가장 많이 거주하는 55만여 명이 집계된 캘리포니아주이다. 2위는 뉴욕주, 3, 4위는 텍사스주, 뉴저지주이다. 5위를 차지한 워싱턴 D.C.에는 9만여 명의 한인이 살고 있다.* 많은 수가 아닌 것처럼 보이지만 지하철로 연결되어 같은 생활권이라고 볼 수 있는 버지니아주와 메릴랜드주에 사는 인구까지 더하면 20만 명이 넘는다. 뉴욕에 버금가는 숫자다. 상황이 이렇다 보니 나처럼 타인과 어울리는 것이 능숙하지 않은 사람도 어렵지 않게 한국인들의 모임에 참여하게 된다. 굳이 종교에 따라 교회나 성당에 찾아

* http://koreatimestx.com/archives/17439

가지 않더라도 학교 모임도 있고, 육아 모임, 동네 이웃 모임도 있다. 모여서 근황도 나누고 반찬도 나누며 타지에서의 외로움도 나눈다.

한번은 비슷한 또래의 아이를 키우는 가족들끼리 만나는 자리가 있었다. 한국에서는 아이 나이가 비슷하면 부모 나이도 비슷한 경우가 많았는데, 미국에 오니 아내와 내가 어린 부모 축에 속했다. 외국에서 학위를 마치거나 직장을 구하려면 한국에서보다 더 많은 시간이 필요했으리라. 어쨌든 이제 갓 미국 생활을 시작하는데 나이까지 어리다 보니 철없는 신입생이 된 느낌을 받곤 했다. 그런데 그날은 흥미롭게도 나와 같은 해에 같은 대학을 입학한 여성분이 있는 게 아닌가. 내심 무척 반가웠지만 곧바로 전공을 물어보자니 신상을 캐묻는 것 같아 에둘러 단대를 궁금해했다. 그는 사범대학이라고 대답했다. 사범대학에 내가 아는 사람이라고는 한 사람밖에 없었고, 그 친구는 정원이 열 명 남짓한 작은 학과를 다녔기 때문에 거리낌 없이 어느 과를 졸업했냐고 다시 물었다.

"불어교육과요."

"네에?"

예상하지 못한 답변이었다. 나도 모르게 목소리가 커졌다. 그러자 그는 살살 웃으며 대화의 주도권을 잡았다. "우리 과는 작아서 사람도 별로 없고 남자는 거의 없는데. 만났던 분, 성만 말해봐요." "아니, 그게, 만난 건 아니고요." 나의 반응에 그는 물론이고 함께 있던 모든 사람들이 웃었다. 아내도 웃었다. 나는 오래전 일이라 기억이 나지 않는다는 말만 반복하며 그들을 따라 웃었다. 아니, 웃으려고 애썼다. 그들은 ㅋㅋㅋ, 나는 ㅎㅎㅎ. 굳이 숨기려 하진 않았지만 나의 과거가 드러난 기분이었다.

사람들은 신분이나 정체 혹은 그 일부가 드러났을 때 불편한 감정을 느낀다. 얼굴이 보이지 않는 인터넷에서도 실제 이름이 아닌 아이디조차 밝히지 않으려고 애를 쓴다. 어디 아이디뿐이랴. 성별, 나이, 출신 등 자신과 관련된 모든 정보를 감추고 싶어 한다. 한 포털사이트에서 기사에 달리는 악의적인 댓글을 걸러내겠다며 뉴스 댓글 작성자의 프로필과 활동 이력을 공개하기로 결정했는데, 그 기사가 뜬 뒤 많은 사람들이 서둘러 자신이 작성한 댓글을 지우고 있다는 뉴스를 보았다. 내가 과거에 어떤 말을 했던 사람인지도 감추고 싶다는 거다.

악플을 다는 것처럼 비난받을 수 있는 행동에 대해서는 숨기고 싶고, 지우고 싶다고 치자. 나는 왜 그 순간 나의 일부를 드러내기 주저했을까? 오히려 지인을 공유하며 더 친해질 수도 있었는데 말이다. 단순한 놀람이었나, 아니면 무엇을 두려워하는 걸까? 소문이나 가십의 대상이 될지도 모른다는 일말의 가능성 때문일까. 예전부터 뒷담화는 하는 것도 듣는 것도 싫었다. 셀럽도 아닌데 누가 너에 대한 이야기를 한다고, 그것도 다 자의식 과잉이야, 라는 충고를 받은 적도 있지만 싫은 걸 어쩌겠는가. 뒷담화는 칭찬이든 욕이든 늘 평가를 동반하기 마련이었다. 워싱턴행을 결정하면서 어쩌면 나의 정체성 그리고 그것과 연결된 평가로부터의 단절을 기대했을지도 모른다. 지인의 충고처럼 실제로 자의식 과잉일지언정. 그런데 다들 이런 거 아닌가. 아무에게라도 내 생각에 동의를 구하고 싶어졌을 때 문득 며칠 전 박물관에서 만났던 노인이 떠올랐다.

*

옛날 200년 전 버지니아주 알렉산드리아라는 도시에도 자신을 드러내고 싶지 않았던 사람이 있었다고 한다. 얼마나 스스로의 정체를 드러내고 싶지 않았는지 죽은 뒤에도 비석에 이름이 아닌 그저 '낯선 여인The female stranger'이라고 썼다. 그가 누구였는지 궁금했던 후대 사람들은 몇 가지 단서들을 이용해 몇 가지 그럴싸한 이야기를 만들어냈다.

모든 이야기는 1816년 어느 여름밤, 알렉산드리아 포토맥 항구에 예정에는 없던 한 척의 배가 도착하면서 시작된다. 가로등이 많은 시절이 아니라 밤은 깜깜했고 배는 항구에 두 사람만 내려놓고 다시 떠났기 때문에 누구도 그 배가 어디에서 와서 어디로 가는지, 누구 소유의 것인지 알 수 없었다. 하선 당시 여자는 검은 베일로 얼굴을 감싸고 있었고 남자는 단정한 신사복을 입은 상태였다. 그들은 배에서 내린 뒤 곧장 인근의 호텔을 찾아다녔다. 마침 알렉산드리아에는 '시티호텔'이라는—오늘날 '개즈비터번Gadsby's Tavern'이라고 불리는—미국에서 꽤 명성이 있는 선술집 겸 호텔이 있었다. 그리고 다행히 그날 밤 호텔에는 빈방이 하나 있었다.

박물관 노인이 했던 말에 따르면, 당시 개즈비터번이 유명했던 이유는 두 가지였다. 첫째는 호텔의 위치. 알렉산드리아는 18세기 미국의 사회, 정치, 경제, 교육의 중심지 중 하나였다. 미국독립전쟁 이전부터 도시에는 프랑스에 대항하기 위한 영국군 본부가 설치되어 있었고, 인근 포토맥 해안선을 따라 토지가 확장되자 지역사회 규모가 커지고 상인들의 왕래가 늘어났다. 이후 본격적으로 외국 선박의 입항지와 밀가루 등의 주요 수출 중심지가 되면서 18세기 말까지 미국에서 두 번째 규모의 항구로 성장했다.

이런 분위기 속에서 1770년 매리 호킨스는 도시 한복판에 선술집을 겸하는 호텔 사업을 시작했다. 호텔은 그럭저

럭 운영되었지만 이후 소유주가 에드워드 오웬과 메릴랜드 존 와이즈를 거쳐 1796년 영국인 개즈비로 바뀌었다. 그러니까 개즈비터번은 호텔의 마지막 주인이었던 사람을 기념하여 붙인 이름인 것이다. 주인이 바뀌는 동안 호텔은 갖가지 모임과 연회, 연극과 음악회를 개최하면서 점점 유명해졌다. 특히 버지니아 출신 정치인들이 즐겨 찾는 호텔이라는 명성을 얻었다. 이들 중에는 조지 워싱턴뿐만 아니라 토머스 제퍼슨, 제임스 매디슨, 제임스 먼로가 있었는데 모두 버지니아주 출신이면서 미국 대통령을 역임했던 인물들이다.

호텔이 유명한 두 번째 이유는 호텔 옆 얼음 우물 덕분이었다. 냉장고가 발명되기 전 얼음은 귀한 상품이었고, 얼음을 수확하고 보관하는 것은 노력과 시간, 돈이 많이 소요되는 작업이었다. 당시 얼음을 얻기 위해서는 겨울에 얼어붙은 포토맥강에서 얼음을 잘라 수레를 통해 도심으로 옮긴 후 단단한 흙더미와 짚으로 덮인 우물이나 웅덩이에 보관해야 했으니 얼음은 부유한 자들의 몫이었다. 1793년 호텔을 운영하던 존 와이즈는, 그 이름처럼 현명하게도, 호텔 사업에서 안정적인 얼음 공급의 중요성을 깨닫고 호텔 지하로 연결된, 무려 68톤의 얼음을 저장할 수 있는 얼음 우물을 성공적으로 건설했다. 이는 여름 내내 선술집과 알렉산드리아 시민들에게 얼음을 공급할 수 있는 규모였다. 이후 개즈비터번에서는 당시에는 새로운 디저트였던 아이스크림을 손님들에게 제공하기 시작했고, 이로써 호텔은 18세기 최고의 명소 중 하나로 발돋움하게 되었다. 그러니까 두 남녀가 배에서 내렸던 시절 개즈비터번은 누구나 알 법한 도시의 랜드마크였던 셈이다.

어쨌든, 늦은 밤 낯선 자들을 맞이한 호텔 주인의 발걸음은 소심스러웠다. 삐걱거리는 계단 소리로 다른 손님들을 깨우고 싶지는 않았으리라. 그러나 호텔에 도착한 시간, 여자의 옷차림, 불안정한 발걸음 소리와 그를 부축하는 남자의 모습, 이 모든 단서들이 좋지 않은 상황임을 말해주고 있었다. 방에 도착하자 남자는 곧바로 의사를 요청했다. 그는 의사가 도착하자 진료에 앞서 한 가지 조건을 달았다. 자신들의 신상에 대해 어떤 것도 묻지 말아달라.

의사는 매일 방으로 찾아와 여자를 치료하려고 노력했지만, 안타깝게도 하루가 다르게 상태는 악화되었다. 10월의 어느 날, 여자의 죽음을 예감한 남자는 의사와 호텔 주인 내외, 호텔 직원까지 모두 방으로 부른 뒤 그들에게 죽는 날까지 자신과 여자의 신분을 발설하지 않겠다는 맹세를 요구했다. 어떤 연유였는지는 모르지만 그 자리에 있던 모두가 동의했고, 며칠 후 여자는 사망했다. 그제야 남자는 자신이 사망한 여자의 남편임을 밝혔다.

장례를 치른 남편은 마을의 남쪽 경계 너머에 위치한 세인트폴 묘지에 무덤을 만들고, 다음과 같이 비석에 적었다.

"1816년 10월 14일, 23년 8개월로 삶의 종지부를 찍은 낯선 여인을 기억하기 위해 이 비석은 마지막 숨을 끌어안고 죽어가는 그녀의 차가운 귀를 달래며 비통한 남편이 여기에 놓았다."

여자는 누구였을까? 또 그는 누구였을까? 남편에게 맹세한 호텔 사람들은 결코 약속을 깨트리지 않고 무덤까지 가져갔다. 호텔 측에서는 혹시라도 신성한 맹세를 어길지도 모른다는 생각에 기록된 방문객 등록부를 한참 동안 보관했다고 한다. 심지어 남편에게 장례비를 빌려준 알렉산드리아 사업자들도 그가 빌린 돈을 갚지 않고 사라졌음에도 불구하고 산 자와의 약속을 어기는 것과 죽은 자를 실망시키는 것은 별개의 일이라며 쫓지 않았다.

그렇게 오랜 시간이 흐르고 비밀이 단단해지면서 비화가 만들어졌다. 혹자는 여자가 재퍼슨 행정부에서 부통령을 지냈던 에런 버의 딸 테오도시아 알스톤이라고 했다. 실제로 그가 비슷한 시기에 대서양에서 실종된 일이 있었기 때문이다. 이 설에 의하면 남편은 그가 타고 있던 배를 납치한 해적 중 한 사람이란다. 그러나 다른 이는 여자의 정체를 아일랜드 혁명가 사라 커런이라고 했다. 아버지로부터 영국 장교와의 결혼을 강요받아 애인과 배를 타고 도망쳤지만 병을 얻어 사망했다는 것이다.

이제까지 이 중 어떤 이야기도 입증할 수 있는 명확한 증거는 발견되지 않았다. 이렇다 보니 아직까지 무덤은 실제로 비어 있다는 이야기가 떠돌고 호텔의 8번 방에서 여자의 유령을 목격했다는 말이 나돌고 있다. 그의 무덤을 헤집지 않는 한 추측과 소문은 계속되리라.

*

여기까지가 개즈비터번에서 우연히 만난 노인으로부터 들었던 이야기다. 개즈비터번은 박물관과 식당으로 개조되어 대중에게 공개 중이었다. 박물관에는 호텔의 옛 모습이 보존되어 있었고, 식당에서는 18세기에 귀족들이 먹던 스테이크와 샌드위치를 팔았다.

노인을 따라 둘러본 터번은 크지 않았지만 볼거리가 많았다. 건물은 목조건물 특유의 오래된 나무 냄새가 났고, 한 걸음을 내디딜 때마다 삐걱거렸다. 남서울미술관에서 느꼈던 아늑함이 떠올랐다. 실내는 눈부시게 밝지 않았고 답답하게 어둡지 않았다. 방은 하나같이 용도에 비해 작았다. 식사를 하는 공간은 테이블이 겨우 서너 개 들어가는 정도의 규모였으며, 프라이빗 다이닝 룸에는 다섯 명 남짓 앉을 수 있는 식탁이 하나 놓여 있을 뿐이었다. 그런데 그 좁은 공간이 어찌나 낭만적으로 보이던지. 그곳에서 나도 친구들과 둘러앉아 와인을 마시고 잔뜩 취하고 싶었다.

노인과 함께 마지막으로 둘러본 장소가 8번 방이었다. 2층 복도 창을 통해서 들어온 햇빛이 방문 앞까지 길게 늘어졌다. 문을 열자 바로 침대가 보였고, 침대의 오른쪽에는 한 칸짜리 밤갈색의 낡은 옷장이 있었고, 발치에는 볼일을 볼 수 있도록 간이 화장실이 놓여 있었다. 침대 위에 캐노피가 설치되어 있는 점이 눈에 띄었다. 캐노피는 빛바랜 회색이었지만 그것 때문에 전체적으로 방이 조금 더 고급스럽게 느껴졌다. 마지막 손님이 여성이었음을 짐작게 했다.

노인은 방에서 나오며 그곳에 묵었던 유명한 사람들에 대해 말해주었는데, 그중 한 사람은 미국독립전쟁에 독립군으로 참전한 프랑스 정치인이자 군인이었던 라파예트였고, 다른 한 사람이 바로 '스트레인저Stranger'였다. "스트레인저요?" 나는 놀라서 되물었다. 그러자 그는 기다렸다는 듯이 '낯선 여인'에 대한 이야기를 시작했다. 그의 이야기는 마치 당시에 여인을 목격했던 사람의 것처럼 구체적이고 막힘이 없었다. 어디까지가 사실이고 어디까지가 꾸며낸 말인지 전혀 구별하지 못한 채, 한 편의 오디오북을 듣는 것처럼 그의 말에 한참 동안 귀를 기울였다.

이야기가 끝나고 다소 어두웠던 박물관에서 벗어났을 때야 비로소 노인의 모습을 제대로 볼 수 있었다. 작은 키에 붉은 피부를 가진 백발의 할아버지였다. 10년은 더 입었을 것 같은 셔츠와 주머니 많은 조끼, 주름진 바지를 입고 있는 그의 외양만으로는 도무지 무슨 일을 하는 사람인지 짐작할 수가 없었다. 평이한 단어를 구사하면서도 맛깔나게 말하는 건 결코 쉬운 일이 아니다. 타고난 이야기꾼이 아니라면 꽤 훌륭한 교사였거나 학자일 거라고 추측했다.

궁금증을 참지 못하고 어떻게 이런 것을 다 아시냐고 여쭈었다. 그가 박물관 가이드라도 된다면 모든 게 설명될 것 같았다. 노인은 나를 보며 빙긋이 미소를 짓더니 자기의 이야기가 재미있었다면 그걸로 충분하다고 대답했다. 혹시 나와 선문답을 하려는 건 아니겠지. 이대로 돌아서면 두고두고 궁금할 것 같아 역사를 전공했거나 박물관에서 근무하는 분이냐고 콕 집어 다시 물었다. 하지만 노인은 나이가 들면 자연히 알게 되는 것들이 있다는 말만 하고선 내게 작별 인사를 건넸다.

기묘한 사람이었다. 자신을 감추고 싶었던 여인과 그가 누군지 밝히고 싶었던 사람들에 대한 이야기를 전하는 정체 모를 노인이라니. 이름이라도 물어볼까 싶었지만 알려줄 것 같지 않아 더 이상 붙잡지 않았다. 궁금한 마음에 몇 번이나 그가 했던 이야기를 곱씹었다. 낯선 여인이야 그렇다 쳐도 노인에게는 무슨 사정이 있었을까. 도무지 알 수 없는 일이었다. 나를 감추고 싶은 마음은 동서고금을 막론하는 보편적인 감정이리라 짐작할 뿐이었다.

사월은 벚꽃

"Adjusting to the new normal." 어제와 마찬가지로 오늘도 뉴스와 신문 등 모든 매체는 코로나바이러스와 관련된 소식을 전하기 바쁘다. 방송인과 전문가 들은 끊임없이 바이러스에 대해 경고하고 최소한의 예방법을 전달하며, 코로나 이후의 정치경제 상황을 예측하고 있다. 스포츠 스타와 가수, 배우 등 유명인들은 다양한 방법으로 대중들을 위로하고 격려한다. 그들은 모두 다른 방식의 언어를 사용하고 있지만 말하는 메시지는 결국 하나다. 새로운 정상에 적응하라! 새로운 정상이라니, 정상에 이른다는 게 얼마나 힘이 드는 일인데 거기에 적응까지 하라니. 정말 끔찍하게 멋진 표현이라고 생각했다.

나 역시 변화와 맞물려 어려움을 겪고 있는 중이다. 남들과 조금 다른 점은 두 종류의 변화를 동시에 겪고 있다는 것이다. 하나가 코로나로 인한 변화라면 다른 하나는 미국으로의 이주에 따른 변화이다. 육아휴직을 하고 미국행을 결심했을 때부터 삶이 어느 정도 달라질 것은 예상했다. 언어로 인한 불편함, 달라진 식문화로 인한 어려움, 가족 및 친구와의 헤어짐으로 인한 외로움, 육아 방식에 대한 고민 등이 그것들이었다. 예상되는 어려움을 앞에 두고 나는 하나의 원칙을 세웠다. 아이가 미국 생활에 잘 적응하도록 도우며 많은 경험을 함께하는 것을 최우선으로 하자. 아이만 행복하게 지낼 수 있다면 나머지 부분은 시간이 지나면서 대부분 자연스럽게 해결될 수 있는 문제다, 그렇게 믿었다.

아이는 3월 초부터 어린이집에 다니기 시작했고 다행히 며칠이 지나자 곧 적응하는 모습을 보였다. 가장 큰 고민이 해결되는 것 같았고, 나의 삶은 새로운 공부를 시작하고 새로운 사람들을 만나기 위한 출발선에 서 있었다. 그러나 전염병의 대유행으로 어린이집은 기약 없는 휴원에 들어갔고, 인근 박물관과 미술관도 모두 문을 닫았다. 아이와 함께 보내야 하는 시간이 늘어났지만 놀 만한 장소들은 사라진 느낌이었다. 미국행을 결심했을 때 예상했던 변화 속에는 걱정과 기대가 공존했는데 불확실하고 걱정스러운 부분만 남은 셈이었다. 어느 것이 새로운 일상이고 어느 것이 일시적인 불편함인지 구별하지 못해 수시로 불안해했다.

필사적으로 루틴을 만들려고 애썼다. 혼란 속에서 일상을 구축하려는 시도였다. 매일 아침 운동을 하고 아이와 함께 책을 읽고 가까운 공원으로 산책을 갔다. 같은 코스로만 다니면 지루할까 봐 가끔은 차를 타고 동네를 벗어났다. 그래 봐야 숲속 공원이거나 호숫가 산책로지만 아이는 아빠와 함께하는 낯선 장소를 즐거워했다.

오늘은 차로 10분 정도 나가 워싱턴기념탑을 볼 수 있는 도심으로 갔다. 축구장과 놀이터는 없지만 넓은 호수가 있어서 제법 분위기 있는 산책이 가능한 곳이다. 더구나 요즘은 호숫가에 벚꽃이 한창이라 세상은 온통 분홍빛이었다.

나의 손가락을 잡고 걷던 아이는 한참이나 혼자 노래를 흥얼거리다가 불현듯 멈추고 가위바위보를 해서 앞에 있는 벚나무까지 달리자고 했다. 걷는 것으로는 성에 차지 않았나 보다.

"가위, 바위, 보!"

"앗! 아빠가 이겼네. 얼른 뛰어갔다 와!"

나는 진 사람이 벌칙으로 달려야 하는 거라고 말했지만 아이는 이기는 사람이 뛰는 거라며 고집을 피웠다. 아이는 가위바위보에서 이기면 좋아하고 이겨서 달리면 더 좋아했다. 아이에게는 신나게 뛰는 것이 상이고 가만히 있는 것이 벌칙인 셈이었다. 듣고 보니 그것도 맞는 말이었다. 아이는 내가 가위바위보에 이기고 한숨짓는 모습에 웃고 내가 달리며 숨차 하는 모습에 또 웃었다. 달리다가 모자라도 벗겨지면 배를 잡고 깔깔거렸다. 결국 나도 따라 웃고 말았다. 열심히 뛰어다니니 몸에 좋고 마음껏 웃으니 마음도 좋았다.

한참을 뛰다 벚나무 그늘 아래 앉아 쉬고 있으니 시원한 봄바람이 불고 꽃잎이 날렸다. 예쁘다, 고 혼자 중얼거리자 아이는 벌떡 일어나 이번에는 어깨를 들썩이며 춤을 추기 시작했다. 아빠, 아빠도 일어나. 춤춰. 아이가 벚꽃처럼 작고 연붉은 손을 들어 손짓했다. 그 모습이 귀여워 휴대폰으로 사진을 찍으려고 하자, 아니, 사진 말고 춤! 아이는 다시 한번 소리쳤다. 아직도 작기만 한 손이 나를 잡아 일으켰다. 여기에서 무슨 춤을 춰, 라고 말했지만 나는 그렇게 아이의 손을 맞잡고 흩날리는 벚꽃 아래에서 한참이나 몸을 흔들었다.

이런 행복이 나의 새로운 일상일까. 아니면 코로나바이러스가 지나간다면 함께 사라질 일시적인 웃음일까. 내가 미국인이었다면, 워싱턴에 사는 사람이었다면 매년 봄마다 호숫가 벚나무 사이를 걷고 달리고 춤을 추며 살았을까? 아빠의 속을 모르는 아이는 미국에 와서 정말 좋다며 웃었다. 아이는 언제쯤 미국에서의 삶이 요즘처럼 불안했던 적이 없었다는 것을 알게 될까. 뭐가 그리 좋은지 이유를 물으니 미세먼지가 없고 핑크색 꽃이 많아서 좋다고, 이 꽃을 집으로 가져가고 싶다고 대답했다. 핑크색 꽃은 벚꽃이야, 한국에도 많아, 내가 속없이 말을 더하자 아이는 미국 벚꽃이 훨씬 크다고 목소리를 높였다. 땅이 크니까 꽃도 큰가 봐, 미국은 다 커, 아이스크림도 크고 자동차도 크고. 그래서 좋아.

미국이 우리나라보다 땅도 크고 자동차도 크고 아이스크림도 크지만 벚꽃은 왜 큰 걸까, 실제로 크긴 한 걸까. 무엇보다 워싱턴에 벚꽃이 왜 이렇게 많은 걸까. 사실 아이가 묻기 전부터 궁금했었다. 우리나라랑 위도가 비슷해서 벚꽃이 잘 자라나? 서울 위에 삼팔선이 있으니까 서울은 37도 정도 될 것이다. 그럼 워싱턴은? 지도를 찾아보니 놀랍게도 북위 38도 정도였다. 어쩐지 봄 날씨도 우리나라처럼 정신없이 바람이 불고 비가 오다가도 해가 나더라니. 딱 우리나라 같은 곳이구나. 이래서 벚꽃이 많은 거구나, 벚나무는 이 정도 위도에 분포하는 글로벌한 나무였구나, 하고 스스로의 통찰력에 뿌듯해했다. 하지만 내가 기껏 생각했던 답은 워싱턴에서 벚꽃이 잘 자랄 수 있는 이유에 불과했다. 워싱턴을 뒤덮은 수많은 벚꽃은 핑크색 꽃을 집으로 가져가고 싶어 하는, 아이의 그 마음을 실제로 행동으로 옮겼던 한 사람 덕분이었다. 그의 이름은 엘리자 루하마 시드모어Eliza Ruhamah Scidmore. 100여 년 전쯤 미국에서 활동했던 작가이자 사진가로 여성 최초 내셔널지오그래픽협회의 이사회 멤버를 역임했던 자였다. 물론 그는 이 모든 이력보다 누구보다 벚꽃을 사랑했던 사람, 워싱턴에 벚꽃을 들여온 사람이라는 소개가 더 잘 어울린다.

*

시드모어는 1856년 워싱턴 D.C. 내 뒤퐁서클이라는 불리는 동네의 작은 집에서 태어났다. 그의 어머니는 가족을 부양하기 위해 그곳에서 하숙집을 운영했다고 한다. 어린 시절부터 글 쓰는 데 재능을 보인 시드모어는 필라델피아에서 열린 미국 최초의 세계박람회에서 독립선언 100주년 전시회를 보도하면서 19세에 기자로 입문했고, 이십대 중반부터 여행을 다니기 시작했다. 그는 스스로 원죄라고 표현할 만큼 여행에 대한 강한 욕구를 갖고 있기도 했지만 우연히 1883년 여름, 알래스카를 방문한 이후 본격적으로 여행가로서 살게 되었다. 알래스카를 여행하고 미국으로 돌아와 쓴 알래스카에 대한 보도와 여행 가이드북이 인기를 끌어 그의 이름을 딴 산과 빙하를 갖게 되었기 때문이다. 이를 계기로 내셔널지오그래픽 창립자로부터 여행 작가로서의 가치를 인정받기도 했다.

여행 작가로서 활동하기 시작한 시드모어의 다음 여행지는 일본이었다. 비록 친오빠가 도쿄에서 미국 영사로 근무한다는 이유로 선택한 나라이긴 했지만 그는 이내 일본의 모든 것에 매혹되었다. 특히 일본인들이 봄이 온 것을 축하하며 즐기는 전통 축제인 하나미はなみ와 벚꽃에 크게 감동하였다. 그는 하나미를 두고 다음과 같이 적었다. "남자들은 모두 하나같이 손에 겁과 바을 든 체 베이, 8번기, 시디로스*처럼 춤을 춘다. 잔뜩 취한 그들이 보여주는 것은 오직 기쁨과 애정뿐이다. 그 웃음과 익살은 너무나 전염성이 있고 사람들은 우스꽝스러워서 취하지 않은 사람들조차 술을 마신 것 같다."** 벚꽃에 대해서는 "꽃 피는 벚나무는 자연이 보여야 할 가장 이상적이고 아름다운 나무로, 벚꽃의 짧은 영광이 즐거움을 더 예리하고 더 가슴 아프게 만든다"***고 쓰기도 했다.

1885년 일본 여행을 마치고 워싱턴 D.C.로 돌아온 시드모어의 눈에 가장 먼저 들어온 것은 포토맥강 하구에 위치한 호수 주변의 습지였다. 시드모어는 자신이 눈으로 직접

* 그리스신화에 등장하는 반인반수의 자연의 정령이다.

** Eliza Ruhamah Scidmore, *Jinrikisha Days In Japan*, Nabu Press, 2011.

*** 같은 책.

확인한 도쿄 벚나무들이 18세기 쇼군 요시무네가 도시 미화 운동의 일환으로 물이 빠진 습지에 심은 것이라는 사실을 알고 있었다. 워싱턴은 도쿄와 같은 온화한 기후를 갖추고 있는데 호수 습지라니! 몇 년 후 정부에서 그곳에 공원을 조성하기 위해 땅을 매립한다는 소식을 들었을 때, 그는 "그 낡은 쓰레기 더미를 감추기 위해 강둑 옆에 벚꽃을 심는 것이 완벽한 보탬이 될 것"이라 믿었고, 공원을 책임지고 있는 미 육군 담당자에게 자신의 생각을 전달했다. 워싱턴과 벚꽃의 인연이 시작된 것이다.

안타깝게도 시드모어의 첫 번째 제안은 거절되었고 이후 24년 동안이나 별다른 진척이 없었다. 그러나 지성이면 감천이라 했던가. 그의 지속적인 벚꽃 사랑은 결국 결실을 맺는다. 1908년, 미 농무부 소속 데이비드 페어차일드 박사가 시드모어의 주장에 동의하여 인근 메릴랜드주 체비체이스에 일본 벚나무 100그루를 성공적으로 이식하고 포토맥강과 새로 건설된 호수 분지 주변에 'Field of Cherry'를 구상한 것이다. 때마침 시드모어가 일본에서 만났던 헬렌 태프트가 당시 미국의 스물일곱 번째 대통령 윌리엄 하워드 태프트의 영부인으로서 백악관에 들어가 있었던 시기였다. 헬렌 태프트도 벚꽃 애호가였기에 시드모어가 워싱턴과 벚꽃에 대한 오래된 생각을 편지로 적어 보내자 이틀 만에 긍

정적인 답변을 보내주었다. 태프트 여사의 벚나무 구입 계획이 전달되자 당시 미국과 우호적인 관계를 맺고 싶던 일본 정부는 국제적인 우정이라는 명목하에 몇 차례에 걸쳐 수천 그루의 벚나무를 무상으로 제공했다. 워싱턴의 포토맥강은 시드모어가 감탄했던 벚꽃 가득한 도쿄의 아라카와강과 공식적인 '자매 강'으로 지정되었고 오래지 않아 워싱턴의 봄은 온통 분홍빛으로 물들었다.

*

나는 뉴스에서 '새로운 정상'이라는 용어를 듣고 과학철학자 쿤의 정상 과학normal science을 떠올렸다. 소싯적에 주워들은 게 이것뿐이라. 쿤의 설명에 따르면 정상 과학은 지배적인 이론, 즉 패러다임이 확립되어 있는 시기의 과학을 가리키는데, 정상 과학의 시기에는 해결할 수 없는 문제가 등장하더라도 대부분 무시된다. 그러나 그 수가 증가하거나 두드러지게 되면 패러다임은 위기를 맞이하고, 어느 순간 기존의 패러다임과 다른 패러다임의 등장과 함께 대규모 변화가 일어난다. 혁명이 끝나면 새로운 패러다임을 기반으로 하는 정상 과학의 시기가 다시 도래한다.

코로나 이전의 정상이란 무엇이었을까. 사람들은 자유롭게 서로 만나 차를 마시고, 대화를 나누고, 교육을 받고, 일을 하고, 스포츠를 즐기곤 했다. 수십 년 동안 아무런 의심 없이 습관처럼 유지했던 삶의 양식이 있었다. 처음 보는 사람과 악수를 하고 헤어질 때는 포옹을 했다. 혼자라고 느껴질 때면 근처 아무 카페에라도 들어가 사람들 속에 섞여 있었다. 하지만 코로나는 모든 것을 변화시켰다. 무의식중에 하던 행동들이 금지되었고, 반드시 필요하다고 믿었던 행동들이 대체되었다. 이러한 변화를 패러다임 전환이라고 말하면 과장일까. 어쩌면 다시 이전의 삶을 사는 것은 불가능한 일일지도 모른다. 패러다임이 일단 바뀌면 과거의 패러다임으로 돌아갈 수 없는 법이다.

100여 년 전 포토맥 강가에 벚나무가 심기자 워싱턴에 살던 사람들에게는, 한 여성을 제외하고는, 상상하지 않았던 새로운 일상이 펼쳐졌다. 이전엔 질척거린다며 돌아다니지 않았던 땅에서 사람들은 푸들과 함께 산책하고 햇볕을 쬐며 망중한을 즐겼다. 마치 원래 그렇게 살았던 것처럼. 벚꽃과 함께 봄날을 보내기 시작한 사람들은 다시 과거의 거리로 돌아갈 수 없었다. 그렇기에 미국인들은 일본의 진주만 폭격에 분노하여, 또 정부에 불만을 표출하기 위해 수 그루의 벚나무를 베면서도 결국 자신들의 일상을 유지시켰다(심지어 비버가 벚나무를 갉아 먹는 것을 보고 그들의 거처를 옮기고 나무 주변에 보호대를 설치하기도 했다). 코로나바이러스가 만연한 지금 이 순간에도 벚꽃 산책을 즐기는 사람들이 얼마나 많은지!

나에게도 워싱턴 벚꽃 길 산책이라는 새로운 변화가 찾아왔다. 이 낯선 변화가 내게 일상으로 자리 잡게 될까. 삼일 피고 지는 벚꽃처럼 짧은 게 인생이라지만 포스트 코로나 라이프가 찾아오기는 할까? 봄비가 내리고 벚꽃이 질 때면 마법처럼 모든 것이 예전으로 돌아와 오늘의 산책이 그지 짐찐의 추억이 될지도 모를 일이다. 그저 분명한 것은 내가 이 삶을 새로운 정상으로 받아들인다면 이전으로는 돌아갈 수 없는 비가역적인 변화가 틀림없이 일어난다는 점이다. 예컨대 춤이라면 질색하는 내가 다음에는 먼저 아이에게 춤을 청할 수도 있겠지. 어쩌면 미국에서 살고 싶은 마음이 생길 수도 있겠지. 조금씩 달라질 앞으로의 일상이 부디 더 나은 정상이길 바랄 뿐이다. 나에게, 아이에게, 힘겹게 오늘을 살아가는 모든 이에게.

한낮의 드라이브

오늘도 서둘러 점심을 먹고 주차장으로 내려가는 엘리베이터 안에서 어제와 같은 고민을 한다. 어떤 음악을 고를까, 또 무슨 말을 할까. 언제나 대화 주제보다 음악 선정이 먼저다. 운전자가 동승자에게 말을 건네는 것이 필수 덕목도 아닐뿐더러 운전 중 대화는 위험할 수 있으니까. 음악도 위험하다고? 그냥 조용히 가도 되지 않느냐고? 그렇지 않다. 어떤 상황에서는 침묵이 오히려 위험도를 증가시킨다. 예를 들면 끊임없이 수다 떨 능력은 없으면서 무슨 말이라도 해야 한다고 느끼는 상황. 소개팅을 하는 날의 기분이랄까. 이럴 때는 머릿속만 복잡해지고 운전에 집중이 어려워진다.

그와 함께 차를 탄 지 며칠이 지났지만 아직까지 특정 재생 목록을 반복한 적은 없다. 인기 있는 힙합 차트를 재생하기도 했고, 싫어하는 사람이 없다는 아델을 틀어보기도 했다. 지코의 〈아무노래〉나 아이유의 〈에잇〉과 같은 한국 유행가를 들려주기도 했고, 〈Stand by Me〉와 같은 올드 팝을 누르기도 했다. 1990년대 자주 들었던 브리트니 스피어스나 백스트리트 보이즈와 같은 팝 음악도 있었다. 같은 음악을 틀지 않았던 데 특별한 이유가 있는 것은 아니다. 대화할 때 굳이 같은 주제를 반복하고 싶지 않은, 그런 비슷한 마음이었다. 이따금 노래에 맞춰 다리를 까딱거리는 그의 몸짓에 혼자 만족해했다.

그러나 어쩐 일인지 오늘은 떠오르는 음악이나 대화거리가 전혀 없었다. 내가 알고 있는 노래는 이미 다 들려준 것 같았고 친분이 없는 사이에서 할 수 있는 질문도 다 한 것 같았다. 그와의 첫 번째 드라이브를 앞두고 했던 걱정이 다시 떠올랐다. 미국에서 혼자 운전을 하는 것도 처음이었고, 가족이 아닌 다른 이성과 단둘이 차를 타는 일도 처음인 날이었다. 불필요한 오해가 생기지 않으려면 뒷좌석에 앉으라고 해야 할까? 그렇지만 내가 돈을 받고 교통 서비스를 제공하는 택시 기사는 아닌걸. 조수석에 앉으라고 하자니 그것은 또 그것대로 신경이 쓰였다. 그가 알아서 앉게 내버려두면 되려나. 마스크는 쓰고 운전을 해야 하나? 어차피 집에서는 서로 마스크를 쓰지 않는데 오히려 유난스러워 보이지는 않을까? 인사는 뭐라고 해야 할까? 점심은 먹었는지 물어봐야 하나? 음악을 틀어놓는 것이 좋을까? 소리가 너무 크거나 작지는 않을까? 영어로 대화하며 운전을 할 수나 있을까? 30분 드라이브가 이렇게 어려워야 할 일인가? 고민이 많았다. 정당한 비용을 주고 고용한 베이비시터일 뿐인데.

*

Hi! My name is Kara. Nice to meet you. 첫 만남에서 그는 교과서에서나 볼 법한 대사로 자신을 소개했다. 인근 주립 대학 학생이며 내년에 졸업을 앞두고 있다고 했다. 질끈 묶은 머리에 적당히 찢어진 청바지, 캠퍼스 기념품 가게에서 샀을 법한 대학 로고가 박힌 티셔츠를 입고 있었다. 큰 키는 아니었으나 주근깨 많은 흰 피부와 금빛 나는 머릿결, 푸른 눈을 가진 사람이었다. 껌을 씹는지 입을 우물거리고 있었지만 험상궂은 인상이 아니었기에 위협적으로 느껴지지는 않았다. 그저 언행이 다소 가벼워 보이는 학생이라는 점이 마음에 걸렸다. 아이를 잘 돌볼 수 있을까. 그는 나의 우려를 눈치챘는지 걱정하지 않아도 된다는 말을 덧붙였다. 자신은 베이비시터로서 다년간 경험이 있고 최근에는 중국인 가정에서도 일을 하여 아시아 문화에도 익숙하다고 했다. 젓가락도 쓸 수 있다며 손을 들어 손가락을 꿈틀거려 보였다. 이력서나 증빙 서류를 받지 않았으니 그의 말을 믿는 수밖에 없었다. 그래도 유해한 사람은 아닌 것 같아 아이를 불러 그에게 인사시켰다.

워싱턴행 비행기를 탔을 때만 해도 베이비시터를 고용하리라고는 상상하지 못했다. 낯선 사람을 집에 부르는 것은 익숙하지 않은 일이었고 이미 어린이집 입학 허가도 받아놓은 상태였다. 그러나 코로나바이러스가 유행하면서 미 정부는 식당, 박물관, 미술관 등 모든 곳을 폐쇄시켰고, 어린이집도 예외는 아니었다. 한국처럼 문화센터가 가까이 있지도 않았고 그런 비슷한 것이 있다 하더라도 모든 것이 멈춰 있을 터였다. 덕분에 부모의 양육 부담이 한껏 늘어났다.

처음에는 아이의 요구대로 시간을 보냈다. 책을 읽다 지겨워지면 밖에서 산책을 하고 밥을 먹고 다시 또 집에서 뒹굴며 하루를 보냈다. 며칠은 이런 자유로운 시간이 마냥 좋았지만 이내 생각이 달라졌다. 아이는 늘 비슷한 놀이를 반복했고 그만큼 쉽게 지루해했다. 놀이를 색다르게 계획해야 했다. 집에서는 할 수 있는 놀이들—종이접기, 그림 그리기, 인형 놀이 등—을 세분화하였고 산책하는 장소도 바꿔가며 일상을 다양하게 변주하고자 했다. 그러나 이러한 시도도 오래가지 못했다. 어떤 놀이도 결국 나라는 한 사람과 하는 행위이기 때문이었다.

인간관계의 부족은 아이에게도 어른에게도 건강하지 않다는 사실을 깨달았다. 매일 회사로 출근해 일하던 내 입장에서 아이와 하루 종일 붙어 있어야 하는 상황은 결코 쉬운 일이 아니었다. 아이가 책을 골라 오는 시간, 장난감을 고르는 시간, 종이를 오리는 순간 나는 종종 멍해졌고 내가 지금 여기에서 뭐 하고 있는 걸까, 라는 부정적인 의구심이 떠올랐다. 때때로 휴직에 대한 불안감이 증폭되었고 감정이 요동쳤다. 혹시 이런 상태가 육아 우울증일까? 걱정이 많았다. 아이 입장에서도 비슷한 방식으로 매일 같은 사람과 지내는 생활이 좋을 리 없었다. 새로운 자극과 친구가 필요한 나이다. 아이가 나와 보내는 편안한 일상은 마치 흰 죽과 같은, 속은 편하지만 영양가 없는 그런 심심한 시간인 것 같았다.

아내와 상의 끝에 베이비시터를 고용하기로 했다. 어쩌면 당연하게도, 베이비시터 구하기는 만만한 일이 아니었다. 우리는 어떤 베이비시터가 좋은 베이비시터인지 알지 못했고, 시급이며 시간이나 장소 등의 운영 방식도 어떻게 조율해야 하는지 몰랐다. 코로나로 인한 외부인과의 접촉 위험성도 고려해야 했다. 다행인지 불행인지 휴직한 어린이집이나 키즈 카페 선생님들에게는 일거리가 필요한 상황이었다. 이것저것 따져야 할 것이 많았지만 어느 사설 어린이집 홈페이지에서 베이비시터 가능자 명단을 살펴보는 것으로 시터 찾기를 시작했다.

홈페이지에서는 베이비시터를 하고자 하는 사람의 이름과 가능 지역 및 시간, 이력이 공통적으로 적혀 있었고 자신이 원하는 시급이 표기되어 있었다. 인종과 인상을 확인할 수 있도록 사진도 첨부되어 있었다. 경력들은 비슷했다. 응급구조자격, 무사고 운전경력 등이 포함되어 있었고, 훈련기관 실습 내용과 다양한 교육과정 이수 내용도 확인할 수 있었다. 미국의 베이비시터 자격요건이 엄격하다는 말은 결코 빈말이 아니었다. 시급은 11달러에서 20달러 사이로 사람마다 차이가 있었지만 우리는 특정 인종이나 언어를 고집하지 않았으니 적당한 경력을 갖춘 인상 좋은 사람들을 골라 무차별적으로 연락을 돌렸다. 그저 인종에 대한 편견이 없는 사람이기를 바랐지만 그건 결코 알 수 없는 노릇이었다.

연락을 기다리는 동안 지인으로부터 베이비시터를 구하는 또 다른 방법을 듣게 되었는데, 바로 인근 대학을 통해 학생 베이비시터와 계약하는 것이었다. 마치 한국에서 과외 선생님을 구하는 것과 유사했다. 게시판에 베이비시터를 구한다는 글을 올리거나 유아교육학과 같은 관련 학과에 연락을 하는 방법이 있었다. 물론 대학에 다니는 학생이나 교직원을 알면 일이 훨씬 수월했다. 학생 베이비시터의 장점은 뚜렷했다. 일반적으로 나이가 많지 않기 때문에 보다 활발하게 아이의 눈높이에 맞춰 함께 놀아줄 수 있고, 상대적으로 비용이 저렴하다는 점. 시간과 시급을 자유롭게 조율 가능하다는 매력도 있었다. 운이 좋게도 메릴랜드주립대학에 다니는 지인을 통해 대학생 시터 연락처를 구했다. 바로 카라였다.

아이는 처음부터 카라를 좋아했다. 카라는 말과 웃음이 많았고 목소리 톤이 높았다. 그가 아이 앞에서 짓는 표정과 몸짓은 내가 일상에서 느꼈던 미국인들의 평균적인 과장치를 훨씬 웃돌았다. 시범 수업으로 이미 아이의 눈빛이 달라졌으니 다른 사람을 찾는 것은 더 이상 의미가 없어 보였다. 그가 제안한 시급도 수용 가능한 액수였다. 유일한 문제는 출퇴근 수단이었다. 그가 사는 곳에서 우리 집은 차로 30분 정도 떨어져 있었지만 그에게는 차는커녕 운전면허조차 없었다. 이제껏 도보로 이동이 가능한 집에서만 베이비시터를 했었다고 했다. 우리 집에 오려면 택시나 우버를 이용해야 했는데 그럼 비용 계산이 복잡해질 뿐만 아니라 코로나 위험에 노출될 가능성도 있었다. 결국 내가 차로 그를 나르는 수밖에 없었다. 누구에게도 편한 선택지는 아니었지만 누구에게도 더 나은 옵션은 없었던 터라 카라도 내 차를 타는 것에 동의했다. 그와의 드라이브가 시작된 것이다.

*

떠오르는 음악이 없으니 집으로 돌아가는 길이 평소보다 길게 느껴졌다. 이대로 가다간 숨이 막힐 것 같아 그에게 무슨 말이라도 걸어야 했다. 남자친구가 있는지 물어보려다 혹시 불쾌하게 생각할지 모른다는 두려움에 결국 일 얘기를 꺼냈다. "베이비시팅 말이야, 이 일을 하는 이유가 뭐야?"

거창한 대답을 기대한 질문은 아니었다. 대답으로 그를 평가하려는 마음이 있는 것도 아니었다. 나는 베이비시터를 구할 생각은 전혀 없었으니 그저 궁금한 마음에 던진 질문이었다. 내가 아는 우리나라 대학생 중 아이를 돌보는 일로 돈벌이하는 사람은 없었으니까. 나는 중·고등학생을 대상으로 수학과 영어 과외를 했었지만 누군가를 가르치는 일에서 즐거움이나 보람을 느껴서 시작한 일은 전혀 아니었다. 그저 생활비가 필요했기 때문이었다. 돈을 받았으니 그 값은 해야 한다는 마음으로 수업을 준비했고 아이 성적을 올리기 위해 나의 시간과 에너지를 썼을 뿐이었다. 내게 일정한 수입이 생겼을 때 가장 먼저 했던 일도 과외 시장에서 발을 뺀 것이었다. 그러니까 내가 그에게 예상한 대답도 '용돈이 필요해서', '학자금 대출을 갚아야 해서' 정도였다. 읽을 수 없는 글씨가 새겨진 헐렁한 셔츠를 입고 반짝이는 손톱을 만지작거리며 앉아 있는 스물두 살 금발 대학생에게 그 이상 무슨 답이 나올까. 예상된 답이 나오면 '그런데 왜 하필 베이비시팅이야?', '다른 아르바이트보다 시급이 높은 편인가?'와 같은 질문으로 연결시켜 대화를 이어나갈 심산이었다.

"나는 열두 살 때부터 이 일을 시작했어." 예상하지 못했던 대답이 흘러나왔다. 그는 고개를 돌려 내 쪽으로 시선을 고정한 채 말을 이었다. 운전대를 잡고 있던 내가 할 수 있는 건 고개를 끄덕이는 일뿐이었다. "처음 일을 시작했던 집은 바로 옆에 살던 가족이었어. 평소부터 잘 알고 지내던 일곱 살, 다섯 살짜리 동생들이 있는 집이었지. 그들의 엄마 아빠가 외식을 해야 하는 날이면 서너 시간 정도 아이들과 함께 저녁을 먹고 놀았어. 15달러 정도 받았나? 그땐 엄청 부자가 된 기분이었어." 그는 이미 수차례 같은 이야기를 해왔던 것처럼 막힘없이 말을 이어나갔다.

그는 처음 번 돈으로는 친구들과 어울리고 원하는 것을 사는 데 즐거움을 느꼈다고 했다. 미국에서는 14세 이전에 일하는 것이 금지되어 있기 때문에 베이비시터가 용돈을 벌기 위한 가장 쉬운 방법이었다. 놀랍게도 그는 베이비시팅 일을 시작한 후 대학에 입학할 때까지 단 한 번도 일이 끊이지 않았단다. "어떻게? 옆집에 계속해서 새로운 아이가 태어났어?" 그는 그럴 리가, 하며 웃었다. 자기도 정확한 이유는 모르겠지만 동네에 아이를 잘 본다고 소문이 났고 그 이후부터는 알아서 일거리가 들어왔다고만 했다.

"나는 아이와 함께 있을 때 불편함을 느낀 적이 거의 없어. 아이들은 솔직하게 웃고 울고 언제나 춤을 추고 노래를 하거든. 난 아이들과 노래하며 장난치는 게 좋아. 어렸을 때도 그랬고 지금도 그래. 어른과는 다르지. 어른들은 무언가 숨기고 있잖아." 그는 어느 순간 자신이 아이와 함께 지내는 일에 재능이 있다는 것을 깨달았고 이 일을 직업으로 삼기로 결정했다고 했다. 지금 대학에서 유아교육을 공부하고 있는 게 정말 만족스럽다고도 덧붙였다. 자신이 배우지 않고도 아이들을 대했던 방식이 학문적으로 옳은 일이라는 것을 알게 되었을 때 기뻤고, 새롭게 알게 되는 이론들을 아이들에게 적용해보는 일이 흥미롭다고 했다. 고개를 돌려보니 자신의 이야기를 끝없이 늘어놓는 그의 푸른 눈이 정말이지, 별처럼 반짝이고 있었다.

어쭙잖게 카라를 짐작했던 것이 부끄러웠다. 왜 그랬을까. 나이가 어리다고 얕봤던 것일까, 후줄근한 옷차림 때문일까, 금발이라서? 여성이라서? 금발 여대생에 대한 편견을 꼬집은 영화 〈금발이 너무해〉(2001)가 나온 것도 이미 20년 전인데 내가 이토록 고리타분한 사람이었던가. 찢어진 청바지를 입고 다니는 그는 셔츠를 입고 일하던 나보다 훨씬 나은 직업관을 갖추고 있었다. 열정과 진지함이 모두 살아 있었다. 그저 사고만 치지 않을 정도로 적당히 일했던 날들이 떠올라 혼자 부끄러웠다.

사연을 듣고 나니 그에게 하고 싶은 질문들이 많아졌다. 처음에 베이비시터를 한다고 했을 때 부모님의 반응은 어땠는지, 형제들과는 어렸을 때 어떻게 놀았는지, 그들에게도 베이비시터가 있었는지, 또 베이비시터가 미국에서 어떻게 인식되는 일인지도 궁금했다. 학교에서는 무엇을 배우는지, 요즘 대학에서는 친구들과 뭘 하고 노는지도 물어보고 싶었다. 어떻게 하면 아이와 지치지 않고 즐겁게 놀 수 있는 것인지 알고 싶었다.

다음 질문을 고르는 동안 멀리 아파트 건물이 눈에 들어왔기에 대화는 자연스레 마무리되었다. 30분이 순식간이었다. 이렇게 가까운 거리였던가. 문득 이제 더 이상 음악 선곡으로 고민하지 않아도 될 것 같다는 예감이 들었고, 좀 더 일찍 시작하지 못한 대화를 아쉬워했다. 그동안 '굳이'라는 말 뒤에 숨어 있던 이야깃거리가 걷잡을 수 없이 떠올랐다. 좁은 차 안이 풍선처럼 부푼 대화거리로 가득 채워진 기분이었다. 한 번에 하나씩 터뜨려볼까? 한낮의 드라이브가 즐거워졌다.

워싱턴 컵케이크

A와 B는 워싱턴에 와서 알게 된 엄마들이다. A는 아내의 소개로 알게 되었고, B는 A가 소개시켜줬다. A는 남편과 함께 5년 전 미국으로 건너온 뒤 반년 전쯤 워싱턴으로 이사를 왔고, B는 공무원인 남편의 단기 파견으로 워싱턴에 왔는데 본인 자신도 공무원 생활을 하고 있다고 했다. 우리 셋은 나이는 서로 달랐지만 비슷한 또래의 자녀가 있는 주 양육자이고, 배우자가 재택근무를 한다는 공통점이 있었기에 집에서 일하는 배우자의 근무 시간에는 각자의 아이를 데리고 함께 산책을 하며 친해질 수 있었다. 친해졌다는 표현은 적절하지 않을 수도 있다. 함께 있지만 각자의 아이를 살피기에 급급하다 보니 대화다운 대화를 나눈 적은 없었기 때문이다.

그러던 어느 날 B가 A와 나를 자신의 집으로 초대했다. 걸어가기에는 먼 거리라 A와 함께 내 차를 타고 가기로 했다. 약속 장소에 A는 웬 종이가방을 들고 나타났다. 그는 워싱턴에서 가장 유명한 디저트라며 굳이 봉지를 열어 내 눈앞에 핑크빛 상자를 들이밀었다. 낯선 냄새가 올라왔다. 나는 디저트에 그다지 흥미가 없었기에 특별한 반응을 보이지 않았지만 A의 눈은 벌써 초롱초롱하게 빛나고 있었다. 내 입장에서는 포장된 상자의 크기와 모양, 색깔을 보는 것만으로도 이미 디저트를 먹은 것과 다름없었다. 분명 마카롱이나 케이크 중 하나일 것이다. 디저트의 맛이란 본디 빵과 크림의 어떤 조합이 아니라 그것을 둘러싼 포장지 상태와 제품의 가격, 가게 이름과 간판 글씨체의 총합이니까.

B의 집은 붉은 지붕이 있는 이층집이었다. 마당 한쪽은 차고와 맞닿아 있었고 차고 입구에는 작은 우편함이 세워져 있었다. 길가에 주차를 하고 짐을 챙겨 내렸다. 나는 잠들어버린 두 아이를 양팔에 안았고 A는 컵케이크 상자를 들었다. 한 사람은 아이가 깰까 봐, 다른 사람은 케이크 모양이 흐트러질까 봐 매우 조심스러웠다. A가 간신히 팔꿈치를 들어 벨을 누르자 이내 B가 문을 열어 우리를 마중했다. 그를 따라 현관 입구에 신발을 벗은 후 부엌으로 들어가자 여섯 명 정도가 앉을 수 있는 식탁이 있었다. 나는 허기를 느

꼈지만 B와는 아직 거리감이 있었기에 아무 말 않고 의자에 앉았다.

"배고프죠? 잠깐만요. 내가 두 분 온다고 해서 진짜 맛있는 디저트 주문해놓았거든요."

때맞은 B의 말이었다. 어느새 에스프레소 머신을 작동시켰는지 커피콩 갈리는 소리가 요란했다. 그 소리에 맞춰 A는 자기도 커피와 함께 먹으려고 달달한 거 사 왔다며 어깨를 들썩이는 등 온몸으로 환희를 표현했다. 나도 뭐라도 사 왔어야 하나, 조금 멋쩍은 기분이 들었지만 운전자는 빈손으로 와도 된다는 B의 말을 떠올리며 간신히 아무렇지 않은 듯 웃음을 지었다. 분위기를 살리려면 목소리 톤이라도 높여야 할 것 같았지만 혹시라도 아이가 잠에서 깰까 봐 소리 없는 박수를 쳤을 뿐이었다.

초대를 받았으니 오기는 했지만 나는 오늘의 만남이 출발할 때부터 신경이 쓰였다. 벌건 대낮에 술도 없이 이들과 무슨 이야기를 해야 하나. 일로 만난 사이도 아니고 사적으로 친한 사이도 아니고 그저 어쩌다 비슷한 처지에 있는 사람들끼리의 만남. 더구나 나 홀로 남자인 모임에서 대체 나는 어떻게 행동하고 말해야 하는 것인가. 그냥 적당히 웃고 적당히 고개를 끄덕이면 되려나. 정말 나는 인싸는 아니구나. 도착할 때까지 답도 내릴 수 없는 쓸데없는 생각으로 머릿속만 복잡했다.

내 고민과 별개로 오늘의 수다는 커피를 기다리는 동안 이미 시작되고 있었다. B는 어려운 시국에 자기 집에 놀러 와줘서 고맙다는 인사로 입을 뗀 뒤 코로나 때문에 즐기기만 해도 부족한 미국에서 고생만 하고 있다며 육아 고충을 털어놓기 시작했다. 아이와 함께 박물관도 가고 싶고, 미술관도 가고 싶고, 동물원도 가고 싶은데 집에서 놀고 있자니 답답하고 아쉽다는 말이었다. B의 말이 끝나기가 무섭게 A가 바통을 받았다. 미국에서 즐겁게 지내던 추억을 곱씹으며 현재 느끼는 상실감을 토로했다. 다행히 그들의 감정과 내가 느끼는 감정이 다르지 않았기에 대화에 집중할 수 있었다. 나는 한참을 듣기만 하다 코로나 시국에 좋은 점이라고는 공원에서 아이와 줄곧 달리기만 하느라 인생 최대로 심폐기능이 향상된 거 같다는 우스갯소리를 던졌다.

커피가 준비되자 A는 품에 고이 안고 온 분홍색 상자를 식탁으로 올려놓았다. 짜잔, 조지타운 컵케이크! 언니는 이미 먹어봤지? B는 역시 A가 센스가 있다며 서로 손뼉을 마주치면서 깔깔 웃었고 커피 잔을 들어 둘만의 건배를 했다. 나는 처음 들어본 이름이었지만 유명한 디저트인 것 같아서 우와, 하고 힘껏 감탄사를 내뱉었다. 그들은 이렇게 먹다가는 코로나보다 비만과 당뇨로 병원 신세를 질 거라며 고개를 절레절레 흔들다가도, 또 맛있게라도 먹어야 집 안에 만 있는 스트레스가 풀린다며 다시 또 깔깔 웃었다. 나는 아직 워싱턴의 어떤 컵케이크 가게에도 가보지 못했고, 애초에 단것을 그리 좋아하지도 않았기 때문에 그냥 오, 하는 기계적인 리액션을 반복했다.

딩동.

벨이 울렸고 B는 서둘러 문밖으로 나가더니 하얀 상자를 들고 돌아왔다. 짜잔, 나도 컵케이크 시켰지요! 이건 베이크드앤드와이어드 컵케이크야. 우와! A는 이전보다 더 크게 환호했다. 오늘 우리 워싱턴에서 가장 유명한 두 가게 컵케이크를 모두 먹는 거네? 라며 진심으로 기뻐하는 표정을 지었다. 맙소사, 커피 한 잔이면 컵케이크 하나로 충분하고도 남을 텐데. 나는 속에서 한숨이 나왔지만 다시 와아, 하고 최선을 다해 미소를 지었다. 이상하게도 오늘따라 감탄사를 뱉어야 할 순간이 참 많았다.

A와 B는 자신들이 구매한 케이크 상자를 열어 각각 네 개, 여섯 개 총 열 개의 케이크를 꺼냈다. 눈앞에 이제껏 본 적 없는 온갖 휘황찬란한 색의 케이크가 펼쳐졌다. 내가 색으로 구분할 수 있는 맛은 기껏해야 치즈, 초콜릿, 크림 정도였다. 분홍색, 주황색, 연두색, 갈색의 케이크는 무슨 맛일지 도무지 상상할 수 없었다. B는 운전하고 오느라 수고했다며

나보고 먼저 먹고 싶은 케이크를 고르라고 했다. 무난하게 치즈케이크를 골랐는데, B는 그건 조지타운에서 만든 거니까 자기가 주문한 것 중에서도 하나를 더 선택해야 한다고 했다. 이것만으로 충분하다고 말하려고 했지만 그의 눈빛을 보니 거절은 선택지가 아닌 것 같았다. 어떤 것이 설탕이 덜 들어갔을지 이리저리 들여다보았다. 그 모습을 보던 A가 자기들은 이미 몇 번 먹어봤고 뭐든 좋아하니까 편하게 고르라고 말하며 웃었다. 그럼 이왕 먹어보는 거 똑같은 맛으로 먹고 비교해보자는 심산으로 다시 치즈케이크처럼 보이는 것을 골랐다.

그러자 A는 핑크빛 상자에 있던 빨간 컵케이크를 선택했다. 그에 따르면 워싱턴에서 가장 유명한 것 중 하나가 바로 이 조지타운 컵케이크였다. 조지타운 컵케이크는 평범한 월급쟁이 생활을 하던 워싱턴 출신 두 자매가 할머니로부터 요리법을 전수받아 어렸을 적 꿈이었던 케이크 가게를 열었다는, 그리 특별한 것 없는 사연을 가진 디저트 가게라고 했다. 보통 유명해진다는 것이 그렇긴 하지만. A는 가게가 유명해진 이유가 바로 이 레드벨벳 때문이라고 했다. 빨갛고 하얀 케이크는 보기에도 엄청 사랑스러운 데다 크림이 버터크림인데도 느끼하지 않고 묵직하면서도 쫀쫀한, 그러면서도 입안에서 사르르 녹는 예술적인 맛이라고 했다. 무슨 맛인지 짐작할 수는 없었지만 기가 막힌 표현이라고 생각했다.

B는 자신이 주문한 케이크 중 황토에 가까운 주황색 하나를 골랐다. A가 고른 케이크와 비교해보니 크기가 조금 더 커 보였다. B는 베이크드 케이크가 조지타운에서 만든 것보다는 빵이 크고 조금 더 달고, 아마 그래서 약간 더 비싼 것 같다고 말했다. 하지만 오늘은 먹을 수 있는 케이크가 많아 담백한 것으로 시작하고 싶어서 당근케이크를 골랐다며 빙긋 웃었다. 맙소사, 당근이라니. 나도 모르게 고개를 흔들었다. B는 떨떠름한 내 표정을 보고는 당근케이크라고 당근주스 맛을 생각할 필요는 없다며, 촉촉하고 달짝지근하고 그러면서도 쫀득하다며 한 스푼을 권했다. 나는 괜찮다고 정중히 사양했다.

이제 내가 고른 케이크 맛을 볼 차례였다. 두 사람은 이야기를 멈추고 가만히 나의 시식을 지켜보았다. 작고 반짝이는 금빛 포크를 들어 그나마 당도가 약하다는 조지타운 쪽 치즈케이크를 손톱만큼 들어 입에 넣었다. 온몸에 소름이 돋을 것 같이 달아 얼른 커피를 한 모금 마셨다. 쌉싸름한 커피 향이 겨우 혀끝을 진정시켰다. 머릿속에 의식적으로 맛을 기억했다. 수 초 후 다시 포크를 들어 베이크드 치즈케이크 한 조각을 조심스럽게 혀에 갖다 댔다. 이전에 먹은 단

맛이 남아 있어서 그런 걸까, 아니면 이미 그들의 설명을 들어서 그런 걸까. 훨씬 더 크리미하고 설탕이 많이 들어간 느낌이었다. 커피를 조금 더 마셔야만 했다.

"어느 쪽이에요? 두구두구두구!"

내가 포크를 내려놓자마자 A와 B가 질문을 던졌다. 나는 머뭇거리며 둘 다 비슷하네요, 엄청 달아요, 라고 했지만 그들은 그런 대답은 안 된다고, 단 하나를 골라야 한다고 강한 어조로 다시 대답을 요청했다. A는 구체적으로 시나리오까지 던져줬다. 만약 지금 싱글이고, 여자친구를 위해 컵케이크를 산다면 어느 가게에서 살 것인지 상상해보라고 했다. 여자친구 생일! 아니, 사귀고 1년째 되는 날! 아니면 그날! D-day? B는 짓궂은 표정을 지으며 상황을 추가했다. 그날이 대체 어떤 날이람.

굳이 이렇게까지 할 필요가 있나 싶었지만 대답을 피할 수는 없는 노릇이었다. 그래, 어차피 맛은 비슷하니까 조금이라도 가격이 저렴한 조지타운을 고르는 게 낫겠지. 조지타운 케이크의 분홍색 상자도 러블리해 보이고. 베이크드 케이크가 더 달고 양이 많다고 하더라도 오늘처럼 두 케이크를 동시에 놓고 비교하는 게 아니라면 그런 것은 어차피 알 수 없는 노릇이지 않은가.

조지타운 컵케이크, 라고 입을 떼려는 순간 B의 얼굴이 눈에 들어왔다. 왠지 B는 자신이 주문한 케이크가 선택되지 않으면 서운함을 느낄 것만 같았다. 반면 A는 (모르는 일이지만) 내가 어떤 대답을 하든 아무 신경도 쓰지 않을 것 같은 성격이었다. 그렇지만 B는 몇 달 후 한국으로 돌아가기 때문에 미국 생활을 오래 함께할 A의 손을 들어주는 게 나은 게 아닐까? 그래야 혹시 모를 긴급 상황에 편하게 도움을 요청할 수 있을 테니까. 생각할수록 결정이 어려워졌다.

"시험 보세요?"

나의 대답을 기다리다 못한 B가 웃으며 내뱉은 말이었다. 그러면서 그는 자기 남편은 너무 단 음식을 안 좋아한다고, 자신과는 완전히 다르다고, 남자들의 입맛을 이해할 수 없다고 나를 보며 웃자 A는 맞장구를 쳤다. 그때부터 그들의 이야기는 디저트에서 다이어트로, 다이어트에서 운동으로, 운동에서 산책으로, 다시 산책에서 강아지, 강아지에서 고양이로 갈 곳 모르는 연기처럼 퍼져 나갔다. 그들은 마치 오래된 친구처럼 소재에 제약을 두지 않은 채 자신의 생각과 처지를 가감 없이 나누었다. 참으로 놀라운 일이었다.

나는 걸핏하면 타이밍을 놓치다가 그건 그렇죠, 맞아요, 라며 장단을 맞추기에 급급했지만 결코 대화에서 소외되지는 않았다. 어쩌다 내가 다른 생각이라도 하고 있을 때면 A와 B가 귀신같이 알아차리고 질문을 던져 나를 대화에 끌어들였다. 어떻게 이들은 이렇게 빠르게 말하면서 눈치도 빠를까. 또 어떻게 자주 웃고 어떻게 모든 말에 감탄할 수 있는 걸까. 이토록 지치지 않은 에너지와 흥은 어디에서 나오는 것일까. '슈거하이'라는 게 있다던데 혹시 단 음식을 좋아하기 때문일까? 말하기 위해 컵케이크를 먹는 건지, 컵케이크를 먹으면 말을 잘하게 되는 건지 궁금해지기 시작했다. 내게도 워싱턴 컵케이크를 즐길 날이 온다면 그들과 함께 끝없는 대화를 나눌 수 있게 될까. 놓았던 포크를 다시 들었다. 입안에 퍼지는 치즈 향이 한없이 달콤했다.

스테이크는 왜 남자가 구울까

워싱턴으로 건너온 지 6개월째다. 봄에서 여름으로 한 계절이 변하는 것을 느꼈던 시간이다. 그리 길지 않은 시간이지만 내 삶에서도 달라진 점이 몇 가지 있는데 그중 가장 먼저 떠오르는 것은 바로 나날이 높아지는 기온처럼 늘어난 소고기 섭취량이다.

미국에서 스테이크 요리는 아는 선배로부터 저녁 식사 초대를 받았던 날 처음 먹어봤다. 고기는 본인이 준비한다는 말을 듣고 나는 와인 두 병과 치즈를 챙겼다. 선배네 집은 작은 베란다가 있는 주택이었다. 베란다에는 세 명 정도가 앉을 수 있는 둥근 테이블과 의자, 그리고 허리 높이 정도의 그릴이 놓여 있었다. 이른 시간이었지만 나는 허기를 느꼈기에 서둘러 가져온 짐을 풀었다. 선배도 곧장 부엌으로 향하며 내게 외쳤다.

"먼저 나가서 불 좀 피워놓을래?"

나는 선배의 말에 어, 어 하고 멈칫했다. 내가 그릴에 직접 고기를 구워본 적이 있었던가. 에이, 이 남자 곱게 자랐네? 하고 선배가 웃으며 손가락으로 잔디 위에 놓인 물건들을 하나씩 가리켰다. 저게 숯인 건 알 테고, 그 옆에 있는 건 착화제야. 바로 숯불을 피우기는 어려울 수 있으니까 숯 사이사이에 저 착화제를 넣고 불을 붙이면 금방 할 수 있을 거다. 자. 여기 토치. 그럼, 파이팅!? 그렇게 선배는 내 손에 토치를 쥐여주고 부엌으로 들어갔으니 나는 하릴없이 그릴 앞에 있는 목장갑을 끼고 새까만 숯을 그릴에 올려놓기 시작했다.

숯을 피우는 일은 어렵지 않았지만 고달팠다. 산소가 잘 통하도록 숯의 위치를 끊임없이 바꿔주고 뒤집어줘야 했고, 착화제가 모두 연소되어 불이 꺼지기 전에 일정한 양을 유지시켜줘야 했다. 하필 바람이 강했기 때문에 그릴의 뚜껑을 수없이 열고 닫으며 불씨를 지키려고 노력했다. 온몸으로 바람을 막아보려 수시로 자리를 바꾸기도 했다. 하지만 무엇보다 힘들었던 것은 연기를 피하는 일이었다. 남동풍이든, 북서풍이든 분명 하늘 위 바람은 한 방향으로 불고 있을 것인데 내 앞의 바람은 어찌 이렇게 혼돈인지. 몸을 오른쪽으로 돌려보아도, 왼쪽으로 돌려보아도 연기는 항상 내 얼굴을 향했다. 신체도 질량이 있는 물체에 불과하니 연기를 구성하는 입자가 내 쪽으로 끌리는 것은 당연한 것인지도 몰랐다.

선배는 하얗게 탄 숯을 보더니 고기와 야채를 올리기 시작했고, 자연스럽게 나는 부엌으로 들어와 식탁을 정리했다. 선배는 한동안 그릴 앞에서 시간을 확인하며 고기를 뒤집고 숯을 뒤적이면서 말없이 요리에 집중했다. 최근에 핀을 이용해서 온도를 측정하고, 또 그 값을 스마트폰으로 전달해 고기가 원하는 정도로 구워졌을 때 알람까지 울려주는 기계를 구입했지만 본인은 그냥 눈으로 보고 시간을 재는 방식이 더 좋다는 말만 했던 것 같다. 얼마 후 우리는 검붉은 스테이크가 식탁 위에 올라간 후에야 비로소 자리에 앉았고 와인으로 각자의 잔을 채웠다. 그리고 크게 한 덩이 썬 소고기를 입에 넣었는데, 그게 어찌나 맛있던지.

*

그날 이후 난 틈만 나면 스테이크를 생각하게 되었고 그때야 비로소 미국이 스테이크를 먹기에 최적의 곳이라는 것을 깨달았다. 우선 스테이크용 식재료가 무척 저렴하고 다양했다. 족히 두께가 6-7센티미터는 되는 네 덩이의, 도

저히 3인 가족이 한 끼에 먹을 수 없는 정도의 스테이크용 고기를 4만 원 언저리에서 살 수 있다. 또 고기와 함께 마실 수 있는 가성비 좋은 와인도 많고, 새우며 채소도 그릴용으로 포장되어 다양하게 출시되다 보니 마트에서 쇼핑을 하다 보면 마치 '어서 밖으로 나가 바비큐 파티를 하라'는 외침이 들리는 것만 같았다.

그리고 직화 구이를 할 수 있는 그릴이 도처에 정말 많았다. 살고 있는 아파트 옥상에는 가스가 연결된 그릴이 여러 대 설치되어 있었고 가까운 공원에만 가도 숯불구이를 할 수 있는 장소가 마련되어 있었다. 날씨가 좋은 날이면 도처에서 고기 굽는 냄새를 맡을 수 있었다. 코로나 시대임에도 많은 사람들이 가족, 친구들과 함께 밖으로 나와 고기를 구워 먹으며 따뜻한 날씨를 즐겼다. 처음에는 대체 누가 이런 시설들을 이용한다고 굳이 돈 들여 만든 걸까, 하고 의아해했다. 국민 건강을 위해서라면 우리나라처럼 철봉이나 허리 돌리기 기구와 같은 운동시설이 있어야 하는데….

찾아보니 미국 사람들의 소고기 사랑은 역사가 꽤 깊었다. 경제사학자 조슈아 스펙트는 최근의 저서 『Red Meat Republic: A Hoof-to-Table History of How Beef Changed America』에서 미국 소고기 산업의 등장과 발전, 이를 둘러싼 갈등을 다루는데, 그에 따르면 미국에서 19세기 후반부터는 부와 관계없이 대부분의 사람들이 질 좋고 신선한 소고기를 기대하게 되었다고 한다. 우리나라와 달리 아파트 옥상부터 변두리 작은 공원까지 바비큐 그릴이 놓이게 된 배경에는 무려 100년 이상의 소고기 사랑이 있었다는 거다.

미국에서 저렴한 가격으로 소고기 공급이 가능했던 주된 이유는 과거 소규모 농장에서 사육되고 도살되는 시스템이 어느 순간 미국 전역을 아우르는 고도로 중앙 집중화된 산업으로 달라졌기 때문이다. 그런데 애초에 소고기에 대한 수요가 높아진 이유는 무엇일까? 물론 옛날 사람들은 고기뿐만 아니라 먹을 것 자체에 굶주려 있었을 테지만, 조슈아 스펙트는 식문화와 사회적 지위 간의 관계를 통해 이를 설명한다. 일례로 당시에는 소고기 중심의 식단이 사회적 성공에 필수적이라는 가정이 마치 사실인 것처럼 받아들여졌다. 일부 신문에서는 몇몇의 소위 잘나가는 '두뇌 노동자'들이 소고기를 최고의 식단으로 꼽는다는 내용의 기사를 다루곤 했다. 똑똑한 사람들은 소고기를 좋아하고 또 자주 먹는다는 것이다. 채식주의자들의 실패 사례도 함께 곁들이면서. 이렇게 질 좋은 소고기가 뇌에 영양소를 공급하는 최고의 재료라는 인식은 나아가 소고기 요리가 당시 엘리트 백인을 위한 식단이라는 생각으로 연결되었다. 이러한 사회 분위기에서 소고기를 향한 미국인의 열망이 높아졌던 것은 무척 자연스럽다.

미국에서 소고기를 먹으며 지위가 올라간다거나 똑똑해진다는 생각을 해본 적은 없다(자주 마시는 와인 탓에 뇌 기능이 떨어질 것을 걱정한 적은 있지만). 그것보다는 오히려 스테이크를 굽는 대부분의 과정이 꽤나 남성적인 작업이라는 엉뚱한 의구심이 들었다. 특히 불을 피우고 고기를 굽는 행위에서 강력한 남성성을 느꼈다. 여기에서 내가 생각했던 남성성은, 특정 행위를 하지 못하는 남자는 제대로 된 남자가 아닌 것처럼 보이는 성질이다. 남자라면 숯불 정도는 피울 줄 알아야지! 이런 거. 실제로 그릴 앞에서 고기를 굽고 있는 사람은 모두 남자들이었고 활활 타오르는 불과 고기 앞에서 어리숙한 모습을 드러내는 남자를 본 적이 없었다. 나 역시 숯불 피우는 방법을 잘 알지 못했던 시기에도 다른 남자에게 가서 물어볼 시도조차 하지 않았다. 그것은 길을 물어보는 것과는 다른 느낌이었고, 주차가 어렵다고 다른 남자에게 부탁하지 않는 것과 비슷한 느낌이었다. 내 안에 각인된 성역할 고정관념이었을까?

놀랍게도 나의 생각은 전혀 터무니없는 것이 아니었다. 실제로 소고기가 온전히 남성의 영역이던 시절이 있었다. 조슈아 스펙트는 'Why Are American Men So Obsessed with Steak?'에서 과거, 그러니까 19세기 후반쯤 미국에서는 여성이 소고기를 구매하고 요리하는 것을 조롱하는 분위기가 만연해 있었다고 밝힌다. 당시 여성들은 정육점에서 고기를 주문할 때도 남성의 지시에 따르는 것이 적절하고 자연스러운 행동으로 여겨졌던 것이다. 대부분 가정에서 여성이 식사를 준비하고 필요한 재료들을 구매하는 역할을 담당하고 있었음에도 말이다.

그 시절 의사나 신문 기자 들을 포함한 많은 사람들은 여성이 좋은 스테이크 요리를 할 수 없다고 생각했다. 여기에는 당시 식습관과 사회적 지위, 성의 관계가 서로 얽혀 있다. 예컨대 훌륭한 아침 식사 메뉴에는 스테이크와 달걀 등이 포함되어야 한다고 생각했기 때문에 일부 여성이 오트밀 같은 새로운 음식을 도입하려 했을 때, 이런 선택을 어처구니없는 것으로 무시했고 나아가 음식에 관한 여성의 판단을 격하시킨 것이다. 또 여성은 본능적으로 도살, 도축에 관심이 없기 때문에 소고기 품질을 판단할 수 없다는 나름 '과학적'인 결론을 내리기도 했다. 원하는 결론을 뒷받침해줄 근거를 찾는 것은 예나 지금이나 그리 어렵지 않았던 모양이다.

몇 주 후 선배네 집에 다시 한 번 방문했다. 수차례 시도 끝에 미국에 사는 남자답게 불을 피우고 고기를 구울 수 있게 되었을 즈음이었다. 이번에는 내가 고기를 사갔다. 도살과 도축에는 전혀 관심이 없지만 고기의 품질은 영수증에 찍힌 가격으로 장담할 수 있었다. 나는 직접 스테이크를 굽겠다며 위풍당당하게 그릴로 향했지만 선배는 허락하지 않았다. 본인 집에서 손님이 요리하는 걸 볼 수 없다는 논리였다. 어쩔 수 없었다. 지난번처럼 식탁을 정리하고 와인을 따르는 수밖에.

고기를 굽고 있는 선배 옆에서 와인을 홀짝거리며 물었다. 혼자 사는 거 지낼 만하냐고, 여전히 결혼 생각은 없냐고. 멀쩡한 직장도 있고 이렇게 좋은 집도 있는데 옆에 누가 있으면 고기도 구워주고 편하지 않겠냐는, 시시한 질문이었다. 선배는 우리 엄마랑 똑같은 소리를 한다고 나를 놀리며 대답했다. 네 말대로 이렇게 집도 있고 차도 있고 혼자 다 할 수 있다 보니 남자가 꼭 있어야 하는지 모르겠더라. 지금이 편해. 틀린 말이 없으니 맞장구를 칠 수밖에 없었다. 하긴, 그렇긴 하네요, 둘이 살면 가끔 피곤할 때도 있죠. 선배는 검붉게 익은 작은 고기 한 조각을 내 앞에 놓아주며 말을 이었다. 그리고 무엇보다, 소고기는 내가 구운 게 제일 맛있던데? 재빨리 고기를 입에 넣었다. 여전히 최고의 맛이다. 스테이크 굽는 데 남녀가 어디 있으랴. 역시 고기는 잘 굽는 사람이 구워야 제맛이다.

좌회전 신호등

이럴 줄 알았다. 우물쭈물하다 내 이럴 줄 알았지. 아니지, 우물쭈물하지 않았더라도 분명 언젠가 한번은 일어날 일이었다. 나도 실수하지 않았고 그 사람도 어쩔 수 없었으니까. 잘못은 '사고 유발체'라고 부를 정도로 정말 엉망인 교통 시스템에 있다.

그나마 아무도 다치지 않은 가벼운 접촉사고여서 다행이었다. 내 차의 왼쪽 뒷부분이 찌그러졌고, 상대방 차의 오른쪽 범퍼와 전조등이 조금 파손되었을 뿐이었다. 서로의 차에 운전자 외에는 아무도 타고 있지 않다는 것도 마찰이 생길 수 있는 가능성을 줄이는 데 한몫했다. 뒷자리에 아이가 타고 있었거나 조수석에 동승자가 있었더라면 이야기는 달라졌을 것이다. 오직 두 성인 간에 일어난 사건. 보통 이런 경우에는 쉽게 상황이 해결된다. 대충 딱 봐도 이길 싸움인지 질 싸움인지 각이 나오니까.

내 기억이 맞는다면 나는 분명 초록색 신호등인 것을 확인하고 교차로에서 직진을 했다. 그래서 충돌하는 순간에도 본능적인 욕설은 튀어나왔지만 자책은 하지 않았다. 혹시 내가 정지선을 통과할 때 주황색 신호등으로 바뀌었을 가능성이 있지만 그럴 경우에도 어쨌든 최소한 귀책 사유가 오롯이 나한테만 있지는 않을 게 분명했다. 우물쭈물은 모르겠지만 어쨌든 눈치를 보며 천천히 지나갔기에 속도위반일 리도 없었다. 사고가 난 뒤 차를 도로 위에서 멈추거나 갓길로 댈 필요도 없었다. 나에게 다가오는 차를 본 순간부터 핸들을 오른쪽을 꺾었기 때문에 차가 멈추었을 때 두 차는 나란히 갓길에 정차해 있었다.

나의 고민은 차가 멈춘 뒤 운전석 문을 열고 밖으로 나가야 할지 그냥 앉아 있어야 할지 사이의 결정에 있었다. 우리나라에서는 비슷한 유형의 사고가 일어났을 때의 대처법이 잘 알려져 있다. 내가 피해자로 추정되는 경우 높은 합의금을 위해서 자리에 앉아 나가지 않은 채 목덜미를 잡고 다친 척을 하는 것. 머리로 클랙슨을 누르고 있으면 더 효과적이겠지. 하지만 여기는 미국이고 나는 아직 이곳의 사고 대처 문화를 잘 알지 못했다. 괜히 섣불리 움직였다가 더 큰 화를 입을까 두렵기도 했다. 그래서 보험사 전화번호를 휴대폰에 옮겨 적으며 가만히 백미러로 뒤차 운전자의 동태를 지켜보았다. 그가 문을 열고 손에 아무런 무기를 들지 않고 나오는 것을 본 뒤에야 나도 의자에서 몸을 일으켰다. 멀끔해 보이는 그의 옷차림에 안도의 한숨을 내쉬었다.

언제나 첫 대사는 중요하지만 만나서 반가운 사이도 아니라 '굿모닝'이나 '하우 아 유'로 시작하기도 이상했고 내 잘못도 아닌데 먼저 '아임 쏘리'라고 할 만한 상황도 아니었다. 미국에서는 함부로 미안하다는 말을 하지 말라는 충고를 어느 책에선가 읽었던 기억도 떠올랐다. 그냥 뻔뻔하게 'What the F***!'을 외칠까 생각했고 상대방으로부터 그런 말을 듣는 것도 각오했다. 말이 안 통하면 경찰을 부르는 것도 염두에 두었다. 말이 통한다 하더라도 시비를 따지기 시작하면 결국 경찰이 있어야 할 일이었다. 그런 생각을 하며 그가 내게 다가오기를 기다렸다. 몇 초가 수 분 같았다.

하지만 놀랍게도 그가 내게 건넨 첫 마디는 "Are you ok? I'm sorry"였다. 그것도 무척이나 정중한 말투와 태도로. 어? 내가 기대한 미국은 이런 나라가 아닌데. 낯설었다. 그래도 그의 친절한 말에 표정이 풀어지는 것은 어쩔 수 없었다. 내 성격이 이렇게 독하지 못하고 무르다. 어, 어, 괜찮은 것 같다고, 당신은 어떠냐고 되물었다. 그는 전혀 문제없다고 고개를 젓었다. 자기 차도 별거 아니라며 어깨도 으쓱 들었다 놓았다. 딱 봐도 앞 범퍼는 수리해야 할 것 같았는데 말이다. 상황을 살피는 몇 마디 인사치레 후 그는 어떻게 할 거냐고 물었다. 보험회사에 연락을 했는지, 경찰은 부를 것인지 물었던 것 같다. 나는 아직, 이제 하려고, 라고 대답했다.

굿, 굿. 그는 나의 대답에 연신 좋다고 중얼거리며 나의 차를 눈으로 살펴보았다. 그러더니 나에게 수리비로 얼마 정도가 필요할 것 같은지 물었다. 내가 미국에서 자동차 수리비를 알 리가 있나. 모르겠는데, 그런데 왜? 내가 잘 이해하지 못하겠다는 말투로 대꾸하자 그는 자기가 잘못한 것 같으니 직접 수리비 정도의 금액을 주겠다고 했다. 깔끔한 제안이었다. 한국에서 경험한 접촉사고에서는 합의금을 받고 종결된 경우에도 유쾌하지 못한 감정이 배수구 음식물 찌꺼기처럼 남아 있기 마련이었는데, 그가 구사하는 단어와 표정은 그런 묘한 감정을 건드리지 않았다.

이제 다시 내가 공을 넘길 차례였다. 이 공을 받아쳐야 할까, 흘려보내야 할까. 이런 상황에 대한 경험과 학습이 전무했으니 나의 직감이 이끄는 대로 판단할 수밖에 없었다. 경찰과 보험사를 호출하면 그다음은? 우선 내가 이 상황을 영어로 얼마나 잘 설명할 수 있을지 걱정이 들었다. 혹시 오히려 본격적으로 시비를 가리면 더 피곤해지고 받는 돈도 줄어드는 게 아닐까. 결국 그의 제안을 수락했다. 사고 사진을 찍고 연락처를 받고 이후 수리비를 청구하는 것으로 상황을 마무리했다.

아내는 나의 이야기를 듣더니 혀를 찼다. 사고 난 후 괜찮다고 말하는 사람이 어디 있냐고, 또 바로 보험사에 연락을 했어야 한다고, 지금이라도 보험에 접수하라고 다그쳤다. 그렇지만 내 입장에서는 어쨌거나 그와 합의를 본 상태라 번복하기 애매했기에 차만 잘 고치면 되지, 하고 넘어갔다. 사실, 머릿속은 그 사람이 자신의 잘못을 인정했던 이유에 대한 궁금증으로 가득 차 있었다. 무조건 시비를 가리자고 따질 수도 있었을 것 같은데 말이다. 내가 직진 신호에 맞게 건넜다면 반대쪽 차선도 초록색 신호였을 것이고, 망할 미국의 신호체계에 따르면 직진 신호가 떨어졌을 때 좌회전도 눈치껏 하면 되는 것이니 일방적인 독박은 아니었을 텐데.

미국 운전에서 가장 어려운 문제였다. 좌회전 화살표 신호가 없는 교차로에서 어떻게 왼쪽으로 회전할 수 있는가. 직진 신호등이 켜져 있을 때 좌회전을 하면 된다고 하지만 반대쪽에서 직진 차량이 오는데 어떻게 들어가라는 것인지 도통 이해가 되지 않았다. 직진하는 차가 없어질 때까지 기다리다 보면 신호등은 다시 빨간색으로 바뀌는데 대체 어쩌라는 걸까. 다른 차를 보니 다들 나처럼 직진 차가 멈추기를 혹은 다 지나가기를 기다리다가 신호가 바뀌기 직전에 슬금슬금 좌회전을 했다. 그렇게 기껏 한두 대만 통과하는 것이다. 처음에는 이게 말이 되는 시스템인가 싶었다.

버지니아주 교통법규*에는 교차로에서 좌회전을 하려는 운전자는 반대쪽 차선에서 직진하는 차량에 양보를 해야 함을 명시하고 있다. 좌회전을 하려는 차량이 다른 차량보다 우선권을 갖는 경우는 오직 별도 좌회전 신호에 의해 제어되는 교차로에서뿐이다. 심지어 신호등이 있는 교차로에서도 보행자와 다른 차량에게 양보해야 한다는 조건이 있다. 그러니까 법에 따르면 교차로에서 사고가 발생한 경우 기본적으로 좌회전 운전자의 과실로 사고가 일어났다고 추정하는 셈이다. 좌회전 운전자가 여기에서 벗어날 수 있는 방법은 명백하게 좌회전 신호를 받고 이동했다는 것을 입증한 경우, 또는 상대 차량이 과속이나 음주운전으로 대처할 수 없는 사고를 일으킨 경우이다.

즉, 좌회전 신호가 따로 설치되어 있지 않은 교차로에서 사고가 발생하면 좌회전 운전자 입장에서는 골치가 아플 수밖에 없다. 오늘 접촉사고에서 상대방도 마찬가지였을 것

* Virginia Motor Vehicle Law at § 46.2-825.

이다. 쌍방이 초록색 신호등을 보고 운전했지만 분명 좌회전을 한 쪽이 더 과실이 큰 상황이니 그 사람 입장에서는 피해 정도가 크지 않다면 그냥 둘 사이에 합의를 보는 것이 깔끔하다. 보험에 가입되지 않았거나 가입되었더라도 처리 과정이나 비용을 따져보면 경제적으로도 이득일 테니까.

*

몰랐던 미국 생활 정보를 발견했다는 생각에 뿌듯함이 샘솟았다. 아무도 내게 알려주지 않았던 사실이었다. 사고는 이미 잊은 지 오래. 누구한테 알려주면 반응이 좋을지 고민했다. 문득 컵케이크를 나눠 먹은 아이 엄마 A와 B가 떠올랐다. 나와 비슷하게 배우자를 따라 미국에 온 사람들이기 때문에 사소한 사실이라도 도움이 될 것 같았다. 설명을 위해 교차로와 신호등 그림까지 삽입한 자료를 인쇄한 후 모임을 소집했다.

장소는 바나나푸딩으로 유명한 카페 'Bakeshop'이었다. 우리는 따뜻한 커피와 크리미한 푸딩, 쌉싸름한 초콜릿 컵케이크로 충분히 당을 채운 다음 수다를 시작했다. 그들은 나의 사고와 발표에 큰 관심을 보였다. 다들 한두 번씩은 미국에서 운전하면서 고생했던 경험이 있었기 때문이다. 그들은 고속도로에서 도로가 좁아진다는 표지판을 보지 못하여 트럭과 부딪힐 뻔했다는 사연, STOP 표지판에서 멈추지 않고 속도만 줄였다가 다른 차로부터 쌍욕을 들었다는 사연, 정차한 스쿨버스를 앞질러 가려다가 벌금을 물었다는 사연 등 아직 내가 겪어보지 못했던 어려움에 대해 들려주며 미국 내 운전의 어려움에 공감했다. 좌회전 신호 문제는 일상적인 불편함에 속하는 수준이었다. 교차로를 지날 때마다 긴장하는 사람이 나만은 아니었던 것이다.

세 명이 둘러앉아 좌회전 문제에 대한 불만을 토로하기 시작하자 생각보다 더 복잡한 상황이라는 것을 알게 되었다. A는 자기가 좌회전할 때 교차로가 엉망이 되었던 일을 떠올리며 치를 떨었다. 좌회전 신호가 없는 교차로에서 A는 눈치를 보며 교차로에 살살 진입하고 있었는데 앞차가 빠르게 좌회전을 하지 못하니 동시에 차량 두세 대가 교차로에 걸쳐 있게 된 것이다. 마침 신호마저 바뀌니 도로는 경적이 난무한 아수라장이었다고 했다. 원칙상 운전자는 교차로에 진입한 경우 멈추지 않아야 하고, 그렇게 하지 못할 경우 진입하지 않아야 하지만 이는 현실을 고려하지 않은 규정이었다. 영영 좌회전을 못 할 수도 있으니까.

"똑똑한 사람들이 왜 이걸 그냥 내버려둘까요?" B의 한숨 섞인 질문이었다. 그는 대부분의 도로에 좌회전 신호가 없는 것을 궁금해했다. 모든 교차로에 좌회전 신호가 없는 것도 아닌데 왜 어떤 도로는 신호를 설치하지 않아 혼란을 초래하느냐는 말이었다. B는 우리나라처럼 우회전만 알아서 하도록 내버려두고, 웬만하면 좌회전 신호등을 만드는 게 낫다고 주장했다. 나도 그렇다고 맞장구를 치며 그와 주먹을 맞부딪혔다.

"어쩌면 똑똑하니까 그런 게 아닐까요?" 푸딩을 떠먹으며 가만히 이야기를 듣던 A가 입을 뗐다. 똑똑하다고? 왜죠? 나는 의자에 파묻고 있던 허리를 곧추세웠다. A는 모든 정책 결정에는 다 이유가 있을 거라는 말을 시작으로 논리를 펼쳤다. 그는 미국이 의사결정을 할 때 손익 따지기를 좋아하는 나라라고 주장하며, 이 경우도 교통량을 조사해서 좌회전 차량이 많은 교차로에는 비용을 들여 신호등을 설치하고 그렇지 않으면 굳이 돈을 쓰지 않았을 것이라고 했다. 아낀 비용으로 다른 문제가 개선될 수 있으니 불편함이 발생하더라도 감수해야 하는 영역이라는 것이다. 말을 마친 A가 이번에는 커피를 홀짝였다.

그럴지도 모르겠네요. 나는 A의 말에도 고개를 끄덕였다. 그런 나를 보고 B는 무슨 황희 정승이냐고 놀리며 A의 주장에 반박을 시도했다. B는 자기가 공무원 생활을 하면서 그 손익 분석이라는 업무 가까이에 있었는데 제대로 되는 꼴을 본 적이 없다고 했다. 온갖 가정이 덕지덕지 붙은 소설

쓰기와 비슷한 일이라며, 분석과 현실이 일치하는 일은 거의 없다는 말이었다. 그는 미국도 다를 게 없을 거라고, 교통사고로 인한 비용이나 정체 시 낭비되는 시간 비용이 충분히 고려되지 않았을 거라고 덧붙였다. 그러고선 내게 다시 입장을 생각해보라며 선택을 권했다. 좌회전 신호등을 설치하지 않은 미국이 똑똑한 건지 멍청한 건지.

왜 이분들과 있으면 자꾸 뭔가를 고르게 되지? 컵케이크 고르기도 쉽지 않았는데…. 손을 들어 1분만 생각할 시간을 달라고 했다. A와 B는 기다렸다는 듯 장난스러운 표정을 지었다. 이들은 나를 놀리려고 만나는 것인가.

주어진 1분 동안 미국이라는 나라에 대해 생각했다. A의 말대로 철저히 계산적인 측면도 분명 있는 나라이다. 사람 목숨이나 안전도 모두 금전화하여 숫자로 따질 수 있는 나라니까. 그런데 그게 꼭 합리적인 결정인지는 알 수 없는 노릇이다. 또 어떤 측면에서는 이해가 가지 않을 정도로 막무가내인 것 같기도 하고 무작정 관습을 따르는 것 같기도 하다. A와 B 중 한쪽의 손을 들어주려는 게 아니려면 뭔가 다른 아이디어가 필요했다.

"미국이 똑똑하거나 바보라서 그런 것이 아닙니다." 나는 과장된 톤으로 목소리를 잔뜩 낮췄다. 그럼 뭔데요? 그들의 눈에는 여전히 장난기가 가득했다. "미국이 자유의 나라라서 그래요.” 네? 사뭇 진지한 나의 말투에 참고 있던 그들의 웃음이 새어 나왔다. 왠지 모르게 나도 자꾸 웃고 싶었지만 간신히 억누르고 말을 이었다. 이게 이렇게 심각할 문제인가. 어쨌든, 내 생각은 이랬다. 미국은 자유의 나라니까 국민들은 가능한 한 국가로부터 행동이나 권리를 제한받고 싶어 하지 않는다. 규제는 어쩔 수 없을 경우에만 하는 것이다. 좌회전도 마찬가지이다. 꼭 필요해서 신호등을 설치한 곳이 아니라면 니 하고 싶은 내로 하라는 거다. 반대편에서 오는 차가 없으면 알아서 지나가라고. 물론 그러다 사고 나면 네 책임이지.

재미있는 생각이네요. A가 그것도 맞는 말 같다며 고개를 끄덕였다. B는 아무 말 없이 어깨를 으쓱해 보이더니 내 앞으로 메뉴판을 쓱 내밀었다. 자유를 좋아하신다니 자유롭게 하나 더 골라보세요. 하나 더 먹죠. 메뉴를 펼쳐보니 선택지가 많았다. 레드벨벳, 아몬드, 피넛버터, 코코넛, 레몬…. 마음대로 골랐는데 맛이 없으면 어쩌지. 내가 책임진다고는 못 할 것 같은데. 난 자유가 어울리는 사람이 아닌 걸까.

자리에 선 채 이러지도 저러지도 못하고 있을 때 끼익—, 길고 신경질적인 자동차 급브레이크 밟는 소리가 들렸다. 카페에 있던 사람들은 하던 동작을 멈추고 소리 나는 쪽으로 고개를 돌렸다. 좌회전 신호가 없는 교차로 쪽이었다. 사고가 났을까, 걱정이 되었지만 이미 누구도 더는 주의를 기울이지 않는 것 같아 나도 못 들은 척 몸을 틀어 메뉴판을 마저 탐독했다.

천하제일 요리대회

나는 망친 시험의 성적표를 받았을 때처럼 긴장한 얼굴로 편지 봉투를 내려다보았다. 몇 번이나 훑어보았지만 수신자와 발신자가 모두 적혀 있지 않은 백지 봉투였다. 무게는 엄지와 검지로만 들 수 있을 만큼 가벼웠다. 직전에 뜯어본 우편물이 100달러짜리 속도위반 범칙금만 아니었다면 아무렇지 않게 이 봉투를 뜯었을 것이다. 마음속으로 짧게 숨을 들이마신 뒤 왼손으로 봉투의 중간을 잡고 오른손으로 천천히 끝을 찢었다. 벌어진 틈으로 두 손가락을 집어넣어 봉투보다 더 흰 종이 한 장을 끄집어냈다. 종이는 반듯하게 두 번 접혀 있었다. 내용을 훑어보기 시작했는데 몇 개의 숫자들이 눈에 띄어서 읽는 동안 긴장을 놓을 수 없었다. 경험상 잘못은 항상 숫자들을 데리고 다녔다.

다행히 골치 아픈 편지는 아니었다. 본문에 등장하는 숫자들은 날짜와 시간, 그리고 등수와 상금을 뜻했다. 상금이라니. 1등을 하면 150달러를 받을 수 있었다. 2등은 75달러, 3등은 50달러. 다시 위에서부터 편지를 꼼꼼히 읽어 내려갔다. 편지는 일종의 초청장이었다. 요리대회에 참가하라는 초청장. 바로 내가 살고 있는 아파트 'The Bartlett'에서 주최한 요리대회였다. 순간 두근거리는 심장소리가 귀에 들리는 것 같았다. 이렇게 장난스러운 운명이라니. 속도위반 딱지가 미안해서 그보다 많은 상금을 주려는 것일까.

"줘봐, 쓸데없는 종이는 버리게. 응? 자기. 설마 그 대회에 참가하려고? 무슨 요리로? 자기 요리 잘 안 하잖아. 물론 자기가 예전에 끓였던 콩나물국이 맛있긴 했지. 어디 보자…, 당장 내일인데?"

아내는 웃으며 콜라주처럼 흩뿌려진 여러 색의 전단지와 편지를 주워 담으며 식탁을 정리하려 했지만 나는 손에 쥔 요리대회 초청장을 꼭 붙잡고 놓지 않았다. 비록 아파트에서 열리는 요리대회긴 하지만 여기는 미국이다. 더군다나 수도인 워싱턴 D.C. 인근, 동네 이름도 무려 펜타곤시티, 아파트 건물도 크니까 분명 참가자도 많을 것이다. 다양한 인종들이 요리한 글로벌한 메뉴가 등장하겠지. 이 정도면 내게 천하제일 요리대회다. 더구나 BTS, 봉준호로 한류가 순풍을 타고 있는 시기라 한국 음식으로 입상하는 것은 충분히 가능한 미래라고 생각했다. 상금도 상금이지만, 미국으로 오기 전 수개월간 홀로 육아를 담당하며 갈고닦은 요리 솜씨를 아내에게 뽐낼 수 있는 절호의 타이밍이기도 했다.

얼마나 역사 깊은 대회인지는 모르겠지만 초청장에 쓰인 명확한 평가 기준을 보니 허접한 인기투표는 아닐 거라는 확신이 들었다. 각 기준에 대한 평가는 별 다섯 개 만점으로 이루어질 예정이었다. 일단 맛Taste. 요리니까 당연한 기준이겠지. 대회가 열리는 날, 각자 집에서 만든 요리를 심사장에 가져다 놓으면 선정된 평가자가 맛볼 예정이라고 했다. 두 번째 기준은 비주얼Visual Appeal. 완성된 음식을 맛보거나 냄새 맡기 전에 시각적으로 그 음식이 맛있는지, 플레이팅은 훌륭한지를 따지는 기준이다. 세 번째 기준은 창의성Creativity으로, 얼마나 독창적인 재료와 아이디어로 만든 요리인지를 보는 것이다. 기존 레시피에서 변화를 준 것이 무엇인지 묻고 있었다. 마지막 편의성Crowd Appeal은 누구나 만들기 쉬운 요리인지, 구하기 쉬운 재료를 썼는지 등을 평가하는 기준이었다. 요리대회에 참가해본 적은 없지만 지극히 상식적인 기준이라고 생각했다.

처음에는 정말 진지하게 콩나물국밥을 후보로 고민했다. 할 줄 아는 요리가 이것뿐이라서가 아니고 내가 만든 콩나물국밥은 모두가 좋아했다. 진짜로. 물론 대접한 사람들이 모두 한국 사람이기는 했지만. 그런데 테이스팅을 생각해보니 국밥을 수십 그릇 끓이기도 어렵고 한 국밥에 여러 숟가락을 담그게 할 수도 없는 노릇이었다. 또 국밥용 뚝배기가 없으니 한국식 국밥 특유의 느낌을 살리기도 어려웠다. 또 다른 문제는 콩나물이 쉽게 구할 수 없는 재료라는 데 있었다. 코리안 마트에 팔아요! 라고 소리쳐본들 그게 무슨 의미가 있을까. 나는 잠들기 전 꽤 오랜 시간 동안 메뉴 선정에 고심했다.

긴긴 고민 끝에 내가 내린 결정은 역시 불고기였다. 불고기만 한 것이 없었다. 〈윤식당〉 보니까 외국인들도 불고기 라이스, 불고기 누들, 불고기 버거 등 불고기로 만든 것들은 다 좋아했다. 주재료로 쇠고기랑 채소를 쓰는 메뉴는 많은 사람들에게 환영받을 게 분명했다. 더구나 나는 할머니가 만들고 대를 이어 엄마가 완성시킨 전라도식 불고기를 어렸을 때부터 먹어온 사람이다. 미각세포에 문신처럼 새겨진 맛이 있는 것이다. 소금 좀 넣고 물 졸이면서 몇 번 간을 맞추다 보면 충분히 흉내 낼 수는 있겠지. 메뉴를 확정하자 자신감이 생겼다.

소스 재료 : 간장 2컵, 물 2컵, 설탕 1컵, 다진 마늘 1술, 양파 1개

본 요리 재료 : 소고기 250그램, 양파, 대파, 버섯, 당근과 당면은 취향에 따라

다음 날 아침, 눈을 뜨자마자 부리나케 블로그 몇 개를 검색해서 필요한 재료들을 메모하고 냉장고를 열어 사야 할 것을 확인했다. 점심 전까지 완성해야 했기 때문에 부족한 것이 있다면 마트가 문 여는 시간에 맞춰 다녀와야 했다. 설탕 있고, 마늘 있고, 양파도 있고, 파도 있고…. 원산지는 알 수 없지만, 어쨌든 간장도 있었다. 소고기만 신선한 걸로 사오면 되겠다 싶어 일단 양념을 먼저 만들기로 했다.

나는 꺼내놓은 믹서기에 수돗물을 넣으려다 그래도 누군가에게 대접하는 요리라는 생각에 생수 한 통을 새로 꺼냈다. 물을 붓고 메모한 대로 설탕을 한 컵 넣고, 다진 마늘도 크게 한 숟가락 담았다. 양파는 대충 제멋대로 잘랐다. 칼질이 서투른 탓에 재료들은 회처럼 얇게 썰리다 깍두기처럼 두툼하게 잘렸지만 어차피 믹서기에서 갈릴 것들이었다. 손질한 재료 위에 간장을 붓고 믹서기 작동 버튼을 눌렀다. 별 모양 칼날들이 요란하게 재료들을 갈아댔다.

"혹시 배도 갈아 넣었어?"

아내가 시끄러운 소리에 잠에서 깼는지 부엌으로 나왔다. 누구의 도움도 받지 않고 요리를 완성하고 싶었기에 배 따

위 들어가지 않아도 맛있을 거라며 손을 저었다. 백종원 레시피에도 설탕과 물엿만 있고 배는 없다고 말했다. 당장 냉장고에 배가 있지도 않았고 가까운 식료품점에서 한국 배를 구할 수 있는 시간도 아니었다. 그래도 아내는 미국 배라도 넣어보라고 권했다. 분명 다를 거라면서. 어차피 고기 사러 나가야 하니까 일단 사가지고 오라고 당부했다. 조롱박처럼 생긴 초록색 미국 배와 불고기라니. 전혀 어울리지 않는다고 생각했지만 아파트 이름인 'The Bartlett'이라는 단어의 뜻이 배라는 사실이 떠오르자 왠지 사야 할 재료처럼 느껴졌다.

깨끗이 씻은 흙빛 도마 위에 키친타월을 반듯하게 한 겹 깔아놓고 붉은색 소고기를 가지런히 올렸다. 소고기 위에 같은 크기의 키친타월을 뜯어 누비이불처럼 덮어 눌렀다. 하얀 종이가 금세 빨갛게 물이 들었다. 더 이상 핏물이 묻어나지 않을 때까지 골고루 눌러주기를 서너 차례 반복했다. 고기가 두껍지는 않았지만 크기가 큰 것 같아서 반으로 자른 뒤 다시 결에 따라 분리했다. 한국식 양푼을 꺼내어 얇게 썬 소고기와 미리 만들어놓은 소스 양념을 부었다. 숙성을 위해서는 최소 20분 정도가 필요했기에 흐르는 물에 도마를 씻고 대파와 양파, 버섯을 손질하기 시작했다. 먼저 대파는 도마에 길게 늘어뜨리고 칼끝으로 반을 갈랐고 손바닥

크기로 대충대충 자른 파를 다시 모아서 대각선으로 잘랐다. 양파와 버섯은 반으로 썰고 다시 반으로 썰고 또다시 반으로 썰어 대파와 함께 양푼에 투하했다. 이로써 조리를 위한 모든 준비가 끝났다. 시계를 확인해보니 대회까지 50분 정도 남아 있었다.

조리를 시작하기 전 최종적으로 장소 확인을 위해서 관리실에 전화를 걸었다. "Hello", 인사를 건네고 "Where is the room for the contest?" 하고 물었다. 그쪽의 내답을 듣고 난 다음 다시 길을 물을 생각이었다. 그런데 답변이 이상했다. 당황한 나는 몇 번이나 "What?", "Why?"를 묻다 맥없이 통화 종료 버튼을 눌렀다. '열 명 이상 한 공간에 모일 수 없다'는 코로나 정부 지침에 따라 아파트에서도 대면 대회를 열 수가 없다는 것이었다. 나의 실망한 목소리가 전해졌는지 관리인은 웃으며 대회가 취소된 것은 아니고 일부 변경된 것이니 자세한 것은 이메일을 통해 확인하라고 말했다.

아직 범칙금을 대납해줄 상금이 날아간 것은 아니었기에 서둘러 메일함을 열어보았다. 과연 두 시간 전에, 그러니까 내가 마트에서 열심히 미국 배를 찾아 헤매고 있었던 시간에 도착한 메일이 하나 있었다. 대략 내용은 다음과 같았다. 피치 못할 사정에 따라 온라인 투표로 우승자를 정하기로 한다. 참가는 요리하는 모습과 결과물을 찍은 사진 및 동영상을 페이스북에 업로드하는 것으로 한다. '좋아요'를 많이 받은 순으로 우승자를 정하며, 평가는 기존 네 가지 기준에서 맛을 제외한 나머지 세 개인, 비주얼, 창의성, 편의성으로 하면 된다. 사진을 업로드하면서 요리에 대한 설명과 레시피를 적으면 평가에 도움이 될 것이다. 많은 참여를 바란다. 우리는 주민들의 건강을 위해 최선을 다하고 있다. 끝.

맛을 평가하지 않는 요리대회라니! 듣기평가 없는 토익 시험 같은 건가? 실소가 터졌지만 서둘러 아내에게 휴대폰을 쥐여주고 촬영을 부탁했다. 여기에서 멈출 수는 없는 노릇이었다. 자기소개도 해야 하나? 아니, 굳이? 그래도 친근해 보이면 점수를 더 잘 받을 수도 있잖아. 오, 자신 있나 봐. 그런 거 잘해? 카메라 울렁증 같은 거 없어? 대회도 처음인데 촬영도 처음이라 모든 게 서툴렀다. 결국 조리 과정만 찍기로 했다. 요리 채널에서 본 각도로 재료에 렌즈 초점을 맞췄다. 가스 불을 켜고 팬을 뜨겁게 달군 후 고기를 넣고 조금 불을 낮춘 뒤에 고기와 채소의 색이 변할 때까지 뒤적였다. 어차피 불고기 요리의 성패는 양념에서 결정된다고 믿기 때문에 볶는 것 자체에 큰 기대나 걱정을 하지 않고 묵묵히 요리가 완성되기를 기다렸다. 둥글고 하얀 접시를 꺼내 아침에 갓 지은, 접시보다 더 환한 쌀밥 한 그릇을 옆에 두었다.

휴대폰 속 영상과 사진의 요리가 짜잔, 하는 멋진 그림은 아니었다. 간장 소스를 듬뿍 머금은 불고기는 검지도 붉지도 않아 칙칙해 보였고, 숨이 죽은 야채에서는 생기를 찾아볼 수 없었다. 이럴 줄 알았으면 샛주황 빛깔의 당근이라도 썰어 넣을걸. 적어도 빨간색, 초록색 고추라도 있었으면. 아니지, 애초에 노란 계란 노른자와 형형색색 야채로 꾸밀 수 있는 전주비빔밥을 만들걸. 그럼 오가닉한 메뉴라고 어필도 할 수 있었을 텐데. 투덜거리는 소리를 듣던 아내는 창의성과 편의성에서 승부를 보라고 조언했다. 내가 만든 불고기 요리에 창의적인 게 있을 리가, 하다가 미국 배가 떠올랐다. 영상을 업로드하며 한국식 양념과 American Pear, Bartlett의 조합이 놀랍도록 훌륭하다고 적었다. 소스도 근처 마트에서 구할 수 있는 6.99달러짜리 Korean BBQ Sauce를 이용하면 된다며 편의성도 강조했다.

결코 내가 상상했던 요리대회는 아니었다. 내 머릿속에는 미스터 초밥왕 전국대회 편이 있었다. 표정 없는 심사자들과 열정과 긴장으로 가득한 요리사들. 완성된 작품을 맛보며 달라지는 그들의 표정들. 찬란한 우승 혹은 아쉬운 패배. 이런 장면들을 그리며 요리했건만 아내에게 '좋아요'를 누르고 가족인 것이 티 나지 않게 댓글을 달아달라는 부탁이나 했으니. 그래 봤자 이미 압도적인 추천 수를 받은 스페인 요리 앞에 우승은 물 건너간 상황이었지만.

때마침 허기를 느낀 나는 트레이에 꺼내놓은 젓가락으로 고기와 채소를 함께 집어 올렸다. 온 정성을 쏟은 요리를 내가 먹게 될 줄은 미처 몰랐다. 마치 불고기 요리를 처음 맛보는 심사자처럼 느릿하면서도 우아한 자세로 손가락을 움직였다. 안경에 서리는 김으로 남아 있는 요리의 온기를 짐작하며 천천히 입을 벌려 불고기를 온몸으로 품었다. 짭짤하고 달짝지근한 고기 육즙이 입안 한가득 퍼졌다. 정말 미국 배 덕분일까. 이제껏 먹어봤던 어느 불고기보다 훌륭했다. 맛을 평가했다면 분명 내가 우승할 수 있었을 텐데, 아내에게 너스레를 부렸다. 내가 요리에 소질이 있었던가. 어느덧 법칙금과 상금 따위는 잊고 나 혼자 뿌듯했다. 새로운 세계가 열릴 것 같은 예감이 들었다.

나름 진지하게 요리를 하고 보니 타인을 위해 요리하는 마음이 참 경건하고 정결하다는 생각도 들었다. 시간을 들여 재료를 고르고 손질하고, 간을 맞추고 온기를 조절하며 만드는 작업은 얼마나 정성스러운가. 이제까지 내가 먹어온 밥상에는 얼마나 많은 정성과 사랑, 고민이 담겨 있었을까. 감사하고 또 감사해야 할 일이다. 어설프게라도 요리를 할 수 있게 된 지금의 내가 마음에 든다. 나도 주변에 받은 사랑을 전할 수 있게 되었으니까.

만약에

토익 공부를 해봤던 사람이라면 알 것이다. 문법 파트에서 가장 까다로운 게 가정법이다. 가정법 문항 역시 대부분 문법 문제들처럼 빈 칸에 올바른 동사 형태를 선택하면 되지만 다른 문항들과 달리 품이 많이 든다. 일단 조건절과 주절의 시간 순서를 따져 해석을 해봐야 정답에 다가갈 수 있다. 가뜩이나 등장하는 동사가 많아서 문장의 의미를 따지기도 벅찬데 동사의 형태까지 살펴야 하니 말 그대로 답답할 노릇이다.

어떻게든 1점이라도 더 받고 싶었던 나는 빠르게 정답을 찾을 수 있는 공식을 발견하는 것에만 몰두했다. 해석에는 관심을 두지 않고 무조건 답만 찾으면 된다는 의지의 발현이었다. 토익 학원에서 퍼트린 이런저런 공식들이 있었지만 그것조차 복잡했다. 그러다 if가 포함된 조건절 동사의 시제가 주절의 동사 시제보다 하나 앞선 경우가 많다는 사실을 알아차리고 이거다, 싶었다. 조건절 동사가 과거 시제면 주절 동사는 현재 시제, 과거완료면 과거, 이런 식이었다. 그래서 정말 이것만 외운 채 시험을 봤더니 열 개 중 일곱 개는 맞았다. 만족했다. 그 후로 수년 간 몇 번의 영어시험을 더 보았지만 가정법 따위로 고민하는 일은 없었다.

아마 미국에 오지 않았더라면 수년이 흐른 뒤 아이가 영어 공부를 한답시고 성문종합영어를 펼쳐볼 때쯤에야, 가정법은 내 인생에 다시 등장했을 것이다. 그때 의기양양한 표정으로 나만의 공식을 딸에게 전수해줬겠지. 하지만 삶은 언제나 예상을 벗어나기 마련. 생활 곳곳에서 튀어나오는 부족한 영어로 인한 답답함을 견디지 못한 것이 화근이었다. 미국에서 하루 종일 영어 한마디 하지 않는 날이 많아 초조하다 보니 결국 거금을 들여 10주짜리 영어 스피킹 강좌를 결제하고 말았다.

온라인으로만 진행되는 영어 수업이었지만 강좌는 주최측이 마련한 테스트를 거쳐 비슷한 수준의 사람들끼리 묶어서 이루어졌다. 동화 『백설 공주』처럼 강사 한 명과 일곱 학생으로 구성된 크지도 작지도 않은 규모의 수업이었다. 알렉스라는 이름의 강사는 눈처럼 흰 피부 대신 환한 백발을 가진 나이 지긋한 할머니였고 학생들은 키가 아닌 영어 실력이 짧았다. 인도와 일본, 인도네시아, 볼리비아, 한국에서 온 학생들은 백발공주의 지시에 따라 둘, 셋씩 짝을 지어 토론을 하거나 알렉스가 묻는 말에 대답하며 일주일에 2회 두 시간씩 영어 말하기 시간을 가졌다.

술자리가 아니고서야 두 시간 동안 누군가와 이야기를 해야 하는 일은 결코 만만하지 않다. 그조차 사용하는 언어가 모국어일 경우이니, 사람이 외국어로 두 시간 동안 자연스러운 대화를 하는 건 사실상 불가능하다. 강사도 오랜 경험을 통해 이러한 어려움을 알고 있었는지 강의 첫날부터 대화 방식과 주제를 다양하게 변주하며 학생들의 관심과 발화가 끊이지 않도록 유도했다. 신문이나 뉴스를 통해 단어와 그 용법을 가르치고 응용하게 만들었으며, 과제를 통해 자유발표를 준비시켰다.

변화무쌍한 수업 중 변하지 않는 부분이 단 하나 있었는데 바로 30분의 문법 시간이었다. 알렉스는 첫 수업에서 학생들에게 문법 강의를 원하는지 물었다. 자신은 비영어권 국가, 특히 아시아 국가에서 문법 교육이 강조되고 있는 상황을 잘 알고 있으니 굳이 여기에서까지 문법을 배울 필요는 없다는 뜻이었다. 누군가가 괜찮다고 대답하자 다른 누군가가 동의했고 이내 모두가 고개를 끄덕였다. 나도 뒤늦게 어정쩡하게 좋다고 대답했다. 아무래도 계속 대화하는 것보다는 좀 수월하겠거니 하는 마음도 있었다. 하지만 그때는 미처 예상하지 못했다. 10주 내내 한 가지 주제의 문법만 다룰 줄은. 그것도 가정법을.

*

알렉스는 문장에 과거 동사가 등장하면 과거의 사건만을 떠올리니 영문법이 어려워지는 거라고 했다. 그의 말에 따르면 조건과 그에 따른 결과 간의 관계, 이것이 가정법의 핵심이었다. 그는 조건문을 만들기 전에 항상 가능성을 생각하라고 했다. 가정법, 즉 조건문conditional sentence은 말 그대로 if나 unless와 같은 단어들을 통해 어떤 사건이나 상황이 발생할 수 있는 조건을 포함한 문장임을 잊지 말아야 했다.

그는 수업이 끝나고 친구와 저녁 약속이 예정되어 있는 상황을 상상해보라고 했다. 레스토랑에 가면 맛있는 음식을 사주겠다는 말을 가정법으로 하면 다음과 같았다. “If I go to restaurant with you, I will buy delicious food for you.” 듣고 보니 어렵지 않은 문장이었다. 화면 앞에서 고개를 크게 끄덕여 알아들었다는 의사를 전달했다.

다른 상황은 저녁을 함께 하지 못하게 되어 아쉬운 소식을 전하는 것이었다. 그는 조금 전 문장과 같은 단어를 사용해서 말해보라고 지시했다. '만약 레스토랑에 갔으면 너에게 맛있는 저녁을 사줬을 텐데'를 영작하면 되는 일이었다. 어려울 것 같지 않았지만 입이 떨어지지 않았다. 내가 '-였으면 좋았을 텐데'의 뜻으로 외운 표현은 'I should have p.p.' 뿐이었다.

"If I went to restaurant with you, I would buy delicious food for you."

기다리다 못한 그는 동사의 시세만 바꿔 전혀 다른 의미의 문장을 만들었다. 같은 시점에서 말하는 문장임에도 실현 가능 여부에 따라 동사의 시제를 다르게 써야 한다는 사실은 전혀 몰랐던 것이다. 새삼 시험용 영어 실력이 부끄러웠다.

알렉스는 내게 새로운 규칙을 선사했다. 조건문은 '가능성 여부'와 '동사 시제 후퇴'의 결합이라는 것이었다. 실현 가능성이 있는 상황이면 동사 시제를 그대로 쓰고 실현 가능성이 없는 상황이면 동사 시제를 한 시제 과거로 후퇴해서 쓰라. 그는 실현 가능한 이야기를 가정한다면 현재든, 과거든, 미래든 시제의 변화 없이 if를 붙이고, 실현되지 않은 정반대의 상황을 가정한다면 동사의 시제를 한 시제 과거로 후퇴해서 쓰면 조건문을 쓸 때 크게 틀리지는 않을 거라는 희망찬 위로를 건넸다.

새로운 규칙을 알게 된 학생들은 2주 차부터 알렉스가 던지는 다양한 가상 상황에 대한 질문과 답을 반복했다. "만약 네가 상점에서 도둑질하는 사람을 본다면 어떻게 할 거야?", "만약 네가 5개 국어를 말할 수 있다면 어떤 언어를 선택하고 싶어?", "만약 지금 건물에 화재가 난다면 너는 어떻게 할래?", "만약 네가 과거로 돌아간다면 언제로 돌아가고 싶어?" 영어 난쟁이들은 수많은 문답을 통해 조건문 사용에 조금씩 익숙해져갔다. 그 과정에서 일곱 명의 영어 난쟁이들은 가장 정의로운 사람, 가장 수줍은 사람, 가장 고집이 센 사람, 가장 행복한 사람 등 별명도 하나씩 갖게 되었다. 나는 가장 특이한 사람이었다.

*

그러던 어느 날이었다. 여느 수업처럼 알렉스의 질문을 기다리고 있었다. 그때 그가 예상하지 못한 질문을 던졌다. "What if president Lincoln had lived 만약 링컨 대통령이 살았다면?" 그는 가정법을 사용해서 답해보라고 했다. 학생들 사이에 잠시 동안 침묵이 흘렀다. 누군가 조심스럽게 입을 뗐다. 질문이 너무 어려워서 무슨 말을 해야 할지 모르겠다는 말이었다. 나 역시 같은 생각이었다. 내가 아는 링컨과 연관된 단어는 노예해방과 암살밖에 없었다. 심지어 노예해방을 뜻하는 영어 단어도 떠오르지 않았다.

알렉스는 웃으며 이건 역사 수업이 아니라 영어 수업이라는 사실을 상기시켰다. 아무 말이나 좋으니 상상력을 발휘해보라고 우리를 격려했다. 매도 먼저 맞는 것이 낫다는 말이 떠올랐지만 무식이 들통날까 봐 용기가 나지 않았다. 마침내 일본인 게이스케가 입을 뗐다. "If president Lincoln had lived, he would have shave 만약 링컨이 살았다면, 면도를 했을 겁니다." 대답을 들은 즉시 알렉스는 완벽한 문장이라고 칭찬을 했고 학생들은 박장대소를 했다. 나 역시 그의 넘치는 여유와 센스에 감탄했다.

부드러워진 분위기 속에서 모두는 어렵지 않게 대답하기 시작했다. 학생들은 링컨에 대해 각자 알고 있는 사소한 정보들을 끌어와 문장을 만들었다. 링컨의 모자, 링컨의 아들, 링컨과 권총, 링컨의 연설, 링컨에 대한 영화, '링컨' 자동차…. 링컨 대통령이 마치 '삼성'이나 '애플'과 같은 브랜드처럼 느껴질 정도로 많은 관련어들이 튀어나왔다.

학생들이 한마디씩 대답을 마치자 알렉스는 질문을 바꿨다. "만약 링컨 대통령이 살았다면 지금과 같은 지위를 얻을 수 있었을까?" 우리들이 미국인이 아님에도 불구하고 링컨에 대해 이렇게 많은 것을 알고 있는 데는 링컨의 암살이라는 극적인 사건이 있었기 때문이지 않은가가 그가 제시

한 의문이었다. 그렇다, 고 대답하기에는 너무 뻔하고 밋밋해서 용기를 냈다. 링컨은 이미 생전에 노예해방을 선언했고 이를 통해 재선에도 성공했으니 아마 살아 있었으면 여기에서 더 나아가 위대한 대통령으로 기록되었을 것이라고 말했다.

"특이한 친구, 네가 뭔가 말할 거라고 생각했지"라며 알렉스는 내게 미소를 숨기지 않았다. 서로 그저 모니터 위 카메라를 보고 있을 뿐일 텐데 다정한 눈빛이 그대로 느껴졌다. 그는 링컨이 살던 시대에 관한 이야기를 들려주었다. 당시 미국은 극심한 분열과 분노로 가득한 시기였다. 영국으로부터 독립해 하나의 연방 국가를 세웠지만 지역마다 문화와 경제 상황은 제각각이었다. 거칠게 말하자면 남부는 대농장 중심의 농업을 바탕으로 성장했고, 북부는 자영농 중심의 농업과 수산업, 상공업 등 다양한 산업으로 경제 활동이 이루어지고 있었다. 그리고 산업 형태의 차이 중심에는 노예제도가 있었다. 남부는 대농장을 경영하기 위해 아프리카에서 수입된 노예를 필요로 했지만, 북부는 그럴 필요가 없었다. 북부에서는 자유와 평등을 내세워 노예제도 반대를 주장했다. 링컨은 노예제도 확산에 반대하는 입장이었기에 대통령 당선 후 남북 간의 마찰은 불가피한 상황이었던 것이다. 전쟁이 일어났고 링컨은 승리했다. 어찌 되었든 미국이라는 나라를 지켜냈고 노예제를 폐지시켰다.

알렉스는 나의 대답을 두고 동사 시제에 변화를 줄 필요가 없는 문장이라고 말했다. 충분히 실현 가능한 과거였을 거라는 뜻이었다. 사람들은 링컨이 생전에 보여준 자유와 평등에 대한 의지와 민주주의를 향한 강한 열망, 흑인노예제도 폐지와 남북전쟁 후 성공적인 재건만으로도 충분히 높이 평가한다고 했다. 그러나 그가 재선에 성공한 뒤에도 여전히 남아 있던 수많은 복잡한 정치적 문제—흑인 투표권이나 토지 소유권 등—를 감안한다면, 순교자가 되지 않았더라면 어떤 이유로든 비난받으며 명성을 잃었을지도 모르는 일이라는 말을 덧붙였다.

강사는 수업을 마치며 오늘 4월 15일이 링컨 대통령이 암살된 날이기 때문에 이런 질문을 던졌다고 말하며 워싱턴에서 링컨과 관련된 장소를 소개했다. 링컨 대통령의 오두막President Lincoln's Cottage, 포드극장Ford's Theatre과 링컨기념관Lincoln Memorial이었다. 그는 특별히 포드극장에는 저녁, 링컨기념관은 새벽에 가보기를 추천했다. 링컨 대통령이 극장에서 암살된 시각이 밤 10시였다는 것, 링컨기념관에서는 워싱턴에서 가장 멋진 일출을 볼 수 있다는 것이 그 이유였다.

*

오전 6시 40분. 평소보다 이른 기상은 아니었지만 어젯밤 잠을 설친 탓에 머리가 몽롱했다. 팔짱을 낀 채 계단에 쭈그려 앉아 있으니 연신 하품만 나왔다. 공기는 여전히 차갑고 주변은 어스름했기에 눈만 감으면 몇 분이라도 더 잘 수 있을 것 같았다. 일기예보가 맞는다면 해가 뜨기 전까지 아직 10분이나 남아 있었다. 너무 일찍 왔나, 하는 생각이 들었지만 만약 늑장을 부렸다면 지금처럼 앉아 있지도 못하고 하릴없이 서 있어야 했을지 모른다. 어찌나 사람들이 많던지.

링컨기념관 주변은 새벽부터 인파로 복작거렸다. 어림잡아도 200여 명은 넘었을 것이다. 새해도 아니고 주말도 아닌데 이럴 줄은 미처 몰랐다. 가족이나 친구와 함께 온 사람들, 혼자 온 여행자들, 사진작가, 웨딩 촬영을 하는 커플들이 기념관 앞 계단에 옹기종기 모여 아침을 깨우는 새들처럼 맑은 목소리들로 수다를 떨고 있었다. 한쪽 구석에서 찬송가를 부르고 기도를 하는 종교 모임도 보였다. 워싱턴 최고의 일출 명소라는 게 괜한 말이 아니었다.

사실 알렉스의 추천이 있기 전부터 링컨기념관이 워싱턴의 대표적인 관광지라는 것은 이미 알고 있었다. 인권운동가였던 마틴 루서 킹 목사가 1963년 '나에게는 꿈이 있습니다I Have a Dream'라는 유명한 연설을 한 곳도 이곳이었고, 영화 〈혹성탈출〉(2001)에 등장하는 원숭이 머리의 링컨 상이 연출된 곳도 이곳이었다. 최근 영화 〈캡틴 아메리카〉(2014)에서 캡틴이 조깅을 하는 장면, 한국 영화 〈남산의 부장들〉(2020)에서 김규평(이병헌 분)과 박용각(곽도원 분)이 이야기를 나누는 장면도 바로 오늘 내가 앉아 있는 기념관 앞 계단이었다. 워싱턴에 온 이상 방문하지 않고 지나칠 수는 없는 장소다.

비록 잠은 덜 깬 상태였지만 기념관이 풍기는 범상치 않은 기운이 온몸으로 느껴졌다. 대리석으로 이루어진 건물은 고대 신전을 닮아(그리스 아테네의 파르테논신전을 본떴다고 한다) 그 자체로 고귀함을 뽐냈고 기념관 안쪽에 깊숙하게 자리 잡고 있는 링컨의 좌상은 압도적으로 거대했다. 굳게 다문 입술과 먼 곳을 응시하는 눈의 링컨은 단순히 대통령이라는 자리를 역임했던 과거 정치인이 아니라 미국이라는 나라를 지켜주고 있는 신과 같은 존재라는 인상을 풍겼다. 기념관이 아니라 신전*이라는 표현이 어울리는 장소였다. 왜 새벽부터 종교인들이 석상 옆에서 모여 찬송가를 부르며 기도를 하는지도 알 것 같았다. 한없이 성스럽고 숭고

* 석상 뒤에 새겨진 문구에는 실제로 temple이라는 표현이 등장한다. "In this temple as in the hearts of the people for whom he saved the union the memory of Abraham Lincoln is enshrined forever."

했다.

다시 시계를 보았을 때 분침은 47을 가리키고 있었다. 조금씩 동이 트고 있음이 느껴졌다. 돌아보니 링컨의 눈동자가 정확히 워싱턴기념탑을 향해 있었고 그 눈길이 머무는 동쪽 지평선에서부터 새벽은 붉은 기운으로 서서히 물들기 시작했다. 어둠 속에 솟아 있던 워싱턴기념탑의 실루엣이 조금씩 모습을 드러냈다. 실루엣이 서서히 광장 앞 호수에 그림자를 내리자 엽서에서나 볼 법한 완벽한 작품이 눈앞에서 만들어졌고 소란했던 주변의 소음도 들리지 않았다. 어느 누구도 카운트다운을 하거나 환호성을 지르지 않았다. 떠오르는 해를 바라보며 작은 목소리로 감탄을 하거나 기도를 드릴 뿐이었다.

"Look!" 한 아이가 외쳤다. 아이는 손가락으로 링컨 동상 쪽을 가리키고 있었다. 그제야 이유를 알아차렸다. 작은 점 같던 금빛 태양이 하늘 위로 솟아오르자 커튼처럼 빛살이 내려오며 링컨 동상을 감싸는 중이었던 것이다. 나는 놀라운 마음으로 그 빛이 링컨의 발끝에서부터 다리를 지나 팔과 어깨, 이윽고 그의 전체를 비추는 과정을 지켜보았다. 하루도 빠짐없이 워싱턴을 비추는 아침 첫 햇살이 가장 먼저 향하는 곳이 링컨기념관이라는 사실에 놀랐다. 문득 미국인들에게 링컨은 내가 생각하는 그 이상의 존재일지도 모른다는 생각이 들었다.

커트 코베인은 유서에 "천천히 사라지는 것보다는 한번에 타버리는 것이 낫다It's better to burn out than to fade away"라고 썼다. 링컨 역시 천천히 사라지지 않아서 이렇게 추앙받는 존재가 된 것일까? 암살되지 않았더라면 이 자리에 그의 기념관이 세워질 수 있었을까? 미국은 지금과 달라졌을까? 여전히 잘 모르겠지만 어쨌든 링컨기념관이 있기에 내가 지금 여기 있는 것만은 참인 것 같았다.

역사에 만약이 무슨 의미가 있어, 하고 자리에서 일어나는데 만약이라는 단어가 머릿속에 박혔다. 강사가 '만약 링컨이 암살되지 않았더라면'을 영어로 어떻게 말했더라? 'If Lincoln were not murdered'라고 했던가? 아니면 과거에 있었던 일이니까 한 시제 더 앞으로 가서 'If Lincoln had not been murdered'였나? 아직도 헷갈리다니, 비싼 수업료만 낭비한 게 아닌지 한숨이 나왔다. 태양은 어느새 하늘 높이 떠올라 기어코 기념관 전체를 금빛으로 집어삼켰다. 더 이상 눈이 부셔 고개를 들 수 없었다.

워싱턴

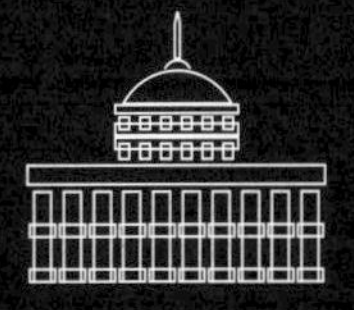

어느 과학자의 유언

스미소니언캐슬

아내가 이직 준비를 하면서 내게 살고 싶은 도시에 대해 물었던 적이 있다. 실현 가능성을 고려하지 않고 본능적으로 끌리는 곳을 말해보라고 했다. 하나만 골라야 돼? 내가 되묻자 아내는 세 곳 정도 말해보라고 했다. 샌프란시스코. 첫 번째는 고민하지 않았다. 이제껏 샌프란시스코를 방문한 적은 단 한 번도 없지만 언제나 마음속 1순위 도시로 꼽는 데 주저하지 않았다. 영화 〈혹성탈출〉의 시저가 살고 있는 뮤어우즈국립공원에도 가보고 싶고 금문교도 건너보고 싶다. 세계에서 가장 아름답다는 샌프란시스코 자이언츠의 홈구장 AT&T파크에서 맥주를 마시며 야구를 보면 좋을 것 같았다. 두 번째로는 뉴욕을, 세 번째로는 런던을 골랐는데 특별한 이유는 없었다. 두 도시 모두 스포츠와 공연을 마음껏 즐길 수 있고 영화나 드라마에 자주 등장하는 도시라는 공통점이 있을 뿐이었다.

워싱턴은 어때? 아내의 질문에 내 머릿속에 떠오른 이미지는 하얀 백악관과 회색 박물관이었다. 샌프란시스코를 떠올리면 자이언츠 유니폼의 주황색, 뉴욕은 타임스퀘어를 가득 채운 화려한 네온사인, 런던 하면 우체통과 2층 버스의 빨간색이 생각나는 것과 비교하면 워싱턴은 무채색 그 자체였다. 낮은 채도의 색으로만 채워져 있을 것 같은 도시랄까. 거기는 박물관밖에 없다고 들었어. 나는 대답했고 아내는 그런가, 하며 고개를 갸웃거렸다. 나의 워싱턴행이 결정된 후 주변 사람들의 반응도 비슷했다. "박물관하고 미술관밖에 없지 않아?"

워싱턴에 와보니 아주 틀린 말은 아니었다. 바깥에서 보면 박물관밖에 없다고 말할 정도로 박물관이 정말 많았다. 다운타운에 가면 몇 블록마다 큼직한 박물관이 카페만큼이나 즐비했다. 오히려 선택지가 많아 관광하는 입장에서는 어느 곳을 가야 할지 고르기가 어려울 정도였다. 특별히 추천되는 관람 순서가 있는 것도 아니었다. 이렇다 보니 워싱턴에 오면 가장 유명한 자연사박물관을 가장 먼저 들르게 된다. 나 역시 그랬다.

하지만 오늘 누군가 어느 박물관부터 가는 게 좋을지 묻는다면 워싱턴기념탑에서 동쪽으로, 그러니까 내셔널몰에서 국회의사당이 보이는 방향으로 5분 정도 걸어가보라고 말할 것이다. 그곳에는 스미소니언캐슬Smithonian Castle이라고 불리는 붉은색 건물이 있다. 이름처럼 오래된 성을 닮았다. 지도에서 검색해보면 관광안내소라고 소개되어 있지만 그 이상의 가치가 있는 건물이다. 1855년에 지어진 스미소니언재단의 첫 번째 건물로, 스미소니언협회가 운영하는 19개 박물관의 샘플 작품이 전시되어 있어 그 자체로 하나의 박물관이기 때문이다. 이곳에서 한눈에 모든 스미소니언박물관의 정수를 살펴볼 수 있고, 덤으로 뉴욕 성베드로 성당의 설계를 맡았던 제임스 렌윅이 설계한 건축물의 아름다움도 느낄 수 있다.

워싱턴에서 관광을 시작했을 때 왜 박물관마다 스미소니언이라는 명칭이 붙어 있는지, 또 그 수는 왜 이렇게 많은지 궁금했다. 전시하는 작품의 성격도 종잡을 수 없이 각양각색이다. 스미소니언 뒤에 'National'도 늘 함께 붙어 있는 걸 보면 국립박물관이기도 한 것 같은데 스미소니언은 무슨 뜻일까. 처음에는 영화 〈매트릭스〉의 스미스smith 요원이 떠올라 미국인을 가리키는 양키Yankee처럼 워싱턴에 사는 사람을 대표하는 이름인가 싶었다.

알고 보니 스미소니언협회는 미국 정부 예산으로 운영되

는 일종의 교육재단이었다. 더구나 협회 이사회 의장도 연방 대법원장이 당연직을 맡고 있는 상황이니 스미소니언협회가 관리하는 박물관이나 미술관, 연구 센터 앞에 국립이라는 수식어가 붙어 있는 것이다. 하지만 스미소니언이라는 명칭은 제임스 스미스슨James Smithson이라는 특정 인물의 이름에서 따왔다. 뭐 하는 사람이었을까. 협회의 규모로 조지 워싱턴이나 링컨, 케네디처럼 명망 있는 정치가이거나 록펠러나 카네기 정도의 사업가가 아닐까 짐작했지만 그의 직업을 듣고 놀라지 않을 수 없었다. 어느 교과서에서도 본 적 없었던 일개 '과학자'였으니.

물론 내가 그를 몰랐다는 것은 순전히 내 무지의 소치이지 결코 그의 탓이 아니다. 스미스슨은 19세기 유럽에서 활동한 꽤 출중한 화학자였다. 아연의 원료로 쓰이는 스미소나이트smithsonite라는 광물도 그 구조를 발견한 스미스슨을 기리기 위해 붙인 이름이다. 세상에 자신의 이름을 딴 물질을 갖고 있는 과학자는 그리 많지 않으니 꽤 훌륭한 연구자였을 것이다. 광물뿐만 아니라 온갖 물질을 분석하는 데 관심이 많아서 뱀의 독, 나무의 수액, 눈물 성분 등을 살펴보며 평생 27편의 논문을 발표했다고 한다.

그런데 일반적으로 과학자는, 특히 스미스슨과 같은 순수과학자는, 돈을 버는 것과 거리가 있는 직업이다. 오늘날에는 돈방석에 앉는 과학자들도 꽤 있지만 이러한 현상은 비교적 최근의 일이며 여전히 흔하지는 않다. 자연을 탐구하고 진리를 발견하고자 하는 학문의 목표와 부의 축적 사이에는 큰 상관관계가 없다. 그렇다면 스미스슨은 무슨 돈이 있어서 워싱턴에 협회를 만들 수 있었을까? 대개 이런 경우는 애초부터 집안이 유복했거나 부유한 집안과 결혼했을 확률이 높다. 스미스슨의 사정도 비슷했을까?

스미스슨의 아버지는 영국 북동부 노섬버랜드 공작이었던 휴 스미스슨이다. 그러나 스미스슨은 1765년 프랑스에서 태어났을 때 아버지의 성 아닌 매시Macie라는 성을 따랐다. 어머니가 정실부인이 아니었던 탓이다. 그의 어머니는 남편에게 임신 사실을 알리지도 못하고 도망치듯 프랑스로 이사해 비밀리에 스미스슨을 낳았다고 한다. 서자였던 스미스슨은 1800년 부모가 돌아가시기 전까지 어머니의 성을 따랐고 아버지로부터 유산도 거의 받지 못했다. 즉, 아버지 재산으로 협회를 만든 건 아니라는 뜻이다.

그럼에도 불구하고 스미스슨은 영국으로 돌아가 교육을 받고 과학적 재능을 꽃피울 수 있었는데 이는 어머니 덕분이었다. 어머니 엘리자베스 매시는 장미전쟁에서 승리하여 튜더왕조를 개창한 헨리 7세의 직계자손 중 한 명이었다. 그의 일생은 험난했지만 스미스슨이 태어날 무렵 운이 좋게도 많은 유산을 상속받았다. 이 돈으로 스미스슨이 여유롭게 일생을 보낼 수 있었고 사후에 스미소니언협회까지 설립하게 된 것이다. 얼마나 큰 금액이었는지 현재까지도 협회 운영자금의 30퍼센트 정도가 유산으로 충당된다고 한다.

스미소니언협회의 설립은 스미스슨의 유언에 따라 이루어졌다. 스미스슨은 사망하기 3년 전인 1826년, 그의 나이 61세가 되었을 때 다음과 같은 유언을 준비했다. "하나뿐인 조카에게 집안 대부분의 유산을 남기며, 해당 조카나 그의 후손마저 죽으면 인류 지식의 증대와 확산을 위해 쓸 수 있도록 미국으로 보내라." 협회 설립이 유언의 최우선 조항은 아니었지만 유언은 예언이 되었는지 조카는 스미스슨 사망 5년 만에 후사도 없이 요절하고 만다. 이로써 50만 달러라는 커다란 선물이 미국 워싱턴으로 전해지게 된 것이다. 지금 돈으로 환산하면 1,100만 달러(130억 정도)가 넘는 금액이다.

스미스슨의 유언은 두 가지 측면에서 흥미로웠다. 하나는 기부 국가. 그는 한 차례도 미국을 방문한 적 없었다. 평생 독신이었기에 미국인 가족이 있는 것도 아니었다. 왜 미국이었을까. 또 다른 하나는 기부 목적. 협회의 목적을 인류 지식의 증대와 확산에 두었다는 점이다. 이 얼마나 모호하고 원대한 목표인가. 당시 미국은 독립한 지 얼마 되지 않은 신생국가였고 인류 지식의 증대와 확산에 앞장서는 나라도 아니었다. 세상을 뒤흔들 만한 지식과 발명품은 영국과 프랑스를 비롯한 유럽 대륙에서 등장하던 시대였다. 거금을 기부하기에 미국보다 더 용이한 나라는 얼마든지 있었을 것 같은데 왜 그는 인류 지식의 증산을 위해 미국을 선택했을까.

실제로 스미스슨이 미국에 특별한 관심을 두었다는 기록은 어디에도 없다. 그의 서재에는 미국과 관련된 책은 단 두 권밖에 없었다고 전해진다. 그럼에도 과학자로서 일생을 살았던 그가 미국을 협회 설립 장소로 선택한 이유는 무엇일까? 지식을 증대시키고 확산하기에 미국이 가장 적절한 국가라고 여겼던 이유가 있을 것이다. 그는 갓 탄생한 신생국가에서 인류를 위한 어떤 희망을 보았을까?

당시 지식인들이 과학과 미국의 탄생을 어떻게 생각하고 있었는지는 미국의 3대 대통령이었던 토머스 제퍼슨이 1813년에 존 애덤스에게 썼던 편지에서 짐작할 수 있다.

"과학은 읽고 성찰하는 사람들의 생각을 자유롭게 해주었고, 미국의 사례는 사람들에게 내재되어 있던 권리라는 감정을 일깨웠습니다. 그 결과 계급과 출생 신분에 맞서는 반란이 과학과 재능, 용기로부터 시작되었고 결국 그것들을 무너뜨렸습니다. 과학이 곧 진보입니다Science had liberated the ideas of those who read and reflect, and the American example had kindled feelings of right in the people. An insurrection has consequently begun, of science, talents, and courage, against rank and birth, which have fallen into contempt⋯ Science is progressive."

토머스 제퍼슨, 존 애덤스를 비롯하여 벤저민 프랭클린과 같은 미국 지도층은 새로운 과학 지식으로 사회, 정치, 도덕, 지적 및 물질적 삶의 모든 조건에서 전반적인 개선이 가능하리라 기대했다. 정치혁명과 지식의 성장을 경험한 프랑스 철학자 콩도르세, 영국의 화학자 프리스틀리와 같은 유럽 지식인들 역시 봉건적 지배로부터의 정치적, 사회적 해방을 진보라고 정의했고, 과학은 이를 뒷받침해줄 도구로 간주했다. 그들에게는 새로운 지식을 통해 인류가 나아질 수 있다는 믿음이 있었고, 새로 탄생한 국가였던 미국이 이러한 꿈을 그릴 수 있는 도화지 같은 나라로 비춰진 것이다.

반면 당시 유럽의 정세는 혼란스러웠다. 혁명과 전쟁의 시대였다. 프랑스에서는 절대왕정이 무너지는 혁명이 일어났고 유럽 각국은 혁명의 확산을 막고자 곳곳에서 전쟁을 일으켰다. 독일이나 이탈리아, 스페인에서는 왕위를 둘러싼 전쟁이 지속적으로 일어났다. 당시 프랑스에서 머물고 있던 스미스슨은 가까이에서 혁명을 지켜보고 나폴레옹전쟁 중

투옥되기도 하며 불안한 정치적 상황을 직접 경험하고 있었다. 이러한 상황에서 미국은 장밋빛 미래를 기대할 수 있는 유일한 국가였을지도 모른다.

더구나 스미스슨은 국적에 연연하는 사람이 아니었다. 영국인이기에 앞서 과학자였다. 그는 생전에 다음과 같이 썼다. "과학자에게는 국가가 없다. 전 세계가 그의 나라이고 온 인류가 그의 동포이다The man of science is of country, the world is his country, all mankind his countrymen." 그는 자신의 정체성을 과학자로서 두었으니 과학과 지식 생산을 최우선 가치로 두고 유언을 작성했을 가능성이 높다. 미국을 배제할 이유도 없었던 셈이다.

협회 설립 목적도 당시 시대상으로 짐작해보면, 19세기 영국에서는 개인을 통해 인간 사회 전체를 이해하고 바꿀 수 있다고 믿는 사회적 원자론이 힘을 얻고 있었다. 이는 개인의 향상과 사회의 진보가 정비례한다는 입장과 궤를 같이한다. 이에 따르면 사회를 진보시키기 위한 방법은 간단하다. 교육을 통해 개인의 관찰과 발견 능력을 향상시키고 그의 잠재력을 발달시켜 지식의 증대에 기여하게 만들면 된다. 영국에서 탄생한 '런던기계공협회'나 '지식확산을위한사회'와 같은 단체들이 이러한 믿음의 결과물이었다. 더 많은 사람들에게 새로운 관찰과 발견을 유도하고 그렇게 얻은 지식을 보급하여 사회를 변화시키고자 했다.

스미스슨 역시 당시 과학자로서 한 사람, 한 사람이 발견한 새로운 지식을 통한 사회의 진보를 믿었다. "모든 사람은 사회의 소중한 구성원이다. 그는 자신만의 관찰과 연구, 실험으로 인류를 위한 지식을 구할 수 있다"던 그의 노트를 보라. 스미스슨이 공리주의적이고 평등주의적인 '공공 과학public science'에 매료되었다는 기록도 있다.* 이런 성격을 지닌 사람이 영국인이라는 이유만으로 독점적이고 엘리트적인 과학단체로 알려져 있던 영국왕립학회에 '지식의 증대와 확산'을 위해 기부를 한다는 것은 오히려 어색한 일일 것이다.

스미스슨을 알고 난 후 스미소니언캐슬을 다시 찾아갔다. 스미스슨의 유해가 이곳에 보관되어 있다는 정보를 듣고는 가보지 않을 수 없었다. 붉은색 사암으로 뒤덮인 건물 외관과 높다란 첨탑과 고딕풍 장식은 어느 각도에서 봐도 훌륭했고, 이곳이 미국 최초의 과학박물관이라는 사실에 더욱 설레었다. 건물 안으로 들어가니 첫 방문에서는 눈에 들어오지 않았던 오래된 사진들이 보였다. 아치형 천장 아래 놓인 각종 동물 뼈대와 생물 표본 들, 고고학 유물과 알 수 없

* https://www.smithsonianmag.com/history/a-man-in-full-147708616/

는 형체의 석고 모형이 즐비했다.

한 과학자의 유언으로 만들어진 세계가 새삼 놀라웠다. 과학의 힘으로 스미스슨은 상상할 수도 없었을 세상이 창조되었고 여전히 계속 진화하고 있다. 이곳에 전시된 것들을 보고 누군가는 영감을 얻고 새로운 지식을 탐구할 것이다. 우주의 비밀을 풀고 외계 생명체를 찾고 로봇을 고안할 것이다. 인류는 그렇게 지구상에서 살아가고 있다. 스미스슨의 유언으로 오늘 내가 여기에 있는 것이라고 생각하니 유해 앞에서 절로 고개가 숙여졌다. 그렇게 한참 동안 과학자 스미스슨에게 감사와 존경을 표했다.

초상화 갤러리에서 부르는 노래

스미소니언국립초상화박물관

하늘이 맑은 토요일 점심, 나는 소파에 앉아 방에서 영화를 볼지 외출을 할지 진지하게 고민하고 있었다. 집에만 있기에는 햇살이 좋아 보였지만 아내와 아이의 외출로 나 홀로 자유를 즐길 수 있는 흔치 않은 날이기도 했다. 오랜만에 대낮부터 맥주에 영화나 한 편 볼까? 몇 달 만에 찾아온 일탈의 유혹이 강력했다.

고민을 끝내고 냉장고를 열었을 때 한국에 사는 동생으로부터 안부 전화를 받았다. 나는 더할 나위 없이 즐거운 시간이라고 대답하려다 한국은 자정에 가까운 시간이라는 것을 깨닫고 도리어 그에게 별일은 없는지, 이 시간에 안 자고 뭐 하는지 되물었다. 그는 회사에 일이 많아서 야근을 하다 그냥 전화한 거라고 했다. 그래, 다행이구나. 그렇게 보통의 통화처럼 몇 마디 근황을 나누고 끊으려는데 동생이 한마디를 덧붙였다. 아버지가 술을 끊으셨대, 어디 편찮으신 건 아닌데 그냥 그렇게 하시기로 했대.

아버지는 내가 출국하기 직전까지도 저녁을 드실 때마다 반주를 곁들였던 분이다. 식탁에 부침개가 올라오면 막걸리를 꺼내고 마른 멸치가 있으면 맥주를 마셨다. 적당히 좀 마시라는 어머니의 잔소리와 그걸 개의치 않는 아버지의 술 긴 소리가 우리 집 저녁의 배경음악이었다. 그런 분이 갑자기 금주라니. 나 역시 아버지가 음주량을 조절할 나이가 되었다고 생각하고 있었지만 현실이 되자 기분이 이상했다. 이 기분으로 한낮의 맥주를 만끽하기는 어려울 것 같아 옷을 갈아입고 밖으로 나섰다.

당장 입장권을 예약할 수 있는 박물관이 스미소니언국립초상화박물관Smithsonian National Portrait Gallery 하나였다. 더구나 박물관은 지리를 잘 아는 내셔널몰 근처에 있어서 주저하지 않고 그곳을 향했다. 어떤 작품으로 유명한 갤러리인지 전혀 알지 못했지만 개의치 않았다. 충동적인 기분 탓이기도 했지만 어쨌든 다양한 초상화가 전시되어 있을 것은 분명했으니까. 어려운 예술이 아니라 기껏해야 사람의 얼굴을 들여다보는 곳일 뿐이다.

입장료는 무료였고 스미소니언미국미술관Smithonian American Art Museum과 같은 건물을 절반씩 나눠 쓰고 있었다. 전시는 3층에 걸쳐 테마별로 관람이 가능했지만 나는 특별한 목적이 없었기 때문에 무작정 안쪽으로 들어갔다. 벤저민 프랭클린, 코닐리어스 밴더빌트와 같이 미국의 역사에서 빠질 수 없는 굵직한 인물들의 초상화가 나타났고, 조금 더 걷다 보니 축음기를 발명한 에디슨과 전화기를 발명한 벨도 등장했다. 다 아는 사람들이네. 교과서에서 한 번씩은 봤던 얼굴들이라 반가웠다. 모두 일종의 미술 작품들이지만 마치 역사책을 읽는 느낌이었다. 2층으로 올라가니 역대 대통령과 유명한 정치인 들의 초상화도 볼 수 있었다. 버락 오바마 대통령 초상화 앞에는 사람이 꽤 많았다. 그러나 어느 작품도 나의 발걸음을 멈추게 하지 못했다.

3층으로 올라가서도 마찬가지였다. 챔피언 관에서는 스포츠 스타의 얼굴을 볼 수 있었고 브라보 관에는 유명한 예술가의 얼굴이 있어서 흥미로울 법도 했는데 체력이 떨어졌는지 별다른 감흥이 없었다. 그냥 집에 있을걸, 하는 후회가 밀려올 때쯤 한 남자의 사진이 눈에 들어왔다. 그는 마치 내게 '그럴 줄 알았다'는 표정을 하고는 옅은 미소를 띤 채 손가락을 입술에 대고 있었다. 그 표정이 재미있어 작품명을 보니 '우디 거스리Woody Guthrie'였다. 낯선 얼굴이었지만 분명 익숙한 이름이었다. 어디에서 들어봤더라.

이 땅은 너의 땅

내 중학교 영어 선생님은 다부지고 까무잡잡한 피부를 지닌 남자였는데 표정조차 항상 진지했다. 수업도 표정만큼 진지했기 때문에 그는 학생들에게는 인기가 없었고 오히려 단정한 말투로 놀림의 대상이 되었다. 돌이켜보면 그는 표정과 수업만 진지했던 것이 아니라 삶 자체도 비슷한 느낌으로 살았던 것 같다. 오후 5시에는 늘 테니스를 치는 것에 열중했으며 수업이 없는 시간에는 규칙적으로 운동장을 날렸다. 어쩌면 그의 피부색은 타고난 것이 아니라 오랜 시간 공들여 가꾸었던 것이었는지도 모른다.

비록 웃음과 농담이 없는 수업이었지만 나는 가끔 그의 수업을 기대했는데, 한 달에 한 번쯤 팝송을 소개하는 시간이 있었기 때문이다. 당시 나는 백스트리트 보이즈나 브리트니 스피어스를 들으며 미국 가요에 빠져 있었다. 팝송 수업은 선생님이 커다란 스테레오테이프 플레이어를 교탁 위에 올려놓는 것으로 시작했다. 그는 일단 노래를 두 번 정도 듣게 하고 가사가 프린트된 인쇄물을 나눠준 뒤 가수와 노래를 소개했다. 소개가 끝나면 학생들은 돌아가며 가사를 해석했고 다 함께 노래를 따라 불렀다. 그렇게 사이먼 앤드 가펑클의 〈브리지 오버 트러블드 워터Bridge Over Troubled Water〉와 존 레넌의 〈이매진Imagine〉, 피터, 폴 앤드 메리의

〈꽃들은 다 어디로 갔나요?Where Have All the Flowers Gone?〉 같은 올드팝을 배웠다.

그중에 바로 우디 거스리의 〈이 땅은 너의 땅This Land Is Your Land〉이 있었다. 'Troubled Water'가 무슨 뜻인지 몰라 사전을 찾아야 했던 것과 달리 이 얼마나 알아듣기 쉬운 제목이었는지! 물론 노래의 난이도와는 별개로 영어 선생님은 그날도 평소처럼 진지했다. 그는 노래를 쓴 우디 거스리라는 사람이 미국에서 엄청나게 유명한 가수이고 중요한 사람이라며 가수를 소개하는 데 유독 긴 시간을 할애했다. 우디 거스리는 단순히 대중에게 즐거움을 주기 위해서가 아니라 당시 미국 사회에 어떤 메시지를 전하려고 노래를 했다는 것이다. 특히 그는 서민들의 가난과 차별을 직접 겪으면서 작곡을 하고 가사를 썼기 때문에 곡에 진정성이 있다고 했다. 자기가 소개해주는 가수 대부분이 우디 거스리의 영향을 받았을 것이라는 이야기도 덧붙였다.

그날 나는 무슨 용기가 났는지 수업 도중 손을 들어 선생님께 물었다. "옛날 노래 말고 요즘 팝송도 하면 안 될까요?" 그러자 선생님은 요즘 노래 어떤 걸 생각하냐고 내게 다시 질문을 던졌다. 이때 마이클 잭슨이라도 떠올랐으면 좋았을걸, 급하게 대답을 하느라 실제로 그 당시 듣고 있던 보이밴드 이름만 몇 개 더듬었다. 선생님은 그런 가수를 잘 알지 못해서 뭐라고 평가할 수는 없다고 말하며 본인의 선곡 기준을 이야기했다. 자신이 수업 시간에 소개하는 가수와 곡들은 발표한 지 20여 년이 지난 지금도 여전히 대중에게 사랑받고 있을 뿐만 아니라 나름의 메시지를 담고 있어서 노래가 나왔을 때의 시대상을 살펴볼 수 있는 것들이라는 말이었다. 또 요즘 노래는 한 시간 내에 따라 부르기에는 너무 빠르다고.

〈이 땅은 너의 땅〉은 미국이라는 풍요로운 나라가 다른 사람이 아닌 너와 나, 평범한 우리 모두의 것이라는 노래였다. 캘리포니아에서 뉴욕까지, 레드우드숲에서 멕시코만까지 끝없는 하늘과 반짝이는 계곡 모두 너의 땅이고 나의 땅이라는 말이다. 가사만 봤을 때 신중현의 〈아름다운 강산〉과 비슷한 느낌을 받았지만 멜로디는 비장하거나 웅장하지 않고 한없이 편안했다. 1945년에 곡이 발표된 이후 미국인들에게 제2의 국가로 불릴 정도로 큰 인기를 끌었다고 했다. 흘러간 유행가가 아닌 아직까지도 미국을 상징하는 노래 중 하나다. 2009년 버락 오바마가 대통령으로 취임할 때 이 노래가 울려 퍼졌고, 여전히 유치원과 초등학교에서도 아이들에게 가르치는 노래라고 한다.

나는 미국인이 아니고 지금 밟고 서 있는 이곳이 나의 땅도 아니지만 〈이 땅은 너의 땅〉의 경쾌한 멜로디와 따뜻한 가사가 좋아서 우디 거스리의 초상화 앞에서 몇 번이나 같은 노래를 반복해서 들었다. 노래가 나오는 동안 사진 속 천진난만한 우디 거스리와 달리 한없이 진지했던 영어 선생님의 표정을 생각했다. 그의 웃는 모습을 본 적이 있었는지 떠올리려고 했지만 어떤 것도 기억나지 않았다.

바람만이 아는 대답

내가 기억하는 이성과의 첫 대화는 열일곱 살, 고등학교 1학년 때의 일이다. 이보다 어렸을 때에는 여자아이와 마주한 기억이 없다. 초등학교 시절에는 남녀가 한 반에 있었지만 여자아이에게 말을 걸 만한 일은 기껏해야 오늘 네가 주번이야, 선생님께서 교무실로 오래, 정도였다. 이성에게 관심이 없었고 그들도 내게 관심이 없었다. 남자친구들과 축구나 야구 같은 공놀이만 하고 놀았다. 초등학교를 졸업하고도 남자 중학교를 다닌 탓에 이성과 대화는커녕 얼굴 볼 기회도 없었다.

고등학교 역시 남자 고등학교였고, 1학년 때부터 기숙사 생활을 했기 때문에 학교를 벗어날 일이 없었다. 주말에 한 번 가족을 만나는 것 외에는 학교 밖 사람들의 교류가 거의 없다시피 한 시절이었다. 그럼에도 전혀, 가 아니고 거의라고 말할 수 있는 이유는 외부인과 만날 수 있는 창구가 하나 있었기 때문이다. 나는 '팝 마니아'라는 팝송 동아리 멤버였는데 이 동아리는 지역의 같은 이름 여자 고등학교와 연합을 맺고 있어서 공식적으로 허락받은 외부 활동이 가능했다.

십대 청춘 남녀가 팝송을 듣는 동아리라니. 영어 노래 틀어놓고 사담을 나누는 낭만 넘치는 모임일 거라고 생각하기 쉽겠지만 두 학교 모두 역사와 전통이 있는 지역 명문 고등학교라는 자부심이 있어서 그랬는지 활동이 꽤 체계적이었다. 동아리 출신 선배가 다니는 대학 강의실에서 1, 2학년들은 돌아가면서 자신이 선정한 노래와 그 가수에 대해 발표해야 했고, 발표 후에는 선배들의 코멘트에 대답해야 했다. 누군가는 퀸의 〈보헤미안 랩소디Bohemian Rhapsody〉를 발표했고 또 다른 친구는 본 조비나 그린데이의 흥겨움을 전파했다.

발표할 차례가 가까워지자 은근히 신경이 많이 쓰였다. 나만 아는 멋진 노래를 찾는 것도 어려웠지만 청중에 다른 성별이 있다는 점이 문제였다. 남자애들만 있으면 셰어Cher나 핑크Pink 같은 여성 가수를 소개해도 좋을 것 같은데 여자 앞에서는 왠지 폼이 안 나는 것 같았다. 연합동아리라는 건 참 피곤한 거구나, 싶었다. 그들에게 잘 보여서 손을 잡을 것도, 아니, 손은 고사하고 말 한마디 붙여볼 것도 아닌데 골치만 아팠다(아닌가? 혹시 그런 걸 기대했었을까?).

긴 고민 끝에 선택한 곡이 무려 밥 딜런의 1963년 발표곡, 〈바람만이 아는 대답Blowin' in the Wind〉이었다. 대체 나는 무슨 생각이었던 걸까. 첫 미팅 자리에 위아래로 갈색 정장을 맞춰 입고 번쩍이는 구두를 신고 나갔던 열정, 뭐 그런 것이었을까? 어쨌든 누구나 알 만한 가수를 선택한 만큼 한 달여간 틈나는 대로 가수와 노래에 대해 조사했다. 밥 딜런에게 유명세만큼이나 많은 일화들이 있다는 것을 그때 알았다.

그중 기억나는 하나가 밥 딜런과 우디 거스리의 만남이었다. 밥 딜런은 우디 거스리를 자신의 음악적 모델로 삼고 있었기에 스무 살이 되던 해 기타와 가방만 들고 뉴욕에 있는 자신의 영웅을 만나러 갔다고 한다. 우디 거스리는 헌팅턴병에 걸려 무기력하게 죽음만을 기다리고 있는 상황이었다. 밥 딜런은 자신이 숭배한 우디 거스리 앞에서 기타를 치며 죽어가는 노인을 위로했고, 그날 이후 뉴욕에 머물러 카페에서 노래하기 시작했다. 밥 딜런의 목소리가 세상에 등장한 것이다.

그러나 발표하는 날 그들의 일화를 소개하는 일은 없었다. 그저 밥 딜런이 1941년에 태어난 사람이고, 기타와 하모니카를 주로 연주하는 미국 대중음악의 대부이며, 인권과 반전 운동의 상징적인 가수지만 자신은 그저 사랑 노래를 부르고 있다고 말하는 사람이라는, 백과사전에 나올 법한 정보만 읊었다. 당시 나는 포크와 블루스, 컨트리, 로큰롤, 재즈를 설명할 수 없었고, 미국 대중음악의 역사와 가수를 알지 못했고, 미국에서의 저항운동 역시 이해하지 못했으므로 더 깊은 이야기를 할 재간이 없었다. 그저 밥 딜런이 이렇게 유명한 사람이에요! 내가 이런 가수를 알아요! 하고 외쳤을 뿐이다.

어렵게 가수 소개를 마친 뒤 간신히 〈바람만이 아는 대답〉을 틀었다. 밥 딜런 스스로 이 노래는 결코 저항가요가 아니라고 말했으니 가사에서 반전이나 평화의 메시지를 찾으려 애쓰지 않아도 된다고 알려주었다. 스피커를 통해 오래전 녹음된 노래에 섞여 있는 잡음과 쇳소리가 나는 목소리로 노래하는 가수의 웅얼거림, 단순하고 경쾌한 멜로디를 연주하는 기타와 하모니카 소리가 강의실에 울려 퍼졌다. 에어컨이 작동하지 않은 더운 여름이었고 창밖에서는 매미가 시끄럽게 울고 있었다. 3분이 채 되지 않는 짧은 시간이 무척 길게 느껴졌다.

노래가 끝나고 어떤 질문을 받았는지는 기억나지 않는다. 내가 기억하는 다음 장면은 등나무 아래 둘러앉아 다음 발표자를 정하는 모습이다. 나는 차가운 콜라를 마시며 어떻게든 내 차례가 넘어갔다는 사실에 안도하는 동시에 재미없이 옛날 가수를 골랐다는 후회를 하고 있었다.

그런데 그때 옆에 앉아 있던 여자아이가 내게 말을 걸었다. 발표 잘 들었어, 재미있더라. 나는 당황한 나머지 어, 어, 그래, 하고 얼버무렸다. 왜 그 가수를 골랐어? 그냥. 빨간 콜라 캔에 시선을 고정시킨 채 대답했다. 그냥이 어디 있냐? 이유가 있어야지. 나는 차마 멋있어 보이려고, 라는 대답은 할 수가 없어서 어, 아버지가 좋아하셔서라고 생각나는 대로 내뱉었다. 그럴 것 같았어. 그 아이는 말이 많았다. 우리 아빠도 이 가수 좋아하시거든. 또 좋아하는 가수 누구 있어? 나는 얘가 왜 이렇게 궁금한 게 많은지 의아했고, 오래 이야기를 하면 더 바보 같아 보일 것 같았고, 또 누가 우리 둘이 이야기하는 것을 보고 놀릴 것만 같았다. 다 좋아, 라고 중얼거리며 도망치듯 자리에서 일어섰다.

지금은 얼굴도, 이름도 기억나지 않는 여자아이와의 대화가 왜 밥 딜런 초상화 포스터 앞에서 떠올랐을까. '아이 러브 뉴욕(I♥NY)' 로고 디자인으로 유명한 밀턴 글레이저가 그린 밥 딜런의 머리카락은 한없이 화려했고, 검은색 실루엣으로만 표현한 밥 딜런의 옆모습과 대비되어 흡사 어둠 속에서 반짝이는 사이키 조명처럼 형용할 수 없이 강렬했다. 달콤한 솜사탕을 먹은 것 같기도 했고, 아이셔 사탕을 깨문 것 같기도 했다. 포스터를 보고 있자니 머릿속 뇌세포들이 하나하나 오색 빛깔로 물이 들어 흐물흐물, 말랑말랑해지는 기분이었다. 혹시 그 소녀가 나에게 말을 걸었던 순간 이런 기분이었을까.

그 친구에게 인사도 하지 않고 서둘러 집으로 가는 길에 나 혼자 설레었을까? 그때 내가 좋아하는 가수를 말하고 너는 어떤 음악을 좋아하는지 물어봤다면 뭐가 달라졌을까? 두 남녀가 마주 보고 대화를 하기 위해 얼마나 많은 용기가 필요할까? 아무것도 모르던 시절의 아무 이야기다. 나는 여전히 아무것도 모르지만 바람만은 답을 알고 있겠지.

스위트 캐롤라인

미국에 온 지도 한참이 지났지만 나는 아직도 이방인이다. 아파트에서 자주 보는 사람들도 여전히 낯설기만 하고 그들의 언어와 냄새, 몸짓은 나의 것과 같지 않다. 거리에 지나가는 사람들이 가짜처럼 느껴지기도 한다. 초상화 속 인물들도 모두 나와 다르게 생긴 사람들이다. 사진 속에 장발을 한 가수만 봐도 그렇다. 검정 가죽 재킷을 입고 수북한 가슴털을 내보이며 카메라가 뚫어져라 응시하는 그의 외양을 보고 있자니 나는 평생 해볼 일이 없는 패션이고, 억지로 따라 하려고 해도 안 되는 표정이다.

이런 내가 이곳의 사람들과 함께 놀고 있다는 동질감을 느꼈던 적이 단 한 번 있었는데, 인근의 맥주 양조장에 방문했을 때였다. 많은 사람들은 넓은 잔디 위 테이블에 삼삼오오 모여앉아 생맥주를 마시고 있었다. 다들 어찌나 흥겹게 떠드는지 옆에 앉은 일행과의 대화도 목소리를 키워야 할 정도로 복작이는 곳이었다. 야외 스테이지에서 누가 무슨 노래를 하고 있었는지도 모를 정도였다.

그런데 그때 익숙한 멜로디의 트롬본 소리에 주변의 말소리가 잦아들더니 노랫소리만 들리기 시작했다. 바로 닐 다이아몬드의 〈스위트 캐롤라인Sweet Caroline〉이었으니. 굵고 낮은 목소리로 시작한 첫 가사 "Where it began"은 한없이 감미로웠지만 "Hands, touching hands"를 지나면서 알 듯 모를 듯 조금씩 분위기가 부드럽게 달궈졌다. 그 순간 나는 느꼈다. 이곳에 있는 모두가 하나가 되고 있다는 사실을, 또 모두가 알고 있다는 사실을. 우리가 원하는 것이 무엇인지, 어디로 가고 있는지, 어디에서 끝이 나야 하는지를. 주변 사람들이 하나둘 손나팔을 만들었고 나도 손을 들어 박수 칠 준비를 한 채 흥을 한껏 끌어올렸다. 이윽고.

"Sweet Caroline," 빰! 빰! 빰!

"Good times never seemed so good," 쏘 굿! 쏘 굿!

노래를 부르는 순간, 나도 그들과 하나가 된 기분이었다.

양조장에서 맥주를 마시는 아저씨와 아가씨, 할머니와 할아버지, 그들의 손자와 소녀도 모두 함께 노래를 부르고 후렴을 외쳤다. 사람들의 호응에 초대 가수는 '빰 빰 빰'과 '쏘 굿'을 수차례나 반복했다. 건너편에 앉아 있는 사람들과 잔을 흔들고 몸을 들썩였다. 외울 수 있는 몇 안 되는 노래라서 처음부터 따라 부르며 오랜만에 신이 났다. 듣는 순간 마음이 움직인다는 말처럼 음악은 힘이 있다.

내게 노래하는 즐거움과 닐 다이아몬드의 〈스위트 캐롤라인〉을 알게 해준 사람은 다름 아닌 아버지다. 아버지는 대학에 다닐 때 드럼을 연주했었다고 한다. 1970년대는 롤링스톤즈와 레드 제플린, 비틀즈, 딥 퍼플, 이글스와 CCR 같은 기라성 같은 록밴드들이 활동하던 시대였다. 드럼을 치는 대학생이 이들의 음악을 듣지 않고 배길 수가 없었겠지. 이유야 어쨌든 아버지는 본인의 청춘과 함께했던 음악들을 좋아하셨고 닐 다이아몬드도 그중 하나였다.

오래전 아버지께서 노래 가사를 인쇄해달라는 요청을 하신 적이 있다. 차에서 들을 수 있는 CD로 만들어주면 더 좋겠다는 말씀도 하셨다. 무슨 노래냐고 여쭈었더니 본인이 직접 종이에 펜으로 적은 가수와 노래 제목을 펼쳐 보이셨다. 리스트에는 닐 다이아몬드의 〈스위트 캐롤라인〉이 있었고 〈Song Sung Blue〉와 〈Be〉라는 곡이 있었다. 이것 말고도 다른 록밴드의 음악이 몇 개 더 있었다. 닐 다이아몬드라는 가수가 낯설어 누군지 궁금해하니 아버지는 미국에서 1970년대에 엄청 잘나가던 싱어송라이터라며 그를 소개했다.

아버지의 말을 들었을 때는 닐 다이아몬드가 부른 곡이 CCR과 같은 록 음악일 것으로 예상했다. 하지만 곡이 시작되자마자 오, 하는 감탄사가 저절로 나왔다. 복잡하지 않고 편안한 멜로디에 프랭크 시내트라를 떠올리게 하는 굵은 중저음의 목소리가 귀를 사로잡았기 때문이다. 기타와 드럼 연주가 있었지만 시끌벅적한 록이 아니었다. 뭐랄까, 미국의 전형적인 혹은 전통적인 팝 발라드 느낌이었다. 미국인이라면 그의 목소리와 노래를 사랑하지 않을 수 없겠다는 느낌. 할리우드나 뉴욕을 배경으로 하는 로맨틱 영화의 주제곡을 불렀을 것 같은 느낌.

나는 곧 〈스위트 캐롤라인〉에 빠져들었고 가사를 출력해서 며칠간 들고 다니며 노래를 외웠다. 유난히 따라 부르고 싶은 마음이 생기는 곡이었다. 가사 중에 따뜻한 구절들이 많아서 그 말을 내뱉는 것만으로도 위로를 받는 것 같았다. "Good times never seemed so good"이라는 문장이 그랬고 "How can I hurt, when holding you", "Warm, touching warm"도 비슷했다. 2013년 보스턴마라톤 폭탄 테러가 발생했을 때 뉴욕 양키스는 양키스타디움에서 〈스위트 캐롤라인〉을 틀며 희생자를 추모하고, 닐 다이아몬드도 보스턴 펜웨이파크에서 이 노래로 보스턴을 위로했다는 이야기를 나중에 듣고서 내가 느낀 감정의 보편성에 괜스레 혼자 뿌듯했었다.

사람들은 노래의 주인공인 캐롤라인이 누구인지 꽤 궁금했다고 한다. 나는 〈헤이 주드〉의 주드가 누구인지 궁금하지 않았던 것처럼 캐롤라인이 누구인지 별다른 관심이 없었다. 노래 분위기와 어울리는 아무 이름을 고르지 않았을까 싶었다. 우연히 닐 다이아몬드가 노래의 주인공이 존 F. 케네디 전 미국 대통령의 딸이었다는 사실을 털어놓았다는 기사를 접하고 뒤늦게 흥미로웠다. 그는 승마복을 입고 조랑말 옆에 서 있는 아홉 살짜리 캐롤라인의 사진에 영감을 받아서 곡을 썼다고 밝혔다. 존 F. 케네디라니, 미국인들이 이 노래를 좋아할 수밖에 없지 않은가.

*

박물관 관람을 마치고 집으로 돌아오는 길에 미국에서 아버지와 함께 가고 싶은 곳이 떠올랐다. 보스턴 레드삭스의 홈구장 펜웨이파크. 아버지가 좋아하실 수밖에 없는 곳이다. TV로만 보던 메이저리그 경기를 직접 볼 수 있고 시원한 생맥주가 얼마든지 있는 곳, 또 무엇보다 그곳에는 7회가 끝나면 모든 관중들이 함께 부르는 〈스위트 캐롤라인〉 타임이 있다. 토론토와의 경기가 있어서 류현진이 선발투수라면 더욱 완벽할 텐데. 하루빨리 그날이 왔으면 좋겠다. 이날 하루쯤은 아버지도 금주를 해제하시겠지. 그날이 오면 나도 오늘 미처 마시지 못한 맥주를 마음껏 마셔야겠다.

알아요, 선물은 늘 어렵죠

스미소니언국립동물원

딸의 생일도 축하할 겸 동물원 나들이에 나섰다. 아이는 요즘 앤서니 브라운의 책들에 푹 빠져 있는데 그중 『고릴라』를 무척 좋아한다. 고릴라를 좋아하는 소녀, 한나에 관한 이야기다. 한나는 동물원에 가서 직접 고릴라를 보고 싶지만 일 때문에 바쁜 아빠 때문에 늘 혼자 TV만 본다. 생일에도 겨우 고릴라 인형만을 선물받았다. 그런데 그날 밤 인형은 진짜 고릴라가 되어 한나를 동물원에 데리고 가 맛있는 음식도 사주고 영화도 보여준다. 비록 하룻밤 꿈이었지만 한나는 행복하게 잠에서 깬다. 다행히 나는 한나 아빠와 달리 남는 게 시간뿐인지라 생일 전날 동물원에 가자고 선수를 쳤다. 선물도 기념품 가게에서 살 요량으로 집을 나섰다.

생일 당일 눈을 뜨자마자 출발을 서둘렀다. 이른 아침 동물원이 주는 특별한 느낌을 딸에게도 알려주고 싶었기 때문이었다. 마치 시간이 느리게 흐르는 마법의 숲 같다고 해야 할까. 거리에서는 자동차 경적 소리와 주변의 자잘한 소음으로 이미 바쁜 하루가 시작되었다는 것을 알 수 있지만, 풀과 나무로 가득한 동물원 입구를 통과하는 순간 여전히 남아 있는 이슬의 촉촉함과 새벽의 푸르스름함이 시공간을 뒤틀어버린다. 여전히 많은 동물들이 잠들어 있는 시간이지만 나는 이 신선함이 좋아서 동물원에 가는 날은 늘 걸음을 재촉하곤 했다. 생일이라 그런지 딸은 군말 없이 따라나섰다.

스미소니언국립동물원Smithsonian's National Zoological Park은 워싱턴 다운타운에서 북서쪽으로 멀지 않은 곳에 위치해 있지만 코로나로 대중교통 이용이 힘든 상황이라 운전을 했다. 도착해보니 입장료는 무료였지만 주차비가 30달러로 비쌌다. 도로에 차를 세워둘까 고민하다 주차비를 면제해주는 80달러짜리 프리미엄 회원권을 구매했다. 지도에 그려진 동물원을 보니 어차피 한 번의 방문으로 모든 동물을 볼 수 없는 규모라고 생각되었다. 1년에 세 번만 온다면 손해 보는 장사는 아니었다. 딸에게도 오래 걷지 말고 좋아하는 동물 몇 종만 보고 오자고 말했다.

내가 가장 보고 싶은 동물은 언제나 사람을 닮은 영장류이지만 오늘은 딸의 생일이니 아이에게 선택권을 넘겼다. 고릴라 책을 읽기도 했으니 자연스럽게 그쪽으로 갈 거라는 기대도 있었다. 하지만 아이는 선택은 의외로 판다였다. 딸에게 이유를 물었더니 동물원 오는 길에 판다 그림을 많이 봤다는 것이었다. 최근 동물원에서 아기 판다가 태어나는 경사가 있었다고 하니 이곳저곳에 판다 사진을 걸어놓았나 보다. 동물원 입장에서는 신이 날 수밖에 없는 소식이다. 판다가 가뜩이나 인기 있는 동물이기도 하지만 동물원 설립 목적 중 하나인 야생동물 관리와 보존에 멋지게 성공한 셈이니까. 흔치 않은 자랑거리가 생긴 것이다.

스미소니언국립동물원은 오래전부터 미국 내에서 판다가 있는 것으로 유명하다. 동물원과 판다의 첫 만남은 무려 1972년 4월에 이루어졌다. 미국에 야생 판다가 있을 리 없으니 당연히 바다 건너 온 것이다. 중국의 어느 대나무 숲에서 살고 있던 판다 링링과 싱싱은 같은 해 2월 21일 미국 리처드 닉슨 대통령과 중화인민공화국 마오쩌둥 주석의 회담 덕분에 멀고 먼 워싱턴으로 이사를 했다. 당시 미국은 베트남전쟁의 돌파구를 찾고 싶었고, 중국은 소련을 견제하면서 세계로 진출하려는 야망이 있었다. 회담은 이런 두 나라 간의 이해관계가 맞아떨어져 성사된 자리였다. 회담을 마치고 열린 만찬에서 영부인 퍼트리샤 닉슨이 자이언트 판다에 대한 애정을 공개적으로 밝히자 중국 총리 저우언라이는 화답으로 판다 두 마리를 보냈다.

중국이 판다를 외교 수단으로 활용한 것은 이때가 처음은 아니었다. 무려 1,500년 전 685년에도 당나라 측천무후가 일본 왕실에 판다를 줬다는 기록이 있다. 비교적 가까운 과거인 중일전쟁 시기인 1941년에도 중국 국민당 정부의 장제스 총통이 중국을 지원해주던 미국에 판다 한 쌍을 보냈다. 그 이후에도 판다는 우정의 표시로 공산권 국가인 소련이나 북한에 전달되고는 했다. 누군가에게 줬던 선물과 똑같은 것을 주고받는 게 유쾌하지 않은 일일 수도 있지만 판다는 이러한 복잡한 과거가 전혀 흠이 되지 않았던 모양이다. 미국 시민들은 링링과 싱싱을 보자마자 사랑에 빠졌다. 판다가 대중에게 공개된 날 동물원에는 2만 명이 몰렸으며 그해 1년 동안 110만 명 이상의 관객이 찾아왔다고 한다. 판다의 엄청난 인기를 보고 혹자는 미중 관계 개선의 일등공신으로 판다를 꼽기도 했다.

선물을 받았으면 으레 답례를 해야 한다. 판다를 받은 미국 입장에서는 어떤 선물을 되돌려줘야 했을까? 사실 선물을 고르는 것처럼 어려운 일이 없다. 보통의 관계에서도 만족스러운 선물을 위해서는 고려해야 하는 사항이 꽤 많다.

일단 선물의 성격을 고려해야 한다. 축하를 위한 선물과 감사를 위한 것, 기념일 선물이 같을 수는 없다. 받는 사람의 취향도 고려해야 한다. 실용적인 사람인지 감상적인 사람인지 정도는 미리 알고 있어야 좋다. 선물의 가격과 용도도 신경 써야 한다. 비싸다고 무조건 만족도가 높아지는 것도 아니다. 사람마다 선물로 받기에 부담스럽다 느끼는 가격은 다르다. 여기에서 더 나아가 포장지의 재질이나 색깔, 선물을 주는 타이밍, 선물을 주면서 하는 대사까지 따지다 보면 한없는 고민에 빠지기 십상이다.

당시 중국 입장에서는 선물을 고르는 데 큰 어려움이 없었을 것이다. 미국 영부인이 알아서 원하는 걸 말했으니 적당히 건강하고 귀여운 놈들을 골라서 보내면 되었을 터. 본디 선물은 먼저 주는 편이 낫다. 받는 사람과의 친밀도가 정립되지 않은 때라면 더욱 그렇다. 상대방의 입장에서는 선물의 규모를 짐작하기 어려워 기대치도 낮은 경우가 많기 때문이다. 어떤 선물을 해도 섭섭할 일은 별로 없다. 그러나 먼저 선물을 받게 되면 그것 자체가 기준점으로 작용하기 때문에 답례를 하는 쪽에서는 최소한 그 이상을 준비해야 하는 부담이 생긴다. 받았던 것보다 보잘것없는 선물은 관계를 어색하게 만들 수 있고 똑같은 규모의 선물은 자칫 계산적인 느낌을 줄 수 있다. 여러 수를 계산해야 한다.

그래도 어쨌든 판다라는 기준점이 생겼으니 답례품은 동물로 정해졌다. 당시 스미소니언국립동물원에서는 여러 동물을 하나씩 따져보며 치열하게 논의했다. 미국 하면 가장 먼저 떠오르는 동물은? 바로 독수리다. 무려 1782년부터 미국의 국조로 지정된 동물이다. 영어로는 'bald eagle'. 얼핏 대머리 독수리를 상상하기 쉽지만 여기에서 bald는 하얀색을 뜻하는 'balde'에서 유래한 단어다. 그러니까 미국 대통령 인장이라든지 정부 문장에 거의 빠짐없이 들어가는, 날카로운 눈빛의 흰머리수리가 판다의 답례품 후보 1순위였다. 하지만 미국 국무부가 반대표를 던졌다. 당시 미국과 중국 간 관계 정도로 국조를 보낼 수는 없다는 것이 이유였다. 다음 후보는 흔히 푸마로 알려져 있는 고양잇과 동물인 쿠거couger였다. 미국 토종 동물이지만 야수라는 이미지가 단점이었다. 그리즐리 베어라고 불리는 회색곰도 대표적인 미국 야생동물이지만 소련의 상징이라는 이유로 배제되었다. 산양이나 염소, 프롱혼은 장거리 비행에 적합하지 않다고 여겨졌다. 엘크나 사슴도 고려 대상이었지만 중국에서 흔한 고라니나 사슴과 크게 다르지 않았다.

선물 하나 고르기가 이렇게 어렵다. 돌고 돌아 결국 국립동물원과 주 정부는 미국 들소bison를 떠올렸다. 상징성만 놓고 보면 들소도 결코 독수리에 밀리지 않는 동물이다. 미국이라는 국가가 탄생하기 오래전부터 북아메리카 평원을 지배하던 동물로 원주민들에게는 신성한 동물이자 의식주의 근간이었다. 미국 문화나 역사와도 뗄 수 없다. 2016년 국가 포유류로 지정되기 전부터 캔자스나 오클라호마, 와이오밍에서는 이미 주 동물로 인정하고 기나 로고에 등장시켰다. 들소를 마스코트로 선택한 스포츠 팀도 셀 수 없이 많다. 이 정도 존재감이면 비록 귀여움은 좀 떨어지더라도 판다의 대용물로 기능했을 것이다. 그러나 하필, 베이징동물원에는 이미 몇 마리의 들소가 있었다. 어쩔 수 없이 국립동물원 측은 사향소musk oxen로 결정을 바꿔야 했다. 이게 끝이 아니었다. 마침 당시 국립동물원에 사향소가 없어서 샌프란시스코동물원에서 한 쌍을 구입해야만 했으니 참으로 녹록하지 않은 답례품 선정이었다.

이렇게 우여곡절 주고받은 선물의 결과는 어땠을까? 링링과 싱싱은 수많은 사람들의 사랑과 관심을 받고 20년 동안 다섯 마리의 새끼를 출산하며 장수했지만, 중국으로 간 사향소 '밀턴'과 '마틸다'는 10년을 채 살지 못하고 죽는 바람에 동물원 측에서는 다른 한 쌍의 사향소를 보내줘야 했다. 그렇다고 그동안 동물원에 판다 수가 늘어난 것도 아니었다. 아기 판다가 태어나면 4년이 지난 뒤 중국으로 돌려보내야 한다는 계약 때문에 새로운 판다는 링링과 싱싱이 사망한 후에야 데려올 수 있었다. 그때 온 판다가 이번에 갓 태어난 아기 판다의 엄마, 아빠인 '메이샹'과 '티안티안'인 것이다.

딸에게 열심히 스미소니언동물원 판다의 이름과 사연을 알려줬지만 아이는 들은 체 만 체 판다야, 판다야, 만 외치며 돌아다니기 바빴다. 분명 판다 우리였지만 어느 곳에서도 판다의 모습이 보이지 않았기 때문이다. 오래전에 가봤던 한국의 동물원과 달리 이곳은 단 한 마리의 동물도 시멘트 바닥에 가둬두지 않고, 최대한 그들이 살던 자연과 비슷한 환경을 조성해놓았다. 각 동물에게 할당된 공간도 상당했다. 그러다 보니 숨은 동물 찾기를 하는 것처럼 주의를 기울여 동물을 찾아야 했다. 운이 좋아야 바깥에서 볕을 쬐고 있는 동물을 만날 수 있는 셈이다. 판다를 아무리 크게 불러도 되돌아오는 건 바람에 흔들리는 대나무 소리뿐이었다. 판다도 아이를 낳았으니 조리원에 들어간 걸까.

판다를 찾아 헤매다 지쳐갈 때쯤 기념품 가게가 눈에 들어왔다. 일단 걸음을 멈추고 딸에게 가게 옆 상점에서 아이스크림을 하나 사주었다. 아이스크림이 세상에서 제일 맛있는 나이다. 아이는 판다 따위는 잊은 듯 금세 기분이 좋아져 콧노래를 흥얼거렸다. 이 정도면 분위기가 괜찮은 것 같아 생일 선물로 어떤 것을 받고 싶은지 넌지시 물어보았다. 판다를 보지 못했으니까 판다 인형은 어때? 아니면 코끼리도 괜찮을 것 같고 고릴라 책에서 본 고릴라 인형을 사줄까? 책에서 본 것처럼 고릴라 인형은 자고 있을 때 진짜 고릴라로 변해서 널 데리고 동물원에도 가고 영화관에도 갈 수 있을지도 몰라.

아이는 연신 고개를 저었다. 자기에게는 이미 키티도 있고, 곰돌이도 있고, 염소도 있어서 더 이상 인형은 필요하지 않다는 것이었다. 그럼 뭐가 갖고 싶은데? 결국 답답한 마음에 네 살배기 딸에게 따지듯이 물었다. 몰라, 그건 아빠가 생각해봐야지. 아이는 당연한 걸 묻는다는 표정을 지었다. 심지어 선물을 받는 사람이 모르게 준비해야 하는 거라며 눈을 흘겼다. 허 참, 아이의 대답에 헛웃음이 나왔다. 아직 젖살 통통한 아이 선물조차 쉽지 않은 거구나. 한 번 더 깨닫는다. 할 말을 마치고 의기양양한 표정으로 아이스크림을 먹고 있는 아이에게 이렇게 말하고 싶었다. 아빠도 생일이 있는 거 아냐고. 그땐 네가 무슨 선물을 고를지 기대하고 있겠다고.

나도 스파이가 될 수 있을까

국제스파이박물관

"이름은 본드, 제임스 본드요."*

2020년 10월의 마지막 날, 배우 숀 코너리가 사망했다는 소식을 들었다. 나는 〈더 록〉(1996)을 통해 그를 처음 알았다. 그 후 몇 년에 걸쳐 〈엔트랩먼트〉(1999)와 〈파인딩 포레스터〉(2001)를 차례로 보면서 흰 수염 배우의 존재를 인지하기 시작했다. 그의 작품을 서너 편 정도 더 보고 나니 두 가지 믿음이 생겼다. 숀 코너리가 출연하는 영화는 지루하지 않을 것이라는 믿음과 머리가 벗어진 남자도 수염을 기르면 멋있을 수 있다는 믿음. 어린 나이에 형성된 믿음은 쉽게 변

* 테렌스 영, 〈007 살인번호〉, 1965.

하지 않는 법이라 서른이 넘어 가늘어지는 머리카락에 괴로울 때면 가끔 그가 출현한 옛날 영화를 찾아보곤 했다.

내 기억 속 첫 제임스 본드는 피어스 브로스넌이지만 숀 코너리가 제1대 제임스 본드라는 것은 익히 알고 있었다. 숀 코너리의 별세 소식을 듣고 나니 그가 연기한 007 시리즈가 생각나서 오래전 봤던 〈007 골드핑거〉(1964)를 다시 감상했다. 숀 코너리가 제임스 본드를 연기한 세 번째 작품으로 007 시리즈 중 명작으로 칭송받는 영화다. 무엇보다 007의 상징과 같은 본드카 애스턴마틴 DB5가 처음 등장하는 영화라는 사실만으로도 감상할 가치가 있는 작품이다. 무려 내가 태어나기 20년 전에 만들어진 영화라서 그런지 화면은 투박하고 캐릭터들은 구시대적이며 동양인에 대한 그릇된 편견도 가득하지만 숀 코너리의 능글맞은 표정과 시원한 액션은 여전히 유쾌했다.

'국제스파이박물관International Spy Museum'에 애스턴마틴 DB5가 전시되어 있다는 소식을 듣고 가만히 앉아 있을 수가 없었다. 25달러 입장료가 아깝지 않을 터. 설레는 마음으로 박물관에 들어가 곧장 로비 왼편에 놓인 은빛의 자그마한 차량을 찾았다. 제임스 본드의 이니셜 'JB 007'가 번호판에 적힌 영화 속 본드카 모습 그대로였다. 차량에 설치되어 있다는 전방 기관총, 후방 연막탄 발사기, 위치 추적용 레이 더 등을 직접 확인할 수는 없었지만 문짝 두 개 달린 반짝이는 스포츠카는 존재 자체로 훌륭했다. 슈트라도 입고 왔으면 제임스 본드처럼 폼 잡고 사진이라도 찍었을 텐데.

박물관에 온 목적은 이미 달성했지만 입장료가 아까워 쓱 훑어보고 나올 요량으로 화살표를 따라 안쪽으로 들어갔다. 화살표는 엘리베이터 앞까지 이어져 있었다. 버튼을 누르려고 평소처럼 손을 뻗었다. 그런데 그때였다. 007 시리즈의 본드걸처럼 검정 정장을 입고 있던 금발의 여인이 내게 그럴 필요 없다며 한 발 뒤로 물러나라고 말하는 게 아닌가. 뭐지? 그를 어리둥절한 표정으로 쳐다보았다. 그는 속사포처럼 내가 박물관에서 해야 할 일에 대해 설명했다. 모든 말을 다 알아듣지는 못했지만 뭔가 미션이 있는 것 같았다. 긴장한 채 엘리베이터에 올랐다. 층수 버튼이 없어 당황하는 동안 문이 닫혔다.

도착한 곳은 5층이었고, 문이 열리자 또 다른 요원이 ID 카드를 나누어주고 브리핑 스테이션으로 안내했다. 커다란 모니터 앞에 발급받은 카드를 찍으니 화면에는 여러 가지 사진이 나타났고 그중 좋아하는 사진을 고르라는 메시지가 떴다. 여전히 나는 박물관의 정체를 파악하지 못한 채 어리바리하게 눈동자만 굴리며 화면을 클릭했다. 몇 차례 질문에 대답하고서야 비로소 조금씩 상황을 파악할 수 있었는데 정신을 차리고 보니 이미 아이슬란드 출신의 Drew Aydan이라는 새로운 이름을 부여받은 후였다. 스파이 미션이 시작된 것이다!

"스파이의 첩보 활동은 본 게임이 시작되기 전에 하는 게임이다. 뉴스로 보도가 되거나 아니거나 국내의 누구보다 먼저 새로운 정보를 알아내야 한다."*

CIA 현장요원이자 『스파이의 생각법』의 저자 존 드래독에 따르면 어떤 행동을 하기 위한 사고 과정은 '자료-분석-결정-실행' 네 단계로 이루어진다. 스파이든 일반인이든 올바른 결정을 내리고 실행에 옮기기 위해서는 정확한 상황 분석이 필요하고, 이를 위해 신뢰할 수 있는 자료를 수집해야 한다. 이는 조직 차원의 의사결정에서도 동일하다. 어느 한 단계라도 제대로 이루어지지 않는다면 많은 경우 손실과 피해가 발생하게 된다. 따라서 CIA와 같은 정보기관에 소속된 스파이의 핵심 역할은 세계 곳곳에 흩어져 있는 기밀 자료를 수집하여 조직이 올바른 분석과 결정을 하도록 돕는 데 있다.

* 존 드래독, 『스파이의 생각법』, 노혜숙 옮김, 아니마, 2018.

내게 주어진 첫 번째 미션도 제한된 시간 내에 정확하고 많은 양의 정보를 수집하는 것이었다. ID 카드를 제시하자 눈앞에 커다란 종이가 펼쳐졌고 초시계는 곧바로 30초 카운트다운에 들어갔다. 종이 위에는 나침반과 신문, 접시와 숟가락, 포크 등 여러 가지 물건이 그려져 있었다. 가능한 한 많은 것을 기억해야 한다. 나는 이런 종류의 게임을 할 때마다 스스로 침팬지가 되었다고 주문을 걸고는 한다. 침팬지는 마치 사진을 찍는 것처럼 장면을 기억할 수 있다고 하니까. 그러나 주문은 주문일 뿐, 미션은 실패했다. 숟가락은 기억나지만 개수는 생각나지 않았고 신문의 위치는 떠올렸지만 그 안에 그려진 동물이 무엇이었는지는, 그게 동물인지 식물인지도, 떠오르지 않았다.

실제 스파이들도 침팬지 같은 기억력을 갖고 있었을 리 없다. 같은 층에 전시되어 있는 역사적인 스파이들의 이야기와 여러 가지 도구는 결코 뇌의 능력으로만 정보를 수집하는 것이 아니라는 사실을 보여준다. 특히 제임스 라파예트나 마타 하리, 모르텐 스톰 등 현존했던 스파이의 활약상은 다양한 방식으로 성공적인 첩보 활동이 가능했음을 입증한다. 예를 들어 제임스 라파예트는 미국독립전쟁 당시 영국군의 병력 배치 계획과 무기에 대한 많은 정보를 독립군에 전달함으로써 전쟁을 승리로 이끈 첩보원이었는데 그는 흑인 노예였던 자신의 신분을 활용했다. 그는 적군에게 지역의 지리를 알려주어 신뢰를 얻으면서 그들의 핵심으로 접근하여 정보를 얻을 수 있었다. 제1차세계대전 중 프랑스와 독일의 이중 첩자였던 마타 하리는 자신의 성적 매력을 십분 활용하여 정보를 수집한 경우였다.

"(본드카를 가리키며) 여기에 우리가 꽤 흥미로운 장치들을 설치했나네."*

007 시리즈가 오랫동안 사랑받을 수 있었던 이유 중 하나는 Q 박사가 만든 최첨단 장치들의 매력에 있다. 그것들은 멀지 않은 미래에 실생활에서 쓰일 법한 제품들이었기에 관객의 호기심과 기대를 한층 자극했다. 아직 휴대전화는커녕 삐삐도 보급되지 않았던 시절 제임스 본드는 양복 주머니에서 무선 호출기로 본부의 호출을 받고 본드카에서 카폰으로 통화하는 모습을 보여줬다. 〈007 골드핑거〉에서는 상대방의 카드 패를 파악하기 위해 자그마한 도청 장치를 사용하고 GPS 기술의 시초인 것처럼 보이는 차량 위치 추적 장치도 등장한다. 인간의 감각을 뛰어넘는 정보를 수

* 가이 해밀턴, 〈007 골드핑거〉, 1967.

집하기 위해서는 기술의 도움은 필수적이다.

박물관에는 제임스 본드가 아니라 실제 스파이들이 사용했던 수많은 도구들이 전시되어 있었는데 '영화는 현실을 뛰어넘지 못한다'는 말이 떠오를 만큼 상상할 수 없이 정교하고 기상천외한 물건들로 가득했다. 현실의 스파이들은 이미 〈007 골드핑거〉가 나오기 전부터 타국 외교관의 구두 밑창에 마이크와 송신기를 설치하여 도청을 했고, 4.5밀리미터 탄환을 발사할 수 있는 립스틱 모양의 권총을 가지고 다녔으며, 엽서 한 장으로 가려지는 최소형 카메라로 비밀문서를 찍어 전달했다. 많은 사람들의 상상 속에서만 가능했던 것들이 누군가에게는 일상이었던 셈이다.

위장과 잠입, 감청과 도청뿐만 아니라 살상, 변장을 위해 고안된 온갖 첨단 장치를 보고 있으니 일상에 녹아 있는 기술의 정체에 대한 의구심이 들었다. 휴대폰이나 내비게이션처럼 우리의 삶을 편리하게 만들어주는 사물에 녹아 있는 기술은 적국의 정보를 몰래 캐내기 위한 처절한 연구의 결과물일지도 모른다. 특정 기술의 본질이 첩보 활동을 위한 것이라면 우리의 미래가 향하는 곳은 결국 스파이로 가득한 세계인 것은 아닐까. 한낱 등자의 발명으로도 서양 중세시대의 전투 방식이 달라졌고 기사나 영주 중심의 계급 개편이 일어났으며, 이는 결국 유럽 중세 봉건제를 가능하게 만들지 않았는가.

사물의 본질을 이야기한다는 것은 참 어려운 일이다. 대부분의 기술이나 사물은 하나의 본질적 용도를 갖지 않는다. 안경처럼 비교적 명백한 의도를 갖고 있는 것처럼 만들어진 인공물이라도 시력을 보완해주는 용도가 아닌 패션 아이템으로 사용되고는 한다. 기술이 사회를 결정하는 것이 아니라 오히려 사회가 기술을 구성한다는 입장이 더 편하게 들린다. 물론 어떤 기술이 특정 상황에 놓였을 때 발현되는 그것만의 특성은 존재한다고는 말할 수 있을 것이다. 즉, 훌륭한 스파이는 같은 기술을 사용하더라도 목적에 맞게 그 효과를 극대화시킬 수 있는 능력을 갖춘 사람들이다.

내게 두 번째 미션이 어려웠던 이유는 도구의 본질이 발현할 수 있는 최적의 환경을 찾지 못했기 때문이었다. 문제 상황 자체는 간단했다. 누군가와의 대화를 통해서 기밀을 얻어야 한다. 정보 획득에 용이한 장소를 선택하고 도구를 고른 뒤 적절한 곳에 설치하라. 나는 장소 후보지로 주어진 카페와 공원, 사무실 가운데 방해하는 사람이 적을 것 같은 사무실을 선택해서 단둘이 만나는 전략을 짰고, 녹음을 위해 볼펜 모양의 도청 장치를 골랐다. 여기까지는 어려움이 없었지만 문제는 볼펜의 위치였다. 나는 '등잔 밑이 어둡다'는 속담에 따라 펜을 책상 위에 올려놓았는데 출제자가 원하는 답은 아니었다. 더 은밀한 곳에 숨겼어야 했다.

사령관　에니그마는 어려운 것이 아니라네. 그것은 불가능하지. 미국, 러시아, 프랑스, 독일, 모두가 에니그마는 깨질 수 없다고 생각해.

앨런 튜링　좋습니다. 제가 해볼게요, 그럼 확실히 알 수 있겠죠.*

세 번째 미션은 암호 해독이었다. 아무리 도청을 하고 감청을 해도 감춰진 내용을 파악하지 못한다면 그것을 얻기 위해 쏟은 노력은 모두 헛수고가 될 것이다. 암호 해독 능력도 분명 스파이가 갖추어야 할 분명 중요한 덕목이다. 미션은 인적성 테스트나 IQ 테스트에서 풀어본 것들과 유사했다. 나열된 숫자들의 패턴을 파악해서 다음 숫자를 예측하고, 흩어져 있는 알파벳들의 규칙을 찾아내 편지 속에 숨겨진 단어를 읽었다. 의미가 없이 반복되는 것처럼 보이는 모양들과 숫자들 간의 연관성을 찾기도 했다. 대부분 한국 사람들은 어렵지 않게 해결할 수 있을 것처럼 보이는 문제들이었다.

* 모튼 틸덤, 〈이미테이션 게임〉, 2015.

제2차세계대전은 암호의 전쟁이라고도 불린다. 어느 쪽 진영이든 아군에게 정보를 전달할 때 암호를 사용하는 것은 당연한 전략이었고 적군의 암호를 해독하는 것이 승리로 가는 지름길이었다. 연합군이 전쟁에서 승리할 수 있었던 이유도 독일이나 일본에서 사용하는 암호를 풀었기 때문이다.

1918년 독일에서 발명된 암호화 기계 '에니그마'는 고대 그리스어로 '수수께끼'를 뜻하는 아이니그마에서 그 이름을 따왔다. 기계는 알파벳을 일정한 규칙에 따라 다른 알파벳으로 바꿔 표기하는 방식으로 암호문을 만든다. 독일군은 제1차대전부터 에니그마를 사용하였고 제2차대전에서는 의도적으로 알파벳을 입력할 때마다 규칙이 바뀌도록 보안성을 높임으로써 어마어마한 가짓수의 암호를 만들어내는 수준에 이르렀다. 영화 속 대사처럼 당시에는 동일한 설정의 에니그마가 없는 한 해독은 거의 불가능하다고 여겨졌던 암호였다.

26세의 젊은 수학자 앨런 튜링은 전쟁이 시작되자 영국의 블레츨리파크에 위치한 영국정보암호학교 GC&CSUK에서 에니그마 해독 임무를 맡게 된다. 그에게는 기계가 만든 암호는 기계가 풀어야 한다는 믿음이 있었고 그의 일념은 '봄브Bombe'라는 암호 해독 기계로 실현된다. 봄브가 암호를 푸는 방식은 에니그마가 암호를 만드는 원리를 그대로 이용하여 역추적하는 방식이다. 예를 들어 암호 첫 문장 단어가 'ABC'라면 이를 뜻하는 단어를 예측해서 정해놓고 이 단어를 입력했을 때 ABC가 나오도록 기계를 설정하는 것이다. 튜링은 독일군이 기밀문서의 첫 문장이 '히틀러 만세Heil Hitler'와 같은 문구로 시작했을 것으로 추정하고 경우의 수를 좁혀 에니그마 암호 해독에 성공한다.

처음에 에니그마라는 단어만 봤을 때 초창기 컴퓨터인 에니악이 떠올라 엄청나게 커다란 암호 기계를 상상했다. 어쩌면 해독이 불가능한 기계라는 말에 압도되었는지도 모른다. 하지만 나무 상자 속에 설치된 타자기 모양의 로터파워Roter Power라는 에니그마는 노트북보다도 작았다. 이렇게 아담한 기계가 세상을 좌지우지했다니 놀라울 따름이다. 사실 암호를 만드는 장치와 그것의 크기는 별다른 관련은 없어 보였다. 중요한 건 크기가 아니라 정보를 숨기는 방식이다. 사람들은 숫자, 그림, 기호 등 온갖 방법으로 메시지를 숨기고 파헤치며 기술을 발달시켰다.

라미레스 　　넌 죽을 수 없어, 이 바보야, 넌 불사신이야.*

* 러셀 멀케이, 〈하이랜더〉, 1990.

서너 차례 더 미션을 수행하자 어느새 스파이 이름을 부여받았던 브리핑 스테이션 앞으로 다시 돌아왔다. 이제 오늘 수행했던 미션 결과를 확인할 차례였다. 내가 스파이가 될 자질이 있는 사람인지 판가름이 나는 순간이었다. 과연 나는 스파이가 될 상인가. 빰빰빠빠, 빰빰빠빠, 007 테마음악이 머릿속에 맴돌았다. 자격이 있다면 당당히 ID 카드를 들고 본드카 앞에서 기념사진을 찍으리라.

그런데 결과를 기다리는 수 초 동안 문득 의아한 마음이 들었다. 내가 왜 스파이로서의 능력을 갖고 싶어 하지? 물론 번뜩이는 두뇌를 소유하고 있다는 건 어떤 직업을 갖든 도움이 되는 일이겠지만 언제부터인가 나도 모르게 스파이라는 직업을 선망하고 있었다는 사실을 깨달았다. 그들처럼 비싼 양복을 입고, 멋진 차를 타며 은밀하고 흥미로운 사건을 해결하는 사람이 되고 싶다는 상상을 하고 있었다. 실제로 스파이로 살았던 사람들의 삶이 내 상상과 다르다는 사실을 박물관에서 확인했음에도 말이다.

인터뷰를 통해 알게 된 스파이들의 삶은 화려하기보다는 건조하고 단조로웠다. 그들은 직업 특성상 한곳에 오래 머무르지 않고 잦은 이사를 해야 했고, 자신의 성공한 업적도 드러낼 수 없었다. 언제나 신변 노출을 염려해야 했고 위험한 상황에 놓이는 일도 많았다. 그들의 일상은 흥미가 아닌

인내와 긴장으로 가득 채워져 있었다. 은퇴 후에도 그들은 몸에 밴 의심과 조심으로 끊임없이 경계하는 삶을 살고 있었다.

놀랍게도 바로 몇 분 전에 이런 내용을 들었음에도 왜 내 머릿속에는 여전히 흔들림 없이 스파이의 멋진 모습이 아른거릴까. 머리와 마음이 따로 노는 이유를 이해할 수 없었다. 기회가 있더라도 선택하지 않을 직업인데 그 자질을 갖는 것이 뭐 중요한가. 탈락을 예상하고 미리 스스로 변명을 만들고 있는 모양이었다. 그러다 깨달았다. 입구 옆에 세워진 숀 코너리 입간판을 본 순간이었다. 바로 이 사람이었다. 스파이가 이렇게 멋있을 수 있는 이유가.

분석 결과는 예상했던 대로였다. 탈락. 간신히 '분석적 사고가 우수하다'는 메시지만 받았다. 미련 없이 ID 카드를 반납하고 기념품 가게 쪽으로 발길을 돌렸다. 007 영화 포스터라도 구매해야겠다고 생각했다. 숀 코너리가 주연했던 것으로 사야지. 오래전부터 좋아했던 배우였으니 그만큼 오랫동안 기억하고 싶었다. 굿바이, 본드. 편히 잠들기를.

어른 아이

국립여성예술가미술관

소녀가 묻는다. "할머니, 나는 왜 예쁘지 않을까요? 다른 사촌들 머리카락은 윤기가 흐르는 곱슬머리인데 내 건 뻣뻣하기만 해요. 눈, 코, 입도 마음에 안 들어요." 늘 자신의 외모에 불만이 많은 아이다. 할머니는 대답한다. "아니다, 얘야. 너는 운이 좋은 아이야. 너는 누구보다 영리하고 뛰어난 미적 감각을 갖고 있거든." 아이가 물었다. "아름다움이 뭐예요?" 할머니는 대답한다. "아름다움은 너를 움직이고 너의 삶에 영향을 주는 모든 것들이야. 그것을 이해해야 한단다." 할머니는 꽃을 들어 아이에게 묻는다. "이 꽃은 왜 아름답지? 색깔 때문일까? 냄새 때문일까? 부드러운 꽃잎 때문일까? 항상 아름다움을 의식하고 네 주변 아름다움을 주의 깊게 살펴보렴."

할머니는 틈날 때마다 손녀에게 삶에 존재하는 아름다움을 환영하고 가꾸도록 가르쳤다. 할머니가 어떻게 아이에게 숨겨진 미적 감각을 발견했는지는 알 수 없는 일이다. 그러나 분명 그것이 결코 단순한 소망이나 칭찬은 아니었을 것이다. 아이의 이름은 웰헤미나 콜 홀러데이*. 바로 세상에서 가장 아름다운 박물관 중 하나인 국립여성예술박물관 National Museum of Women in the Arts의 설립자이다.

*

국립여성예술박물관에서 '소녀 시절Girlhood'이라는 제목을 건 사진전이 있다는 소식을 듣고 방문을 결심했다. 여성 예술과 사진, 나는 어느 쪽도 잘 알지 못했지만 딸이 있어서 그런지 소녀 시절이라는 단어에 마음이 홀렸다. 무엇보다 전시 광고에 적힌 '아이를 아이로 보지 않는다'는 사진작가 매리 엘런 마크**의 말이 흥미로웠다.

아이를 아이로 보지 않는다는 말이 낯설지는 않았다. 육아 지침서에서 자녀를 하나의 독립된 인격체로 대하라는 내용을 몇 번이나 읽었다. 김소영 작가 역시 『어린이라는 세계』에서 성인이 어린이를 존중하지 않고 자기중심적으로 사랑

* Wilhelmina Cole Holladay, 1922. 10.-2021. 3.

** Mary Ellen Mark, 1940. 3. 20.-2015. 5. 25.

을 표현하면 오히려 어린이를 해칠 수 있다고 썼다. 어린이는 어른을 즐겁게 하는 존재가 아니라 어른과 동등한 온전한 한 사람으로 대하라는 뜻이다. 정부 지침에서도 심신 안전에 위해가 되거나 사회의 규칙에 반하는 경우를 제외하고는 대부분 자녀의 생각과 의견을 존중하라고 권고한다.

나는 이런 말들을 접할 때마다 고개를 갸웃거렸다. 어른은 아이에 비해 더 많은 경험과 지식을 갖고 있기 마련인데 아이의 의견을 존중한다는 것은 어떤 의미일까? 아이가 하는 말을 듣고 공감만 하고 어른의 의견을 표현하지 않으면 되는 것일까? 그저 듣기만 하는 게 공감이고 존중인가. 정보의 비대칭 상황에서 의견 교환은 온건한 방식의 설득과 다를 게 무엇일까? 결국 아이는 어른이 생각하는 방향으로 휘둘릴 텐데.

물론 '아이를 아이로 보지 말자'는 주장을 관대하게 해석할 수는 있다. 어른의 기준만으로 아이를 모자라거나 부족한 존재로 치부하지 말자, 정도가 되지 않을까. 아이도 생각을 하는 사람인지라 자신의 행동이나 말에는 이유와 사정이 있을 것이다. 함부로 무시하지 말고 그의 입장을 이해해보자. 공감을 받아본 아이가 상대방과 공감할 수도 있을 테니까. 그러나 실생활에서 아이를 대하다 보면 머리로 이해하는 대로 행동할 수 없다. 아이는 아이일 뿐이었다. '아이를 아이로 보지 않아야 한다'는 카피라이트는 그저 듣기 좋고 허울 좋은 말처럼 들렸다. 사진작가라고 뭐 다른 생각이 있었을까? 냉소 반 기대 반 마음으로 박물관을 찾았다.

*

국립여성예술박물관은 워싱턴 D.C. 뉴욕 애비뉴 북서부에 위치한 세계에서 유일한 여성예술박물관이다. 홀러데이 부부가 1981년에 설립하였고 1987년부터 지금의 건물로 이전하였다. 박물관에는 부부가 직접 수집한 작품을 포함하여 16세기부터 현재까지 다양한 스타일과 미디어를 아우르는 3천 점이 넘는 예술 작품이 전시되어 있는데, 전적으로 여성의 예술적 성취를 기념하는 데 전시 목적을 두고 있다.

워싱턴 한복판에 위치한 이 거대한 건물은 르네상스 시대의 건축양식을 채택했다. 100년도 더 된 건물이지만 맑게 빛나는 상아색 외관과 육중한 무게감은 커다란 코끼리를 연상시키면서 앞으로도 영원히 이곳에 있을 것 같은 느낌을 준다. 설계자였던 와디 버틀러 우드*는 건물이 워싱턴이라는 수도에 어울릴 만큼 매우 존엄하고 단순해야 하며 기존의 고전적인 스타일의 공공건물과 완전히 조화를 이루어

* Waddy Butler Wood, 1869-1944.

야 한다고 생각했다. 그에게는 건물에 사용된 고전적인 건축양식이 고대 신전처럼 가장 높은 수준의 아름다움과 발전에 도달할 것이라는 믿음이 있었다고 한다. 과연 그의 믿음대로 건물은 한없이 웅장하고 고상했다.

아이러니한 점은 박물관 건물이 철저하게 남성 중심 단체였던 프리메이슨 네 번째 본부였다는 것이다. 한때 미국에서 큰 세를 얻은 프리메이슨은 1908년에 해당 건물을 완공한 이후 무려 75년 동안 그랜드로지로 사용하였다. 1960년대 이전까지만 해도 미국에서 프리메이슨의 인기와 규모는 상당했기 때문에 1907년 건물 공사를 착공할 때에는 당시 대통령이자 프리메이슨 회원이었던 루스벨트도 참석했다고 한다. 그러나 세계대전을 겪으면서 지속적으로 회원 수가 감소하자 조직은 재정적으로 어려워졌고 이를 해결하기 위해서는 소유하고 있던 건물을 매각할 수밖에 없었다. 박물관 건물도 그중 하나였다.

'소녀 시절' 전시는 박물관 정문 가까이에 위치한 특별전시관에서 진행되고 있었다. 사진은 대부분 흑백이었고 피사체는 전시 제목처럼 십대 소녀들이었다. 독사진도 있고 단체사진도 있었다. 그 안에는 훌쩍 담장을 뛰어넘는 아이도 있었고 욕조에 몸을 담그고 있는 아이도 있었다. 오랜 시간에 걸쳐 찍은 사진들이라는 인상을 받았다. 하지만 거기까지였다. '아이를 아이로 보지 않겠다'는 작가의 말이 작품에서 드러나지는 않았다. 내가 찍은 딸 사진을 걸어놓아도 어색하지 않을 거라는 생각이 들 정도였다. 답답한 마음에 박물관 입구에서 나눠준 설명 자료를 뒤적였다.

매리 엘런 마크는 포토저널리즘, 다큐멘터리 사진, 초상화, 광고 사진으로 유명한 미국의 사진작가였다. 그는 1960년대 뉴욕에서 수년간 베트남전쟁이나 여성해방운동, 트랜스젠더 시위 장면 등을 촬영하면서 작가로서 두각을 드러냈다. 말하자면, 사회 주류가 아닌 노숙자, 마약중독자, 매춘부와 같은 주변부 인물에 관심이 많은 사람이었다. 흥미로운 사실은 그의 작업에서 아이들이 반복되는 주제였다는 점이다. 아이들 역시 사회의 주류라고 보기 어려운 존재이기 때문일까. 하긴, 평범하지 않거나 안정되지 않은 순간을 좋아하는 입장에서 보면 분명 아이들은 존재만으로도 매력적인 피사체일 것이다. 아이들은 하나같이 독특하면서도 도무지 가만히 있지를 않으니까.

인터뷰에서 매리는 사진을 찍을 때 아이를 '진짜 존재'로 바라본다고 밝혔다(진짜 존재라니. 예술가들의 언어는 쉽지 않다). 사진을 통해 아이들에게 내재되어 있는 어른을 발견한다는 말이었다(이건 또 무슨 말인가). 아이를 아이가 아닌 어른으로 본다는 말은 아이를 어른에 비해 모자란 존재로 여긴다는 말처럼 들렸다. 하지만 아니었다. 작가는 아이에겐 이미 완성된 한 사람이 있다고 보았다. 단지 성장(변화)하는 신체에 가려 보이지 않을 뿐이다. 어른은 더 이상 변하지 혹은 자라지 않는 사람에 불과하다. 그러니까 카메라에 포착된 아이는 어딘가 부족한 존재가 아닌 그저 앳된 얼굴을 한 진짜 존재자인 것이다.

여전히 무슨 말인지 이해하지 못해 전시에 흥미를 잃을 때쯤 사진 하나가 눈에 들어왔다. 1965년 터키에서 찍은 작품이었다. 기껏해야 열 살 정도로 보이는 아이가 카메라를 또렷하게 응시하며 포즈를 취하고 있었다. 원피스를 입은 아이는 왼손을 허리에 오른손은 입술 옆에 갖다 댄 채 짝다리를 짚고 있었는데, 그 자세와 표정에 자신감이 넘쳐 보였다. 결코 어른의 모습은 아니지만 아이의 것이라고 보기에는 성숙했다. 뭐랄까. 가까운 미래에 소녀는 모델이 되어 같은 자세를 취하고 있을 것만 같은 느낌을 받았다. 소녀 안에 깃들어 있는 어떤 형태의 당당함이 뿜어져 나왔다.

그제야 아이를 진짜 존재자로 대한다는 매리의 말이 떠올랐다. 그는 아이의 작은 몸 안에 숨겨진 변하지 않는 어떤 무언가를 찾으려 했던 게 아닐까. 예를 들면 그 아이가 성인이 된다 하더라도 변하지 않을 표정이나 성격 같은 것. 사진은 찰나의 예술이다. 플래시가 터지면 아이가 아닌 한 사람이 갖고 있는 진짜 모습이 나타나는 순간이 포착되고 이는 영원히 기록된다. 뉴욕 도로 위 소녀들 사진도 마찬가지였다. 배트맨 앞에서 공주 드레스를 입고 우스꽝스러운 표정을 짓고 있는 아이들은 틀림없이 10년 후에도 같은 유쾌함을 지닌 채 살아가고 있을 것만 같았다.

세상에는 본질의 존재를 믿는 사람이 있고, 그렇지 않은 사람이 있다. 토마스 아퀴나스의 정의에 따르면 '본질'이란 이런 것이다. "그것에 의해 어떤 것이 존재로 있었던 것이 계속하는 것."* 본질주의자에게 '어제의 나'와 '오늘의 나'는 다른 사람이 아니다. 아홉 살의 나와 서른아홉 살의 나도 '나'라는 같은 사람이다. 나에게는 결코 변하지 않는, 다른 사람과 차별되는 속성이 있다고 믿기 때문이다. 그 속성이 무엇인지 밝히는 것은 또 다른 문제겠지만 어쨌든 그렇게 믿는다. 사진작가 매리도 본질을 믿는 사람이었나 보다. 사진을 통해 보여주려는 것이 바로 아이의, 그 사람의 본질이니까.

애초부터 아이와 어른을 구분하기가 어렵다는 사실을 감안하면 그의 철학은 자연스럽게 다가온다. 아이가 어른으로 변하는 지점은 결코 날카롭게 베듯이 구분할 수 없다. 19세

* 토마스 아퀴나스, 『존재자와 본질에 대하여』, 정의채 옮김, 성바오로딸, 2004.

생일이 지나 법적 성인이 되었다고 해서 사람이 갑자기 달라지는 것은 아니다. 소년이 성인식을 통과했다고 바로 남성이 되는 것도 아니다. 나이 든 사람들 간에는 더 이상 키가 크지 않는다는 것 외에는 어떠한 공통점도 없다. 닐 포스트먼은 『유년의 실종The Disappearance of Childhood』에서 중세시대 유럽에서는 성인과 아이 사이에 구별이 거의 없었다고 썼다. 그 시절 어른이란 노동을 하고 이를 위한 회화 능력을 갖춘 존재였기에, 누구라도 타인과 의사소통을 할 수 있을 정도의 인지능력만 갖고 있다면 동등한 취급을 받았다는 것이다. 열 살 정도만 되어도 충분히 가능한 일이다.

나이가 어리다고, 키가 작다고, 생각이 다르다고 아이를 어른과 다른 존재로 볼 이유는 없다. 아이는 이미 변하지 않을 무언가를 품고 있는 한 사람이다. 작가의 메시지, '아이를 아이로 보지 않는다'는 문구가 색다르게 다가왔다. 그저 아이의 의견을 존중하고 공감하라는 단순한 뜻이 아니었다. 사람에게는 아이든 어른이든 그만이 가진 표정, 생각, 움직임이 있으니, 그것을 찾아야 한다는 말로 들렸다.

*

나는 사진전 외에는 아무런 관심이 없었기에 관람을 마치고 나올 때까지 박물관 내부를 둘러볼 생각을 하지 않았다. 기념엽서를 구할 선물 가게만 찾고 있었다. 그러다 우연히 박물관 안쪽으로 들어갔는데 중앙 홀에 들어선 순간 아, 하고 탄성을 내질렀다.

정사각형 모양의 홀이 눈부시게 반짝이고 있었다. 10미터나 치솟은 천장에는 이제껏 본 적 없는 커다란 세 개의 샹들리에가 온 공간을 빛으로 채우고 있었고 내부는 대형 계단과 발코니로 둘러싸여 있었다. 영화 속 궁중 파티에서나 보던 구조와 풍경이었다. 하얀 계단과 발코니, 노란 벽면과 대리석 바닥은 천장 조명과 어우러져 금색으로 반들거렸다. 모든 벽면에는 누가 언제 그렸는지 짐작할 수 없는 온갖 낯선 그림들이 걸려 있어 신비감을 더했다. 여기는 그림을 감상할 장소가 아니라 값비싼 드레스를 갖춰 입고 춤을 춰야 할 곳이었다.

박물관에 대체 어떻게 이런 환상적인 공간이 존재할까? 프리메이슨의 것이라고 보기에는 과하게 사치스럽게 호화스러운 느낌이었다. 석공, 과학 지식, 도덕, 철학 같은 단어들과 도무지 어울리지 않는 장소였다. 가만히 보고 있으니 남녀의 뒤섞인 웃음과 유혹, 소란이 들릴 것 같았다. 박물관이 들어선 이후 새롭게 조성된 공간임은 틀림없었다. 누구의 작품인지 궁금했다.

웰헤미나 홀러데이. 남편과 함께 박물관을 설립한 그는

먼지가 풀풀 날리고 의자 따위가 아무렇게나 굴러다니는 텅 빈 곳에서 밝고 화려한 연회장을 그릴 수 있는 사람이었다. 그는 남성들만 북적이던 종교 시설에서 우아한 결혼식이 열릴 수 있는 공간, 자정까지 신데렐라가 왕자와 춤을 출 것만 같은 파티 룸을 상상했다. 그리고 상상은 현실이 되었다. 인수할 당시 회색빛 우중충한 색상으로 뒤덮였던 박물관 내부는 테라코타 장미라고 불리는 분홍색으로 다듬어졌고, 검은색과 흰색으로 구성된 오프화이트 컬러가 더해졌다. 넓은 계단과 발코니를 추가하며 홀의 우아한 느낌을 강조했다.

웰헤미나가 그저 미에 심취한 사람이라서 박물관 내부를 재단장한 것은 아니었다. 그는 박물관이 위치한 워싱턴은 정치 중심지일 뿐만 아니라 다양한 단체들의 대표들이 활동하는 곳이라는 점을 인지하고 있었다. 국가기관에서 동물 복지 단체까지 수많은 저녁 식사, 연회, 뷔페, 무도회가 열리는 도시였다. 1980년대까지만 해도 워싱턴에는 그러한 모임을 개최할 만한 장소가 없었다. 수백 명을 수용할 만큼 크고 우아한 식당 시설이 드문 시대였다. 웰헤미나는 엄숙하기만 했던 프리메이슨 건물에서 도시에서 가장 화려하고 북적이는 공간이 될 가능성을 발견했다. 화려한 무도회장의 존재가 박물관 설립 목적인 여성 예술가에 대한 관심을 높일 것이라는 믿음도 있었다. 주요 여성 예술가들의 작품을 워싱턴의 정치인, 엘리트 들에게 소개하면서 예술 역사에서 누락되어 있는 부분을 채우고자 한 것이다.

웰헤미나는 자신의 저서 『그들만의 박물관Museum of Their Own: The National Museum of Women in the Arts』에서 자신의 삶에 가장 큰 영향을 준 사람으로 할머니를 꼽았다. 자신에게 숨겨진 아름다움을 일깨워준 사람이 할머니였기 때문이다. 할머니가 건넨 위로는 마치 예언처럼 소녀는 자라서 미술을 공부하고 예술 작품을 수집하여 세상에서 가장 아름다운 홀을 갖춘 박물관을 설립하게 한 것이다. 매리가 카메라를 통해 소녀들의 진짜 모습을 포착했던 것처럼 어쩌면 할머니도 오래된 두 눈으로 손녀의 본질을 발견했던 것은 아닐까.

관람을 마치고 딸에게 자주 했던 말들을 떠올렸다. 이거 하지 마라, 저거 하지 마라, 이게 더 좋을 것 같다, 저렇게 해보자. 결국 나의 말은 딸을 내가 원하는 방향으로 변화시키려는 시도일 뿐이었다. 내가 웰헤미나의 할머니처럼 딸의 목소리에 진지하게 귀 기울인 적이 있었던가? 아이가 어떤 사람인지 깊이 생각해본 적이 있었는지 자신할 수 없었다. 더 나은 사람으로 만들겠다는 마음에 기대어 아이의 변하지 않을 심지를 찾으려는 노력을 소홀히 하지 않았던가. 나 역시 뻔한 어른이었다.

당분간 잔소리를 멈추고 가만히 아이를 바라봐야겠다. 내게도 아이의 미래를 엿볼 수 있는 순간이 찾아올지 모르니까. 그때 그 모습을 잘 기억하고 기록해놓았다가 먼 훗날 아이가 자랐을 때 들려줘야겠다. 아빠가 네 본질을 찾던 때가 있었노라고.

근거 없는 믿음

스미소니언국립항공우주박물관

오랜만에 영화감상문을 쓴다. 오래된 영화를 본 탓이다. 스미소니언항공우주박물관Smithsonian National Air and Space Museum 방문을 앞두고 칼 세이건의 소설을 기반으로 한 〈콘택트〉(1997)를 다시 찾아봤다. 비교적 최근에 제작된 〈인터스텔라〉(2004)와 〈그래비티〉(2013), 〈마션〉(2015) 모두 훌륭한 우주 영화들이지만 새삼 20년도 더 된 옛 영화가 떠올랐다. 영화를 처음 봤을 때 느꼈던 우주에 대한 경이감을 다시 되살리고 싶었다. 장래 희망으로 과학자를 적던 나이였다. 이때의 감정을 조금이라도 찾을 수 있다면 박물관이 한층 흥미로울 거라 기대했다.

선택은 틀리지 않았다. 영화 덕분에 더 관심 어린 눈으로 우주를 향한 인류의 발명품들을 감상할 수 있었다. 박물관에 머물렀던 시간 동안 우주선을 만든 사람들과 그것들이 만든 오늘에 대해 생각했고 무엇이든 가능할 미래를 상상했다. 그러자 묘하게도 위로받는 기분이 들었다. 내 마음 한 구석에 자리한 불안이 다독여지는 것 같았다. 왜일까? 차갑고 딱딱한 기계들에 대체 무슨 힘이 있길래. 감정의 실마리를 더듬다 보니 어느새 다시 영화 생각을 하고 있는 스스로를 발견했다. 이 정도면 말이 되든 안 되든 적어놓아야겠지, 싶었다.

*

늘 일정량의 불안을 안고 산다. 언제부터인지는 모르겠지만 시작점이 기억나지 않는 걸 보니 꽤 오래된 모양이다. 아마도 고등학교를 다닐 때부터이지 않을까? 좋은 대학에 가야 한다는 가시적 목표가 처음으로 등장했던 시절이다. 얼마나 공부해야 충분한지 알 수 없었기에 늘 불안했다. 문제는 대학 입학이 끝이 아니었다는 점이다. 일단 시작된 불안은 사라질 기미를 보이지 않았다. 직장을 얻고 가정을 꾸려도 마찬가지였다. 제대로 살고 있는 것이 맞는지, 이렇게 하루를 보내면 내가 원하는 미래가 다가올지 항상 불확실했다. 도무지 불안으로부터 도망칠 수 없었다.

사람이 원래 불안해하는 존재일 수도 있다. 나침반 없이 하늘길을 날아다니는 새들과 달리 사람은 타고난 길잡이가 아니라 언제나 길을 잃기 쉽다. 길을 잃으면 겁을 먹는다. 애덤 러빈도 노래한다. 신은 왜 아무 이유도 알려주지 않은 채 이렇게 젊은이들을 방황하게 놔두는가. 삶을 찾아 헤매는 청춘의 움직임은 사냥철 도망치는 어린 양을 닮았다. 나 역시 종종 방황하는 어린 양 같다고 느껴졌다. 노랫말처럼 빛을 내는 별이라도 되면 좋으련만 그조차 확신할 수 없는 날들이었다.

God, tell us the reason youth is wasted on the young

It's hunting season, and the lambs are on the run

Searching for meaning

But are we all lost stars, trying to light up the dark?*

불안한 나에게는 욕망과 의심이라는 프로그램이 함께 내장되어 있다. 이 프로그램은 날 때부터 설치된 것이어서 마음대로 지울 수도 없고 그렇다고 초기화할 수도 없다. 항상 바라는 것이 있지만 그게 맞는 것인지, 이렇게 하면 얻을 수 있는 것인지 늘 의심하며 살아간다. 의심이 쉼 없이 작동하

* 애덤 러빈, 〈Lost Star〉, 2014.

는 이유는 단순하다. 꿈꾸는 미래를 이루기 위해 특정 믿음을 갖고 행동하지만 그러한 믿음을 지지할 명확한 근거를 찾지 못하기 때문이다. 그저 이따금 나타나는 작은 보상에 스스로를 위로하는 게 불안을 잠재우는 유일한 방법이다.

그러나 삶은 잔인하게도 그런 보상조차 쉽게 내주지 않았다. 학생일 때는 지금 풀고 있는 문제집이 원하는 미래를 가져다줄지 확신할 수 없었고, 직장에 다닐 때는 나에게 맞는 일을 하고 있는지 의심스러웠다. 어제보다 아는 영어 단어가 하나 더 많아졌다고 대학에 한 발짝 가까이 가는 것도 아니고, 처리할 수 있는 일이 많아졌다고 승진이 보장되는 것도 아니었다. 무언가 조금씩 나아지고 있다는 생각(그것이 무엇인지 어떤 결과로 연결되는지는 명료하지 않지만)을 어떻게든 믿음의 근거로 변환시켜 간신히 버티는 것뿐이다. 끊임없이 삶을 의심하면서.

그래서일까. 나는 가끔 근거가 없어 보이는, 그래서 실현이 불가능해 보이는 믿음을 좇는 사람들에 눈길이 갔다. 그들의 성공에 막연하게 감탄하며 박수를 보냈다. 예를 들면 비행기가 발명되기 전 사람이 하늘을 날 수 있다는 믿음을 좇았던 사람들. 대체 그들은 어디에서 이 믿음의 근거를 찾았을까. 아무리 두 팔로 날갯짓을 해봐도 전혀 날 것 같지 않고 하늘을 날았다는 사람을 본 적도 없었을 텐데. 그러나 놀랍게도 그들의 믿음으로 인류는 하늘에 길을 놓았다. 이보다 더 현실성 없어 보이는 믿음도 있다. 외계인을 만날 수 있다는 믿음. 하지만 누군가는 근거 없는 망상 같은 믿음에 삶을 내던진다. 어떻게 그럴 수 있을까? 영화 〈콘택트〉는 이런 근거 없는 믿음을 가진 사람의 이야기다.

*

영화는 우주라는 공간이 얼마나 광대한지 보여주는 것으로 시작한다. 지구에서 들리는 온갖 뉴스를 보여주던 카메라는 점점 줌아웃되면서 목성과 토성을 비춘다. 이내 우리 태양계를 통과하고 수백 개의 은하를 지나 깊이를 짐작할 수조차 없이 커버린 우주가 화면을 가득 채운다. 그렇게 거대해지던 까만 우주가 담겨 있는 곳은 아홉 살배기 한 소녀, 엘리의 검은 눈동자. 엘리는 아버지가 선물해준 라디오 통신기를 통해 다른 지역 사람과 이야기하는 것을 즐기는 아이이다. 그는 조금씩 늘어가는 통신 거리에 즐거워하다 어느 날 아버지에게 묻는다. "다른 행성에도 누가 살까요?" 아버지는 대답한다. "잘 모르겠다. 하지만 우주에서 우리 둘뿐이라면 엄청난 공간의 낭비겠지." 엘리가 지구 밖 생명체의 존재 가능성을 믿게 된 건 어쩌면 이 낭만적인 대답 때문이지 않았을까.

엘리는 외계 지적 생명 탐사SETI, Search for Extra-Terrestrial Intelligence 연구소에서 근무하는 천문학 박사로 성장한다. 아마추어무선을 만지던 소녀가 거대한 전파 망원경을 통해 우주에서 오는 전파를 수집하고 분석하는 일을 업으로 삼은 것이다. 외계에 인간이 아닌 다른 생명체가 있다는 그의 믿음은 여전하다. 수년간 어떠한 진전이나 근거가 없었음에도 말이다. 영화에서는 이런 그의 믿음을 비판하기 위해 드럼린(미국 과학기술부 장관 정도 되는 인물)을 등장시킨다. 그는 두 가지 이유를 들어 SETI 프로젝트를 중단하기로 결정한다. 지적 존재가 있더라도 거리가 너무 멀어 조우 가능성이 낮고, 관측상 우주에는 가스와 탄소화합물밖에 없다는 것. 엘리에게는 그를 설득하고 자신의 주장을 입증할 증거가 아무것도 없었다.

하지만 정작 그는, 수년 동안 아무런 성과가 없었음에도, 본인 믿음에 나름의 근거가 있다고 생각했다. 바로 과학기술을 통해 이룩한 현대 문명. 그는 과거에는 불가능하다고 여겼지만 결국 현실이 된 달 탐사, 음속 전투기, 원자력 에너지와 같은 현대 기술이나 외계인 탐사가 동일한 과학이라고 주장한다. 상상이 현실이 되었던 과학의 역사가 증거라는 것이다.

과학에 대한 그의 믿음은 우주선 탑승자를 결정하기 위

한 의회 청문회 장면에서 극적으로 드러난다. 영화에서 가장 긴장감 넘치는 순간이다. 한 신학자가 유력한 탑승자 후보였던 엘리에게 영적인 사람이냐고 묻는다. 엘리가 질문을 이해하지 못하자 신학자는 다시 질문한다. “신을 믿습니까?” 그는 스스로 경험적인 근거에 의존하는 과학자라며 그 질문에는 증명할 수 있는 데이터가 없다는 식으로 대답하고 후보에서 탈락한다. 무신론자가 인류를 대표할 자격이 없다는 것이 탈락 이유였다.

이후 영화는 종교적 믿음과 과학적 믿음을 대조해서 보여준다. 절대자에 대한 종교인의 광적인 모습과 경험과 자료에 기대어 외계 신호를 쫓는 과학자들의 모습. 얼핏 보면 이성과 비이성의 충돌 같지만 영화는 외계인에 대한 엘리의 믿음이나 절대자에 대한 종교인의 믿음 모두 똑같이 어떠한 근거도 없는 것들이라고 말하려는 것처럼 보인다. 우여곡절 끝에 우주선에 탑승한 엘리가 웜홀을 통과하여 그토록 고대하던 외계인을 만나고 지구로 돌아온 장면을 보자. 과학적 믿음의 승리를 보여주는 것일까? 그렇지 않다. 흥미롭게도 영화는 인류가 이룩한 또 다른 성공을 그의 개인 경험으로 국한시킨다. 엘리가 보낸 외계에서의 열여덟 시간은 녹화되지 않았고 발사한 우주선은 추락했다. 그의 여정에 대한 명시적인 증거가 없으니 엘리의 주장은 구름 속에서 하나님을 보았다고 주장하는 종교인의 그것과 다르지 않게 된 것이다. 영화는 누구도 설득하지 못하는 믿음을 홀로 간직한 채 다른 외계 신호를 기다리는 엘리를 비추며 끝을 맺는다.

영화가 끝나고 위안을 느꼈던 이유는 어떤 종류의 믿음이든 믿는다는 사실 자체가 중요하다는 생각이 들었기 때문이다. 보이지 않는 존재에 관한 믿음이든 경험적 사실을 다루는 영역의 믿음이든 결국 같은 마음 상태라고 느껴졌다. 어쩌면 애초부터 근거를 갖춘 믿음이 존재한다는 게 허상일지도 모르겠다. 영화 속 엘리를 보며 흔들림 없이 자신의 믿음에 따라 행동하는 사람에게만 세상을 변화시키는 힘이 있다는 사실을 깨달았다.

뚜렷한 근거가 없더라도 믿고 행동한다. 그리고 결과를 받아들인다. 이렇게 살면 되는 것 아닐까. 내 믿음에 증거가 나타나지 않더라도 불안해하지 않고, 의심하지 않고, 그저 묵묵히 앞으로 나아가는 삶.

*

박물관에 전시된 '허블 망원경Hubble Space Telescope'과 '아폴로 달착륙선Apollo Lunar Module', 닐 암스트롱이 입었다는 우주복 앞에서 섰을 때 나는 다시 한번 확인했다. 왜 그때 많은 아이들이 장래 희망으로 과학자를 적을 수 있었는지, 불가능해 보이는 상상이 어떻게 현실이 되는지. 인류는 영화가 아닌 현실 세계에서 외계를 탐구하고 지구가 아닌 다른 행성에 발을 내딛었다.

우주를 꿈꾸던 사람들이 품었을 믿음을 상상하며 나의 불안을 한 겹 더 걷어냈다. 그들은 나보다 더 말도 안 되는 미래를 그리며 불확실한 길을 걸었을 것이다. 그들은 보이지 않는 보상과 증거를 붙잡고 어쩌면 훨씬 더 많이 불안했을지도 모른다. 남들의 기대와 격려, 걱정과 비난도 모두 견뎌야 했을 것이다. 그럼에도 그들은 결국 계속 앞으로 나아갔고 결국 원하는 곳에 도착했다. 나도 그럴 수 있겠지. 나의 꿈은 기껏해야 지구에서 일어날 수 있는 일이니까. 그들처럼 지구를 벗어날 정도로 환상적인 미래를 꿈꾸는 게 아니니까. 여기에서 멈추지만 않는다면 뭐든 할 수 있겠지. 카운트다운이 끝나고 하늘로 솟구치는 아폴로 11호 영상을 보면서 나 역시 나만의 달을 향해 날아오르는 날이 올 거라고 스스로를 다독였다.

공교롭게도 글을 쓰고 있는 오늘 아침 NASA에서 개발한 드론이 화성에서 비행을 성공했다는 기사가 올라왔다. 다른 행성에서 동력 제어 비행을 한 최초의 항공기가 등장한 것이다. '인지뉴어티Ingenuity'라고 불리는, 본격적인 화성 탐사를 위해 개발된 1.8킬로그램 무게의 소형 헬리콥터 드론이라고 했다. 드론은 3미터까지 상승한 후 30초 동안 안정적으로 상공에 머무른 뒤 화성 표면에 다시 착륙했고, 화성 탐사 로버가 이 모든 과정을 녹화하여 지구로 전송하였다. 관련 책임자 토마스 쥬버헨은 이에 대해 다음과 같이 말했다. "라이트 형제가 지구상에서 첫 비행에 성공한 지 117년이 지난 지금, NASA의 인지뉴어티 헬리콥터는 다른 행성에서 이 놀라운 업적을 이룩했다. 항공 역사에서 이 두 상징적인 순간은 서로 다른 시간과 공간에서 일어난 일이지만 이제 그것들은 영원히 연결될 것이다. (…) 탐험의 독창성과 혁신을 기리고자 이 최초의 비행장을 라이트 형제 필드로 부를 것이다."

상상만 했던 그림이 또다시 현실이 되고 있다. 믿음을 포기하지 않는 한 분명 이보다 더 놀라운 일이 일어날 것이다. 그러니 근거 없는 불안은 접어두고 근거 없는 믿음의 힘을 한 번 더 믿어보자.

좋은 게 좋은 사람

스미소니언자연사박물관

말하자면 나는 이런 부류의 사람이다. 좋은 게 좋은 사람. 이런 사람이 어떤 사람이냐 하면 '좋은 게 좋은 것'이라는 자세를 삶에 내재화하고 있는 자이다. 일반화하기는 어렵겠지만 내 주변 통계에 따르면 다음의 특징을 갖고 있다. 시시비비를 따지고 싶어 하지 않는다. 이상적인 원칙보다는 현실적인 실익을 좇으려 한다. 세상에 변하지 않는 것은 없다고 믿는다. 선악을 뚜렷하게 구분하지 않는다. 등등. 이런 성격 때문인지 생각이 유연한 것 같지만 줏대 없어 보이기도 하고 꼼꼼하지 않아 보이기도 한다. 많은 나이는 아니지만 이렇게 살아서 특별한 문제가 발생한 적은 없었다. 웬만하면 무난하게 가려 했다. 그래 뭐 어때. 좋은 게 좋은 거지, 하면서.

오늘 관람할 박물관을 정할 때도 마찬가지였다. 애초에 아이와 함께 가기로 약속한 곳은 스미소니언국립미국역사박물관이었다. 영화 〈오즈의 마법사〉(1939)에서 도로시가 신었던 빨간 구두가 전시되어 있다는 말을 듣고 내린 결정이었다. 얼마나 멋진 구두길래 박물관에 전시되어 있을까. 기대감에 잔뜩 부풀어 있었다. 그러나 어찌 된 일인지 아이가 가는 길에 변덕을 부렸다. 눈앞에 보이는 커다란 박물관에 가고 싶다고 했다. 국립자연사박물관Smithsonian National Museum of Natural History이었다. 거기는 예전에 갔었다고 말하니 그때 재미있었다면서 또 가고 싶다고 고집을 부렸다. 끈덕지게 아이를 설득해볼까 했지만 나답게 별다른 고민 없이 발길을 돌렸다. 어디든 어떠냐. 박물관이 다 거기에서 거기지.

아이는 박물관에 입장하자마자 신이 나서 안쪽으로 뛰어들어갔고 아내가 그 뒤를 쫓았다. 나도 같이 달려갈까 했지만 오늘따라 문득 커다란 코끼리 박제에 시선이 꽂혀 그들을 먼저 보내고 코끼리 주변을 맴돌았다. 안내판에는 코끼리에 대한 소소한 정보들이 적혀 있었다. 다른 박제들과 달리 코끼리는 '헨리Henry'라는 이름도 갖고 있었다.

헨리는 굳이 찾아보지 않아도 결코 놓칠 수 없는 전시품이다. 박물관 홀 중앙에 떡하니 자리를 잡고 있는 높이 4미터, 무게는 11톤이 넘는 거대한 아프리카코끼리가 눈에 띄지 않을 리 없다. 코끼리에 가까이 다가서자 아무리 고개를 올려도 진회색 다리와 몸통만 보일 정도로 매우 컸다. 나는 그 앞에 섰을 때 비로소 맹인모상盲人摸象, '장님 코끼리 만진다'는 속담이 만들어진 연유를 깨달았다. 정말 눈을 뜨고도 코끼리 생김새를 온전히 파악할 수 없었다. 뒤로 10미터 이상 물러서거나 2층으로 올라가 내려다봐야 그 모습을 한눈에 담을 수 있을 정도였다. 멀찍이서 바라본 코끼리는 말 그대로 위풍당당했다. 웬만한 성인 키보다 길어 보이는 상아를 내민 채 코를 높게 치켜들고 앞발을 내딛는 자세는 지구상 어느 생명체도 대적할 수 없을 것 같은 위압감을 풍겼다. 박제가 아닌 실체였다면 그 앞에서 숨도 쉬지 못하고 자리에 얼어붙었을 것이다. 누가 감히 초원의 왕을 사자라고 칭했을까. 그는 코끼리를 보지 못했던 사람임이 틀림없다. 코끼리 앞에서는 만물이 미물이다.

이렇게 커다란 동물은 어디에 살고 있었을까? 언제 태어나고 죽었을까? 박물관에는 어떻게 왔을까? 안내판을 통해서는 아프리카부시코끼리African Bush Elephant라는 정보와 몇 가지 특징, 신체 사이즈 정도만 알 수 있을 뿐이었다. 관련 내용이 더 없을까, 혼자 코끼리 주위를 서성이며 안내소에서 받은 책자를 훑어보고 있을 때였다.

누군가 내 어깨를 툭툭 건드렸다.

고개를 돌리자 누군가 글자와 사진으로 채워진 종이 한 장을 내밀었다. 바닥에 떨어진 종이의 주인을 찾는 줄 알고 나는 고개를 저으며 내 것이 아니라고 상대에게 말했다. 대학생 정도로 보이는 금발의 여성이었다. 그는 한 팔 가득 종이 뭉치를 품은 채, 손가락으로 코끼리 쪽을 가리키며 내게 말을 건넸다. "코끼리에 관심이 있는 거 같아서 드렸어요. 읽어보시고 설문지 답변 해주실래요? 학교에서 하는 프로젝트거든요." 종이를 다시 보니 정말 코끼리에 관한 내용이었다.

"읽어볼 수는 있는데 제가 가족들과 함께 와서 지금 설문지를 작성하기는 어려울 것 같아요. 한 시간 후에도 여기에 계시면 그때 드릴게요." 나는 얼른 종이를 받아 주머니에 꽂았다. 그는 흔쾌히 알았다고 고개를 끄덕이고는 곧장 다른 사람을 찾아 나섰다.

나는 아이를 찾으러 전시실로 들어가며 그가 준 종이를 읽었다. '자연사박물관에 사냥감을 전시해도 되는 것인가?'라는 제목의 글이었다. 제목 아래에는 꽤 오래전에 찍었을 법한 사진이 하나 있었는데 쓰러져 있는 코끼리와 두 명의 사냥꾼을 찍은 흑백사진이었다. 설명을 보니 쓰러진 코끼리가 바로 헨리였고, 총을 들고 있는 두 사람은 요세프 페니쾨

비라는 헝가리 사냥꾼과 그의 동료였다. 사진 속 사냥꾼들은 세상 자랑스러운 표정이었다. 쓰러진 코끼리를 뒤에 두고 총알 가득한 탄띠를 차고 엽총에 기댄 채 서 있는 그들의 얼굴에는 뿌듯함과 당당함이 느껴졌다. 직업 사냥꾼에게 코끼리란 더할 나위 없는 트로피이자 기념품일 테니까 얼마나 영광스러운 순간일 것인가. 제 수명을 다 채우지 못하고 숨을 거둔 코끼리에게는 이보다 원통할 일이 없을 테지만.

본문에 적힌 메시지는 다음과 같았다. "공공장소에 사냥감을 전시하는 것은 옳지 않다. 더구나 박물관은 생물종에 대한 보존을 미션으로 내세우고 있는 곳이다. 박물관에 박제가 전시되는 이유는 자연과 생물에 대한 이해와 생물 다양성의 기록에 기여하기 위해서이다. 그 대상은 노화에 의한 죽음이나 사고, 과학을 위해 희생된 동물에 국한되어야 한다. 인간의 욕망에 의해 살해된 동물을 전시해서는 안 된다. 헨리는 누군가의 트로피이고, 자연에 대해 인간이 내비친 정복욕의 증거이며, 나아가 식민지 시대의 전리품 중 하나이다. 박물관은 헨리를 통해 관람객들에게 어떤 말을 하고 싶은 것인가!"

사진에서 인용한 출처를 검색해보니 어렵지 않게 예전 기사를 찾을 수 있었다. 1956년 6월 4일 자 「SPORTS」 잡지에 실린 기사였다. 왜 코끼리 이야기가 스포츠 잡지에 실렸는지 의아했지만 당시에는 사냥이 스포츠 종목 중 하나였을 것으로 짐작했다. 기사는 요세프 본인에 의해 직접 작성되었고 그는 여섯 페이지에 걸쳐 사냥 과정을 자세하게 소개했다. 묘사가 어찌나 구체적인지 읽는 내내 사냥꾼에 쫓기는 코끼리가 상상되어 가슴이 두근거렸다. 요약하자면 이런 내용이었다. '나(요세프)는 아프리카에서 활동하는 야생동물 사냥꾼으로 1954년 앙골라에서 이제까지 보지 못한 코끼리의 존재를 발견한 후 이를 사냥하기로 결심하였다. 그로부터 1년 후 1955년 11월 발자국과 배설물 등 코끼리 흔적을 발견했고 팀원들과 하루 종일 코끼리 뒤를 쫓은 끝에 수차례 총을 발사해 쓰러트렸다. 이제껏 잡은 사냥감은 보통 내 창고에 보관하였지만 코끼리의 크기와 위엄을 고려하여 직접 소장하지 않고 박물관에 기증하기로 결정하였다. 사냥 당시의 기념사진을 한 장 남기겠다. 찰칵!'

기사 제목은 '인간이 사냥한 가장 거대한 코끼리The Biggest Elephant Ever Killed by Man'였는데 실제로 헨리는 현재까지 발견된 코끼리 가운데 가장 큰 육상동물이라고 했다. 60년이 지난 지금도 이보다 더 큰 코끼리는 없다고 하니 적어도 한 세대에 한 번이나 나올 법한 생명체인 셈이다. 연구자들은 코끼리가 사냥될 때 나이가 100세 정도였다고 추론했다. 무려 한 세기를 살았던 거대한 영물이 그저 스포츠로 사냥하는 사람 손에 쓰러졌다니. 참으로 안타까운 일이었다.

박물관을 한 바퀴 돌고 나니 두 시간이 훌쩍 지나 있었다. 곧장 집으로 돌아갈까 하다 설문지를 돌리던 학생이 떠올라 다시 코끼리 근처로 가보았다. 그는 여전히 주변을 서성이며 사람들에게 종이를 나눠주고 있었다. 그는 나와 눈이 마주치자 성큼 다가와 고맙다는 인사와 함께 설문지를 건넸다. 설문은 특별할 게 없었다. 자신들의 정보가 도움이 되었는지, 박물관이 사냥감을 전시하는 것에 대해 알고 있었는지, 코끼리 사냥에 대해 반대하는지, 와 같은 대답하기 어려울 것 없는 물음들이었다.

거침없이 움직이던 손가락이 설문지 마지막 장에 붙어 있는 서명지에서 멈칫거렸다. 박물관에서 코끼리 박제를 포함한 사냥감 전시를 철회하는 것에 대한 찬성을 요구하는 서명지였다. 굳이 왜 철회를 해야 하지?라는 의문이 떠올랐다. 사냥감이었더라도 박물관에 전시되어 있으니까 사람들이 아프리카코끼리가 어떻게 생겼는지 가까이에서 볼 수 있다. 나쁜 건 사냥한 사람이지, 그걸 전시한 박물관이 아니지 않나? 여기에서 없어진다면 헨리도 영원히 잊히는 게 아닌가? 나의 머뭇거림이 드러났는지 그가 내게 물었다.

"박물관에 사냥감을 전시해도 괜찮다고 생각하세요?"

나는 갑작스러운 질문에 당황했다. 이 질문을 어떻게 받아야 할까, 소신을 밝히고 서명을 거부해야 하나. 이 친구와 여기에서 논쟁할 필요는 없을 것 같은데. 그래도 이름을 쓰기가 영 내키지 않아 결국 솔직하게 말했다.

"지금 설치된 전시품을 없앨 필요는 없는 것 같아요. 저는 오늘 이 코끼리를 볼 수 있어서 좋았거든요."

"아, 네. 그렇게 생각할 수도 있죠. 좋은 게 좋은 거니까요 All is well that ends well."

"네? 뭐라고요?" 나는 그의 마지막 말을 알아듣지 못해 되물었지만 그는 다시 한 번 고맙다는 인사를 하고 설문지를 가져갔다. 나중에서야 그 말이 셰익스피어 희곡의 제목이자 '좋은 게 좋다'는 뜻의 관용구라는 것을 깨달았다. 나를 비꼬는 말이었나 싶어 뒤늦게 기분이 좋지 않았다.

*

잠들기 전 넷플릭스를 뒤적이다가 〈아이보리 게임Ivory Game〉(2016)이라는 다큐멘터리를 발견했다. '아이보리'가 상아를 뜻하는 단어이기에 다큐멘터리가 코끼리와 관련된 내용일 것이라 예상하고 재생 버튼을 눌렀다. 평소라면 영화나 드라마를 시청했을 텐데 박물관에서 있었던 일이 여전히 마음 한구석에 남아 있었다. 뭐든 새로운 정보를 알게 되면 어느 쪽으로든 판단을 내리기 수월해질 것이라 믿었다.

다큐멘터리는 오프닝부터 긴장감과 속도감이 넘쳤다. 보안관들이 아프리카에서 가장 악명 높은 코끼리 밀렵꾼인 '쉐타니'와 그의 부하들을 쫓는 모습은 액션영화의 한 장면 같았다. 제목에 '게임'이라는 말이 들어간 것처럼 밀렵꾼들과 그들을 잡으려는 사람들의 전략과 모험이 영상에 가득했다. 과연 정의의 사도들은 악당 쉐타니를 잡을 수 있을까. 잔인하게 죽임을 당한 채 뜨거운 태양 아래 썩어가는 코끼리를 보고 있으니 나도 모르게 악당을 향한 분개심이 타올랐다.

보안관과 경찰에 쫓기고 붙잡히는 밀렵꾼들을 보면서 왜 이렇게 위험을 무릅쓰면서까지 아프리카코끼리를 죽일까 궁금했다. 대체 얼마나 큰돈을 벌 수 있기에 15분마다 코끼리 한 마리를 죽이는 것일까. 조사에 따르면 코끼리 개체 수는 지난 100년 동안 무려 97퍼센트 감소했다고 한다. 많은 나라에서 코끼리 사냥이 허용되지 않는데도 말이다. 어떻게 그들은 상아 거래로 돈을 벌 수 있는 것일까. 답은 상아가 합법적으로 판매되는 시장의 존재에 있었다. 중국이라는 거대한 시장. 원하는 자가 있으니 파는 자 있다는 기본적인 경제 논리였다. 상아로 만든 사치품에 대한 엄청난 수요가 있는 한 공급이 그칠 리가 없다. 시장이 사라지지 않는다면 이 게임은 결국 코끼리가 멸종되어야만 끝난다. 개체 수가 줄어들수록 자연히 상아 가격은 높아지니 밀렵꾼들과 불법 구매자들은 돈을 벌기 위해 사냥에 박차를 가한다. 개체 수는 더욱 빠르게 줄어들고 상아 가격은 계속해서 상승한다. 멸종의 쳇바퀴 안에서 코끼리가 탈출할 수 있는 방법은 없다. 감독의 메시지는 분명했다. 정치적 해결책이 필요하다. 상아 시장을 없애라.

그렇지만 이미 존재하는 시장을 없애는 건 현실적으로 쉬운 일이 아니다. 국가에서 관리만 할 수 있다면 자연사한 코끼리 상아를 활용한 제품 생산이 가능하지 않을까? 좋은 게 좋은 거잖아.

코끼리는 매시간 죽어가고 있지만 조각가는 상아로 찬란한 예술품을 만들고 상인은 그 사이에서 밥벌이를 하고 있다. 코끼리의 죽음을 사이에 두고 한쪽에는 이익을 취하는 집단이 있고, 다른 한쪽에는 파괴되는 생태계가 있다. 나는 어디에 속하는가.

내가 만약 상아 거래로 처자식을 먹여 살려야 하는 사람이라면, 상아 공예품에 인생을 건 예술가라면, 야생 코끼리로 농작물 피해를 입어 생계를 위협받는 아프리카 원주민이라면, 좋은 게 좋은 거라며 상아 이용에 대해 말할 수 있을지도 모르겠다. 이미 1970년부터 2016년까지 전 세계에서 동물 개체군의 68퍼센트가 사라졌다. 코끼리도 그중 하나가 되는 것뿐이고 사람은 일단 먹고살아야 한다.

그렇지만 '내가' 좋은 게 좋다고 할 수 있는 상황일까. 나는 코끼리 상아로 어떤 종류의 이익을 보는 사람이 아니다. 내가 속한 곳은 상아 시장이 아닌 코끼리를 둘러싼 생태계이다. 훌륭한 상아 획득을 바라기보다는 코끼리가 인간에 의해 지구에서 사라지지 않기를 바라고, 오랫동안 초원과 정글을 누비며 육지에서 가장 큰 동물이라는 지위를 잃지 않았으면 한다. 상아 제품에서 미적인 쾌를 느끼더라도 이는 다른 예술품을 통해 대체할 수 있는 감정이지 않을까. 이렇게 생각하다 보니 나는 코끼리 상아 문제에서 좋은 게 좋은 사람이 될 수 없었다.

상아 때문에 코끼리가 사라진다고 상상했을 때 내 입장에서는 (어떤 형태이든) 얻는 것보다 잃는 것이 많다. 조금이라도 피해를 보는 쪽에 있으니 좋은 게 좋은 것이 아니라 좋은 게 나쁜 것이 되었다. 결국 '좋음'이란 어떤 원칙이나 기준에 근거해 있는 것이 아니라 상호 이해에 의해 결정되는 것이었다. 내가 또는 내가 속한 공동체가 이 문제로 이익을 보는가, 손해를 보는가. 이것이 중요한 문제였다.

'좋은 게 좋은 것'이라는 표현이 상황에 따라 꽤 위험하고 불편할 수 있는 말이라는 것을 이제야 알아차렸다. 표면적으로는 문제가 발생하지 않는 쪽으로 결정하자는 말이지만 사안이 복잡할수록 모두에게 이익이 되는 방향은 거의 없다. 누군가에게는 '어느 정도 피해는 감수하라'는 무언의 압박으로 작용할 수 있는 말이었다. 자기에게 유리한 상황에서만 좋은 게 좋은 거라고 말할 수 있는 법이다. 이제까지 내가 좋은 게 좋은 사람일 수 있었던 건 어쩌면 늘 손해 볼 것 없는 입장이어서 그랬던 것은 아니었을까.

코끼리 헨리를 떠올렸다. 사냥꾼의 총에 최후를 맞이한 아프리카코끼리는 박물관에 전시되어 사람들의 방문을 이끌고 있다. 박물관에서는 더 이상 기증된 코끼리를 전시하지 않는다고 하지만 헨리를 대체하기는 쉽지 않았나 보다. 어쨌든 사냥꾼이 박물관에 기증한 덕분에 많은 사람들은 유·무형의 이익을 받고 있는 상황이니 실보다 득이 많다고 판단했을 것이다. 좋은 게 좋은 거다.

하지만 설문지를 나눠준 그에게는 아니었나 보다. 그는 코끼리 박제를 철거함으로써 얻을 수 있는 이득과 그렇지 않을 경우 발생할 수 있는 피해의 크기를 다르게 계산했던 모양이다. 그게 대체 무엇이었을까?

*

며칠 뒤 다시 자연사박물관을 방문했다. 그를 만나 물어보고 싶었다. 박제를 철거하는 것이 멸종 위기 동물을 보호하겠다는 박물관 비전에 부합한다는 행위 외에 어떤 의미가 있는 것인가. 이 행위가 코끼리와 사람들에게 주는 이익이 무엇일까. 아무리 생각해도 다른 이유는 떠오르지 않았다. 질문이 공격적으로 들리지 않도록 가는 내내 문장을 다듬었다. 박물관 정문을 통과하자 높이 치솟아 있는 헨리의 코끝이 보였다. 많은 관람객이 헨리의 발아래에서 북적였다. 그러나 어디에서도 그를 찾을 수는 없었다. 하릴없이 한참 동안 코끼리만 바라보았다. 너는 어디에서 머물고 싶으냐고 묻고 싶었다.

별명의 탄생

스미소니언아메리카인디언박물관

퀴즈 하나. 미국의 4대 프로스포츠는? 미식축구NFL, 농구NBA, 야구MLB, 아이스하키NHL, 이 정도는 어렵지 않지. 그럼 두 번째 퀴즈. 그럼 이 중 워싱턴 D.C.에 있는 종목은 몇 개일까? 전부, 즉 네 개. 당신이 미국 스포츠에 적당한 관심이 있는 사람이라면 대답할 수 있었을 것이다. 진짜 퀴즈는 이제부터다. 워싱턴 4대 스포츠 팀 이름을 말하시오. 미식축구는 '워싱턴 레드스킨스Redskins', 농구는 '워싱턴 위저즈Wizards', 야구는 '워싱턴 내셔널스Nationals', 아이스하키는 '워싱턴 캐피털스Capitals'.

정답일까? 맞다. 적어도 2020년 7월까지는. 하지만 이제는 아니다. 더 이상 '워싱턴 레드스킨스'라는 이름은 존재하지 않는다. 구단은 2020년 7월 13일 '레드스킨스'를 사용하지 않을 것이라는 공식적인 입장을 밝혔고, 2020 시즌을 새로운 별명 없이 'Washington Football Team'으로 활동하기로 결정했다.* 1933년부터 무려 87년 동안 사용했던 이름을 포기한 것이다. 이로써 워싱턴에는 미국 4대 프로스포츠 사상 최초로 지역명으로만 활동하는 팀이 등장했다. 여기에서 마지막 퀴즈. 대체 이름을 왜 바꿨을까?

힌트를 하나 주자면 추신수가 한때 활약했었던 메이저리그 팀 '클리블랜드 인디언스'가 있다. 클리블랜드 구단은 2014년부터 모자에 새기는 공식 로고를 전통의 마스코트였던 와후 추장에서 알파벳 'C'로 변경했고, 2020년 12월에는 차기 시즌부터 팀 이름도 변경하기로 결정했다. '인디언스' 역시 1915년부터 105년간 사용했던 역사 깊은 이름이었는데도 말이다. 이쯤이면 다들 눈치챘을 것이다. '레드스킨스'가 의미하는 게 무엇인지, 팀 이름은 왜 달라졌는지.

*

'레드스킨스'를 한국어로 번역하면 '붉은 피부' 정도가 되겠지만 최신판 웹스터 사전에서 이와 비슷한 의미는 전혀 찾아볼 수 없다. 그저 아메리칸 원주민을 모욕적이고

* 2022년 2월 Washington Commanders로 변경하였음.

경멸적으로 가리키는 용어라는 설명만 적혀 있을 뿐이다. 'negro'나 'black', 'yellow'가 흑인과 아시아인을 비하하는 표현인 것처럼 인디언의 피부색에서 유래한 듯한 'redskins' 역시 인종차별적인 용어라고 못 박은 셈이다. 가뜩이나 조지 플로이드 사건 등으로 인종 문제에 민감해진 미국에서 이와 같은 스포츠 팀 이름이 환영받을 리 만무하다.

사실 미국에서 인디언 마스코트의 사용 여부는 오래된 문제이다. 아메리칸인디언협회는 1968년부터 캠페인을 통해 인쇄물 및 기타 매체에서 발견되는 인디언 관련 상징들이 고정관념이나 편견을 강화한다고 지적해왔다. 협회는 고등학교와 대학교 스포츠 팀에서 사용하였던 'Savages', 'Warrior', 'Red Raiders'와 같은 인디언을 가리키는 명칭들을 점차적으로 폐기하거나 변경하도록 압박했다. 소박했던 캠페인은 시민들과 단체, 정치인들에게 호응을 얻으면서 최근 '마스코트 바꾸기Change mascot' 운동으로 확대되었고 결국 미식축구를 비롯한 프로스포츠 팀 이름까지 폐기시킨 것이다.

그중 워싱턴 레드스킨스는 가장 큰 논란거리였다. 논란은 2013년 2월 7일, 스미소니언아메리칸인디언박물관National Museum of the American Indian에서 주최한 '미국 스포츠의 인종차별적 고정관념과 문화적 도용Cultural Appropriation'이라는 심포지엄에서 촉발되었다. 행사에 초청받은 워싱턴 레드스킨스가 참석을 거부했다는 사실이 사람들의 관심을 불러일으켰기 때문이다. 레드스킨스 구단주였던 다니엘 스나이더의 "절대 팀명을 변경하지 않을 것"이라는 단호한 모습은 더욱 이목을 집중시켰고, 같은 해 10월 버락 오바마 대통령이 "만약 내가 워싱턴 레드스킨스 구단주였더라면 팀명을 바꿨을 것"이라고 발언하면서 '워싱턴 레드스킨스'는 본격적인 사회적 이슈로 부각되었다. 이후 이름의 상표 등록 문제 및 사용 가능 여부가 법정 다툼으로 번지면서 논란은 장기화됐다.

변화가 달가운 일만은 아니겠지만 워싱턴 구단주 역시 팀 이름이 인종차별 소지가 있는 용어라는 사실을 몰랐을 리 없다. 그럼에도 불구하고 굳이 문제적 용어를 안고 가겠다고 공표한 모습을 보면 그만큼 이름에 애착이 있었다는 것을 느낄 수 있다. 구단주는 「워싱턴포스트」에 '팬들에게 쓰는 편지'를 기고하여 자신의 입장을 밝혔다. "워싱턴 레드스킨스가 갖고 있는 81년의 역사와 전통을 무시할 수 없다. 팬들과 인디언들이 팀 이름에 강한 자부심과 애착을 갖고 있다는 사실을 잊지 말아야 한다." 그는 용어가 인종차별적이라는 지적에도 동의하지 않았다. 그는 1천여 명의 인디언 중 90퍼센트 이상이 '레드스킨스'라는 명칭을 불쾌하게 여기지 않았다는 조사 결과와 버지니아 인디언 부족장 역시 기존 팀명을 지지했었다는 사실을 근거로 삼았다. 워싱턴 많은 팬들의 입장도 마찬가지였다.

구단 입장에서는 진정 작금의 상황이 억울할 수도 있다. 1933년 팀 이름을 '레드스킨스'로 정한 배경을 살펴보면 당시 워싱턴 구단이 인디언을 멸시하거나 조롱했다고 보기도, 인디언의 이미지만 함부로 도용했다고 보기도 어렵기 때문이다. 실제로 구단은 인디언 감독뿐만 아니라 여러 명의 인디언 선수들을 고용했고, 지역의 인디언 부족과 상의하여 팀 로고를 제작하고 이름을 만들었다. 그들이 '레드스킨스'라는 이름을 통해 팀에 힘과 용기, 자부심과 같은 가치들을 부여하고자 했다. 그리고 이후 수십 년 동안 스물다섯 번의 플레이오프 진출, 다섯 번의 우승을 경험하며 명문 구단으로 성장했으니 이름을 포기하는 결정이 쉬운 일은 아니었을 것이다. 이름을 그저 'football team'으로 변경한 것 역시 '레드스킨스'가 아닌 이름은 필요하지 않다는, 자존심과 존중의 다른 표현이지 않았을까.

*

"옥수수가 익는 달 무렵 밤하늘에 초승달이 걸리자, 세네카 부족의 땅으로 가는 오솔길이 나타났다. 그곳에서 세네카 부족은 그 여성을 부족연합 가운데 도요새 씨족의 일원으로 받아들였다. 그 여성은 '이야기를 들려주고 전하는 사람'을 뜻하는 '예센노웨스'라는 이름을 받았다. 그렇게 저자는 얼굴 붉은 사람the Red Children의 일원이 되었다. 세네카 부족의 딸, 예센노웨스가 된 것이다."*

뉴욕에서 태어난 사회운동가이자 작가였던 메이블 파워스는 이로쿼이족의 이야기를 듣고 녹음하여 그들의 이야기를 세상에 알린 백인 여성이다. 그는 이로쿼이족의 명예회원으로 임명되었고 그들로부터 '이야기를 나르고 말하는 사람'이라는 뜻의 인디언 이름 예센노웨스를 받았다. 이는 인디언으로부터 자신들의 동료로서 인정을 받은 사람이었음을 의미한다. 그는 1931년 워싱턴에서 열린 '여성국제평화자유연맹'에서 아메리카 인디언 대표로 연설할 정도로 인디언들의 권리 신장에 노력했던 사람으로도 평가받는다.

이러한 메이블의 글에는 '얼굴 붉은 사람'이라는 표현이 셀 수 없을 만큼 등장한다. 당시에는 어른이나 아이 할 것 없이 인디언을 가리킬 때 쓰는 흔한 용어였던 것이다. 그의 책 『이로쿼이 족 인디언이 들려주는 옛날이야기』는 인디언들에게 들었던 구전동화를 옮긴 것인데, 흥미롭게도 인디

* 메이블 파워스, 『이로쿼이 족 인디언이 들려주는 옛날이야기』, 허윤정 옮김, 바른번역(왓북), 2017.

언들 역시 거리낌 없이 스스로를 붉은 사람이라 칭하고, 메이블 파워스를 비롯한 다른 미국인을 자연스럽게 백인이라 부른다. 그러니까 적어도 1930년 정도까지는 인디언을 붉은 사람이라고 칭하는 것이 결코 모욕은 아니었다.

고든 힐턴은 「왜 '레드스킨스'란 말은 그렇게 모욕적일까 Why Is the Word "Redskin" So Offensive?」에서 비교적 최근까지 '붉은 피부'라는 용어가 인디언을 비하하는 말이 아니었음을 보여준다. 그는 영어사전에서의 의미 변화를 추적했다. 예를 들어, 1952년판 『영어사전The Universal Dictionary of the English Language』에서는 '붉은 피부'가 '원주민 인디언, 붉은 남자'로 묘사되었지만 모욕적인 단어라고는 언급되지 않았고, 이는 같은 시기 다른 사전에서도 동일했다. 1969년판 『미국 문화유산 사전The American Heritage Dictionary of the American Language』에서도 해당 용어는 같은 의미로 정의된 채 단지 비공식적이라는 표현만 추가되었다. 즉, 1960년대 말까지도 '붉은 피부'는 일상적으로 사용되었고 모욕적인 단어는 아니었던 셈이다. 1983년에 이르러서야 비로소 '불쾌하게 받아들여지는'이라는 주의 문구가 삽입되기 시작했다. 반면 'nigger'라는 말은 1950년대 이전부터 모욕적이고 경멸적인 단어로 사전에 표기되었다.

고든은 '레드스킨스'의 의미가 모욕적으로 변한 이유에

대해 다음과 같이 설명한다. 1960년대쯤부터 특정 인종 집단을 가리킬 때 색을 사용하는 것이 금기시되기 시작했고, 인디언을 붉은색으로 정의하려는 것도 이러한 영향을 받았다는 것이다. 동양인을 노란색으로 아프리카인을 검은색으로 지칭하는 것은 인종차별이라는 인식이 확대되면서 인디언을 가리키는 용어도 달라져야 한다는 생각이 싹튼 것이다. 고든은 'skin'이라는 말에 부정적인 뉘앙스가 포함되어 있다는 점도 '레드스킨스'가 금기시된 이유 중 하나로 꼽는다. '스킨'에는 동물의 가죽이라는 뜻도 있고, 피부를 벗긴다는 의미도 내포되어 있다. 영화 〈양들의 침묵〉 첫 장면에서 등장하는 신문 기사 속 'Bill skins fifth'라는 표현은 얼마나 섬뜩한가. 더불어 현대 속어에서 '스킨'은 담배 포장지를 가리키기도 한다. '레드스킨스'에서 불쾌하게 느낄 수 있는 여지는 차고 넘친다는 말이다.

사회학 연구에 따르면 용어의 의미와 사용은 결코 고정되어 있지 않다. 반스와 블루어가 주장하는 의미한정주의meaning finitism에 따르면 어떠한 개념의 적용 방식은 특정한 상황적 요소에 따라 결정된다. 또한 개념의 적용 범위도 해당 개념을 사용하는 행위자들의 합의에 의해서 끊임없이 변형될 수 있다. '레드스킨스'도 마찬가지일 것이다. 우리의 용어와 개념이 적용될 수 있는 상황에 대한 어떠한 원칙이 있지 않기 때문에 과거에 순수하게 인디언을 가리키는 단어였더라도 더 이상은 그렇지 않을 수 있다. 언제 어떤 이유로 변했는지 정확히 알 수 없고, 변한 의미에 모든 이가 합의하지는 않더라도 달라진 것만은 분명하다. 이렇게 보면 워싱턴 구단 입장에서는 억울하겠지만 어쩔 수 없다. '레드스킨스'를 모욕적으로 받아들이는 사람들이 많아졌다는데 어쩌겠는가.

물론 '레드스킨스'의 의미가 일부 바뀌었다는 사실이 워싱턴 구단이 이름을 바꿔야 한다는 당위성을 부여하지는 않는다. 사업을 하는 그들의 입장에서 이 문제는 옳고 그름의 문제라기보다는 결국 손익의 문제였을 것이다. 구단이 끝내 이름을 포기할 수밖에 없었던 이유도 나이키나 펩시콜라, 페덱스와 같은 레드스킨스 대형 후원사들의 강한 압박이 있었기 때문이다. 사업이란 그런 것이다. 따라서 스포츠 팀의 이름이 달라진 연유를 묻는 것보다 흥미로운 질문은 이런 것들일 것이다. '인디언 마스코트와 스테레오타입은 어떻게 만들어졌을까?', '인디언이 아닌 자들에게 인디언 상징을 이용할 권리가 있는가?'.

*

2021년 봄이 지나자 미국에 머물고 있는 사람들이라면 누구라도 백신을 맞을 수 있게 되었다. 겨우내 휴관했던 박물관도 다시 문을 연다는 소식을 듣고 서둘러 스미소니언아메리칸인디언박물관을 방문했다. 비인기 박물관이라 그런지 예약은 어렵지 않았다. 박물관에 도착하자 흙냄새를 맡고 있는 듯한 기분이 들었다. 둥그스름한 황토색 건물은 마치 지층의 일부나 파도에 밀려온 모래 같았다. 박물관 안내 글에는 원주민들의 자연에 대한 생각을 그대로 표현하기 위해 수천 년 동안 바람과 물에 의해 형성된 바위 모양을 연상하도록 외관을 설계했다고 적혀 있었다. 흙냄새가 한층 더 진하게 느껴졌다.

박물관은 네 개의 층으로 되어 있었다. 각 층마다 전시실 외에도 카페, 체험관, 극장이 있었지만 코로나의 영향인지 일부만 공개 중이었다. 1층에는 중앙홀 전시를 둘러싸고 인디언 카누나 커다란 조각상들이 설치되어 있었고, 측면에는 체서피크 뮤지엄 스토어와 인디언 음식을 변형한 식사와 스낵을 제공하는 카페가 있었다. 2층에도 기념품 가게와 전시실이 있었지만 모두 문을 닫았기에 대부분의 관람은 3층과 4층에서 이루어졌다. 층마다 두세 개 정도의 전시가 열리고 있었는데, '국가 대 국가Nation to Nation: Treaties Between the United States and American Indian Nations' 전시에서는 미국 건국 초기 유럽인과 아메리칸 인디언 간에 이루어진 조약들을 중심으로 두 집단의 차이와 역사를 보여주고, '우리의 우주Our Universes: Traditional Knowledge Shapes Our World'라는 전시에서는 여러 인디언 부족의 우주론과 자연관, 철학을 소개하고 있었다. 다른 전시관에서는 '원주로의 회기Return to a Native Place: Algonquian Peoples of the Chesapeake'라는 제목 아래 현재 워싱턴 D.C., 메릴랜드, 버지니아 지역에 거주 중인 인디언의 생활상이 공개되어 있었다.

모든 전시가 흥미로웠지만 그중 가장 눈을 뗄 수 없었던 것은 '아메리칸Americans'이라는 이름의 전시였다. 비교적 작은 홀을 사용하고 있었음에도 연신 카메라를 들어 사진을 찍고 작품 옆의 설명문을 읽느라 시간이 가는 줄 모를 정도였다. 그도 그럴 것이 전시는 미국 역사와 현대 생활에 스며들어 있는 온갖 종류의 인디언 이미지를 보여주고 있었기 때문이다. 마침 '워싱턴 레드스킨스' 논란을 접한 뒤라 인디언 마스코트와 스테레오타입에 한층 관심이 높아져 있을 때였다. 전시품을 보면 미국의 모든 분야에 인디언 상징이 존재했다. 스포츠 마스코트뿐만 아니라 고전영화나 만화, 도시와 거리 이름, 군부대, 토마호크 미사일에 이르기까지, 말 그대로 모든 곳이었다. 이미지는 대부분 비슷했다. 그들은 용맹하고, 사납고, 화가 나 있고, 하나같이 붉었다.

전시는 인디언 스테레오타입의 탄생에 대해서도 다루고

있었다. 박물관은 1876년에 벌어진 '리틀빅혼전투'를 그 시발점으로 꼽았다. 전투 결과는 많은 미국인들이 충격을 받을 만큼 큰 패배였다. 남북전쟁의 영웅이었던 조지 암스트롱 커스터 중령이 지휘하는 정규 군대는 '웅크린 황소Sitting Bull'가 이끄는 인디언에게 전멸했다. 200여 년이 넘는 시간 동안 인디언과 전쟁을 벌이면서 그들의 땅을 빼앗아 쫓아내고 억압하며 세를 확장해왔던 미국인들에게 유례없는 사건이었다. 그러자 미국은 패배를 새로운 이야기, 즉 적에 맞서 희생을 치르고 결국 승리를 쟁취하는 영웅적 스토리로 탈바꿈시켰다. 인디언과 싸우며 미국을 지키는 영화와 드라마가 제작되기 시작한 것이다. 바로 그곳에 내가 알고 있는 인디언 이미지가 있었다.

미국이라는 나라는 참 특이하다는 생각이 들었다. 인디언을 적으로 간주해서 잔혹하고 전투적인 고정관념을 만들어놓고는 어느 순간부터 그들에게 용맹하고 용감하다는 이미지를 덧씌워 갖가지 상품에 사용하고 있으니 말이다. 군복무 시절 자주 보았던 미국 제2보병사단2nd Infantry Divison 패치 역시 인디언 헤드였다는 사실도 새삼 놀라웠다. 인디언이 더 이상 적이 아닌, 같은 '아메리칸'이라 가능한 일인 걸까? 워싱턴 레드스킨스 구단에서도 이렇게 생각한 게 아닐까. 인디언도 우리와 같은 미국인인데 미국인이 미국인의 상징을 사용하는 건 문제가 되지 않는다고.

그렇다면 인디언이 아닌 자들에게 인디언 상징을 이용할 권리가 없다는 주장은 스스로 '아메리칸'이 아니라고 생각하는 사람들이 하는 말일까. 그들은 미국에 사는 다른 국적의 국민들로 인정을 받고 싶은 걸까, 아니면 국적과는 무관하게 인디언만의 정체성을 유지하려는 시도일까, 아니면 그저 타인이 만든 이미지로 그려지는 걸 반대하는 걸까. 어떤 상징들은 대중이 소비하도록 내버려두는 편이 인디언에게 나은 선택이지 않을까. 누구도 인디언 상징을 사용하지 않을 때가 되면 아무도 인디언을 기억하지 못할 수 있으니까. 길을 잃은 물음들에 머리가 복잡했지만 박물관이 주는 선물이라고 생각했다.

관람을 마치고 기념품 가게에 들렀지만 아무것도 사지 못하고 빈손으로 나왔다. 인디언 상징을 활용한 제품은 더 이상 출시되지 않는 모양이었다. 독수리 깃털로 장식된 추장이 새겨진 자석도, 엽서도, 장난감도 없었다. 괜히 아쉬웠다. 여전히 맛있기만 한 '인디안밥'을 파는 나라에서 와서 그런지 추장 그림은 멋있게만 보이는데. 아닌가? 인디언 이미지를 함부로 소비하지 않게 된 올바른 세계에 온 걸 다행으로 여겨야 했을까.

슈거하이

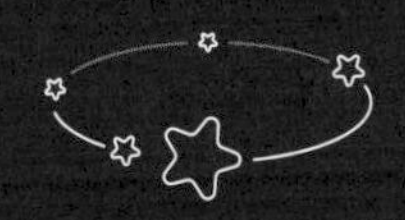

달콤살벌 조지타운

조지타운은 내게 마냥 '달콤한 도시'였다. 도시라고 부르기에는 워싱턴 북서쪽에 위치한 작은 구역에 불과하지만 이곳은 박물관이나 관공서 건물로 채워진 워싱턴 중심지와는 전혀 다르다. 거리에 가득한 고급 상점과 레스토랑 때문인지는 몰라도 소위 바이브가 다르다. 가끔은 조지타운 주위에 보이지 않는 결계가 있는 게 아닐까, 하고 생각했다. 그곳에서 거리를 걸을 때면 어디에서나 달콤한 냄새가 났다. 햇살이 좋고 살랑살랑 바람이 부는 날이면 더욱 그랬다.

아무런 계획도 근심도 없이 일찍 일어난 아침이면 운전대를 잡고 조지타운을 향하는 날이 많았다. 버지니아와 워싱턴을 연결하고 있는 키브리지Key Bridge를 통해 조지타운 서쪽으로 들어간다. 다리만 건너면 곧장 조지타운의 핵심

거리인 M스트리트가 나오고 1분도 채 걸리지 않아 왼편으로 미국에서 가장 유명한 디저트 가게 중 하나인 조지타운 컵케이크의 분홍색 유리창이 보인다. 이 동네에서 주차는 어디든 쉽지 않은 일이지만 컵케이크 가게 근처에 하는 게 좋다. 산책을 마치고 집으로 돌아갈 때면 늘 컵케이크를 사고 싶어지기 때문이다.

나들이 방향은 그날그날 달라진다. 잔잔하게 흐르는 강물을 보며 커피를 마시고 싶으면 포토맥강이 있는 남쪽 골목으로 향한다. 그곳에는 한국에서도 이미 유명세를 떨쳤던 카페 블루보틀이 있고 근처에는 시나몬과 버터 향을 한가득 풍기는 디스트릭트도넛이 있다. 포토맥 강변까지 걸어가는 길이 멀게 느껴지는 날이면 블루보틀 아래쪽에 보이는 시냇가—C&O 운하Chesapeake and Ohio Canal의 작은 지류—옆 벤치에서 흔들리는 풀잎을 보며 망중한을 즐길 수도 있다. 여행자가 아닌 동네 주민처럼 조지타운을 즐기고 싶은 날이라면 북쪽 골목으로 발길을 돌린다. 그곳에는 조지타운의 예스러운 건물들이 가득하다. 이 블록에는 역대 대통령들의 식사 장소로 유명한 마틴스터빈이 있고 워싱턴에서 가장 오래된 건물인 올드스톤하우스The Old Stone House가 있다. 그뿐만 아니라 아름다운 라테 아트를 만들어주는 카페 조지타운이 있고, 초콜릿쿠키로 유명한 르바인베이커리도 자리하고 있다. 여유를 즐기기에 무엇 하나 부족한 게 없는 곳이 바로 조지타운이다.

*

며칠 전 조지타운에 들렀던 이유도 밸런타인데이 기념 마카롱을 픽업하기 위해서였다. 매일이 휴일 같은 일상이지만 오히려 그래서 예년과 다른, 조금은 특별한 디저트가 있었으면 하는 마음에 한 주 전부터 미리 주문한 상품이었다. 무려 스무 개 언어로 번역한 'I Love You'를 각각의 마카롱에 각인해놓은 제품인데 한국어로 '사랑해'라고 새겨진 민트색 마카롱이 무척 상큼해 보였다. 가게로 걸어가는 내내 홍차와 마시는 게 좋을지 커피와 마시는 게 좋을지 머릿속으로 이리저리 맛을 조합했다.

참으로 놀라운 일이다. 내가 마카롱 같은 달달한 디저트를 찾는 사람이 되었다니. 미국 생활을 통해 얻고 싶었던 능력은 영어 말하기와 타인과 어울릴 수 있는 친화력이었는데 고작 설탕 내성이라니. 여전히 한 번에 많은 양을 먹을 수는 없지만 달콤함을 위해 돈을 쓰는 데 주저함이 없는 걸 보니 확실히 변하긴 변했다. 어쩌면 달라진 것이 아니라 내 안에 잠재되어 있던 설탕 선호가 디저트 천국인 미국에 와서야 비로소 발현된 것인지도 모른다.

그도 그럴 것이 미국에 사는 사람이라고 모두 디저트를 좋아할 리는 없기 때문이다. 이날 내 앞에서 마카롱을 주문하며 여자친구와 계속 티격을 벌이는 남자만 봐도 그랬다. 그는 딱 봐도 미국에서 나고 자란 사람인 거 같은데 굳이 이 돈을 주고 이렇게 작은 과자를 사야 하냐고 끊임없이 불뚱거리고 있었다. 뒤에 서 있는 나는 안중에도 없는 것처럼 큰 목소리로 떠들었다.

듣다 못한 여자친구가 남자의 관심을 다른 쪽으로 돌리고 싶었는지 이런저런 화제를 던졌다. 지난번 너랑 같이 갔던 조지타운 투어가 무척 재밌어서 다른 친구에게 추천했는데 그 친구도 좋아했다는 그런 이야기들이었다. 여자의 칭찬에 남자는 이내 볼멘소리를 멈추었지만 이내 자기 선택의 탁월함에 대해 떠들었다.

커플이 나간 뒤 나는 주문한 마카롱을 받으며 가게 점원에게 물었다. 조지타운 투어가 있나 봐요? 그럼요, 종류도 많아요. 점원은 대답했다. 역사 투어도 있고, 맛집 투어도 있고, 고스트 투어도 있는걸요. 나는 속으로 적잖이 놀랐다. 조지타운을 수차례나 들락날락했음에도 투어가 있으리라고는 미처 생각하지 못했다. 여기에 투어를 할 정도로 볼 게 많았던가. 내가 아무런 대꾸가 없자 점원은 내게 영수증을 건네며 물었다. 조지타운의 조지가 누구 이름인지 알아요?

조지 워싱턴이요. 나는 자신 있는 말투로 대답했다. 그러자 그는 당신도 투어를 해보는 게 좋겠다고 말하며 미소를 띠었다.

아니, 조지타운 조지가 워싱턴의 이름이 아닐 수가 있나? 워싱턴 D.C.에서 District of Columbia는 아메리카 대륙을 발견했다고 알려진 탐험가 콜럼버스의 이름에서 땄고, 워싱턴은 미국 초대 대통령 조지 워싱턴에서 온 것인데 그 안의 작은 구역인 조지타운이 워싱턴 이름이 아니라면 누구의 것일 수 있을까. 여기에는 조지워싱턴대학도 있고 병원도 있고 그의 이름을 딴 수많은 건물들이 있는데 말이다. 대체 조지가 누구의 이름이지?

인터넷으로 찾아보니 조지타운이 워싱턴 이름을 딴 것이 아니라고 말할 수 있는 근거는 이 지역에 처음으로 이름이 붙여진 시기에 있었다. 사료에 따르면 조지타운은 1751년 메릴랜드 의회가 승인하여 포토맥 인근 60에이커(7만 4천 평) 정도의 땅에 설립되었는데 그때 조지 워싱턴의 나이는 겨우 19세였다고 한다. 대통령은 고사하고 아직 입대도 하지 않아 아무런 공적도 없는 청년의 이름을 마을 이름으로 붙였을 리 만무했다.

결국 조지타운은 당시 잘 알려진 조지 중 한 사람일 수밖에 없었다. 조지가 워낙 흔한 이름이긴 하지만 그럴싸한 후

보는 있었다. 첫 번째 후보는 조지타운 부지의 소유주였던 조지 벨George Beall과 조지 고든George Gordon이다. 특히 조지 고든은 부유한 스코틀랜드 이민자 출신으로 메릴랜드에서 매우 잘 알려져 있는 인물이었다. 프레더릭카운티의 보안관과 법원에서 판사직을 역임했다고도 알려져 있다. 그는 1730년대에 포토맥 강둑에 있는 담배 농장인 300에이커의 록 크릭 농장을 구입했다고 하는데, 이 작은 담배 산업이 매우 번창하여 새로운 도시를 건설하기 위한 지역으로 거듭나게 된 것이다. 조지 벨은 인근 농장을 소유하고 있던 사람이었다.

토지 소유주의 이름을 따서 지명을 짓는 것도 자연스러운 일이지만 두 번째 후보를 보니 그 역시 만만치 않았다. 바로 당시 영국의 왕 조지 2세였다. 1776년 독립선언문이 채택되기 전까지 미국 대부분의 지역은 영국의 지배하에 있었기 때문에 자연스럽게 영국 왕의 이름을 따서 지명을 만드는 경우가 많았다고 한다. 조지타운과 왕을 연결 짓는 증거는 없지만 무려 1727년부터 1760년까지 30년이 넘는 기간 동안 왕좌에 있었기 때문에 미국 의회에서 그의 이름을 모를 리 없었다. 오늘날 미국에 조지타운이라는 지명이 무려 서른다섯 곳이나 된다는 사실도 이를 뒷받침하는 듯했다.

투어에 참가하면 확실한 답을 알 수 있을까? 쇠뿔도 단숨에 빼랬다고, 생각난 김에 평점이 높은 코스를 골라 투어를 예약했다.

*

해가 진 금요일 저녁 7시 조지타운 투어를 위해 밖으로 나섰다. 미국에 살면서 이 시간에 외출을 해본 적은 없어서 조금 긴장이 되었다. 심지어 한 시간 반이나 바깥을 걸어야 하는 고스트 투어였기 때문에 약속 장소에 가까워질수록 마음이 가라앉기는커녕 더욱 두근거렸다. 낮에 하는 역사 투어보다는 흥미로울 것 같아 선택한 것이지만 투어를 신청한 사람이 최소한 다섯 명은 되었으면 하고 바랐다. 무엇보다 가이드와 단둘이 마주하는 일은 없었으면 했다. 유령보다 사람이 무서운 세상이다.

조지타운의 밤은 낮과 달리 달콤한 향기도 나지 않고 반짝이지도 않았다. 바람이 찬 탓인지 스산한 기운이 가득했다. 원래 이런 것인지 코로나 이후에 이렇게 된 것인지는 알 수 없었다. 약속 장소인 올드스톤하우스 앞에서 서성이고 있으니 누군가 자신이 고스트 투어의 가이드라고 밝히며 주변의 사람들을 불러 모았다. 네 명, 적지도 많지도 않은 인원이어서 안심이 되었다. 자신을 역사학자라고 소개한 캔든

이라는 이름의 가이드는 자신이 좋아하는 워싱턴 구석구석을 사람들에게 알려주는 게 즐거워서 책을 쓰고 투어도 하기 시작했다고 했다. 워싱턴은 역사가 오래된 도시라 곳곳에 흥미로운 이야기들이 많다는 것이었다. 또 그만큼 유령도 많다는 말을 하며 투어를 본격적으로 시작했다.

쉿, 이 소리 들려요? 갑자기 그는 시선을 내 등 뒤로 옮기더니 목소리를 낮췄다. 뭐야, 나는 깜짝 놀라 고개를 돌렸다. 어둠 속에 보이는 것은 3층짜리 석조건물뿐이었다. 창이 하나 있었지만 불이 켜져 있지 않아 보이는 것은 아무것도 없었다. 건물 출입구도 자물쇠로 단단하게 채워져 있었다. 들리는 것이라고는 거리를 지나가는 자동차 엔진 소리와 건물 사이를 흐르는 바람 소리뿐이었다. 고스트 투어라더니 괜히 으스스한 분위기를 만드는군, 속웃음을 쳤다.

가이드는 바로 내가 서 있는 올드스톤하우스가 바로 조지타운에서 가장 유명한 유령 '조지'가 출몰하는 장소라고 말했다. 맙소사, 여기에도 조지라니, 조지타운 이름의 세 번째 후보인가 싶었지만 그는 이에 대해서는 어떤 언급도 하지 않았다. 그는 아무도 살고 있지 않은 이 작은 집에서 목격되었던 많은 영혼들에 대해 이야기했다. 누군가는 갈색 드레스를 입은 여성을 봤다고 하고, 다른 이는 긴 금발 머리에 파란색 재킷을 입은 남성을 보기도 했다고 했다. 때로는 의자에 앉아 있는 여성, 복도를 뛰어내리는 작은 소년, 2층에서는 계단을 오르락내리락하는 어린 소녀를 봤다는 사람도 있었다는 것이다.

그런데 왜 이 집이죠? 살인 사건이라도 있었나요? 누군가 물었다. 그러자 가이드는 기다렸다는 듯이 올드스톤하우스의 역사에 대한 설명을 시작했다. 올드스톤하우스가 워싱턴 D.C.에서 가장 오래된 건축물이라는 이야기, 조지 워싱턴이 당시 도시설계자였던 피에르 앙팡과 회의를 했던 곳으로 알려져 수년 동안 '조지 워싱턴의 본부'라는 간판이 걸려 있었다는 이야기, 무슨 이유에서인지는 몰라도 이곳은 여름에도 서늘한 날이 많다는 이야기 같은, 실제로 있었을 것 같은 역사와 사실이 아닌 것 같은 소문들을 들려주었다.

이 집은 아니었지만 조지타운에 미스터리한 살인 사건이 있긴 있었죠, 가이드는 발길을 옮기며 운을 뗐다. 피해자는 여성이었고 아주 유명한 화가였어요, 여기에 살고 있는 사람이었죠. 그녀는 평소처럼 자신의 스튜디오에서 그림을 그리고 산책을 하려고 저기 아래쪽에 흐르는 C&O 운하 옆을 걷고 있었어요. 그런데 그것이 그녀의 마지막 산책이 되고 말았답니다. 그 길에서 두 명의 남자가 쏜 총에 살해당했거든요. 문제는 사건이 벌어지고 난 이후예요. 목격자의 진술과 경찰의 진술이 모두 달랐고 조사도 흐지부지 이루어지면서 사건의 진상이 영영 묻히고 말았거든요. 말했듯이, 그녀가 꽤 유명한 사람이었음에도 말이에요. 가이드는 하던 이야기를 멈추고 우리를 돌아봤다. 그녀는 누구였을까요?

모르겠어요, 나는 고개를 저었다. 다른 관람객도 마찬가지였다. 그러자 가이드는 1964년에 일어난 사건이고, 케네디 대통령은 1963년에 암살되었다는 힌트를 주었다. 여전히 아무도 대답하지 못했다. 결국 가이드가 다시 입을 뗐다. 답은 케네디 대통령의 연인으로 알려졌던 메리 마이어Mary Meyer라는 화가예요. 오늘날까지도 그녀의 죽음은 미스터리로 남아 있죠. 가이드는 메이어가 단순히 운이 나빠서 사고를 당한 게 아니라 케네디의 죽음에 대해 너무 많은 것을 알고 있어 제거된 것이라는 루머 아닌 루머도 알려주었다.

살인과 음모에 대한 이야기로 채워진 밤 산책은 기묘하기 그지없었다. 익숙했던 주변 풍경이 모두 낯설게 다가왔다. 딸아이의 손을 잡고 걸을 때는 보이지 않던 사물들이 눈에 들어왔다. 아무렇게나 버려진 쓰레기, 담벼락 낙서, 조각난 도보 타일, 누구도 사지 않을 것 같은 옷을 입고 있는 마네킹…. 실체 없는 불안이 엄습했다. 길 건너편에서 둘 셋 모여 있는 남자들이 왜 이쪽을 보고 있지? 조지타운에서 투어 따위를 하는 나를 보고 비웃는 걸까. 왜 이렇게 시끄럽게 소리를 지를까. 또 이 불쾌한 냄새는 뭐야. 하수구 냄새인가,

음식물 냄새인가 아니면 개 오줌 냄새인가.

끝을 알 수 없는 어둠 속 상상을 깨트릴 수 있는 것은 오직 가이드뿐이었다. 그는 처음 보는 건물 앞에 멈추더니 또 다른 유령 이야기를 시작했다. 할시온하우스Halcyon House라는 곳이었다. 유령 이야기는 다른 오래된 주택의 그것들과 비슷했다. 역사가 깊은 건물에서 목격된 다양한 모습의 유령들. 때로는 자유와 탈출을 갈망하던 노예들이기도 했고, 집 안에서 작은 목소리로 지내야 했던 여성들과 아이들이기도 했다. 집이 오래되다 보면 흐르는 시간만큼 그곳에 살던 사람들도 늘어나고 또 그만큼 사연이 많아지고 그러다 보면 이런저런 소문과 풍문이 쌓이나 보다 싶었다.

이렇게 가이드를 따라 워싱턴과 조지타운 곳곳에 숨겨진 일화와 유령 이야기를 들으며 한참을 걷다 보니 어느새 다시 올드스톤하우스 앞에 도착했다. 한 시간 전보다 어둠은 더 짙어지고 기온도 더 낮아진 듯했다. 모두 그에게 고맙다는 인사를 하고 돌아섰다. 나는 뒤늦게 조지타운의 조지가 누구인지 물어보고 싶었지만 자칫 타이밍을 놓치면 거리에 혼자 남겨질까 무서운 마음에 점퍼 지퍼를 턱 밑까지 올리고 차를 주차한 골목으로 빠르게 걸어갔다.

*

그날 이후 달콤하기만 했던 조지타운은 사라졌다. 눈부시게 환한 대낮에도 오색 빛깔의 화려한 디저트 가게의 간판보다 오래된 벽돌 사이에 낀 이끼들이 눈에 들어왔고 곳곳의 건물에 새겨진 건축 연도 따위에 관심이 갔다. C&O 운하 옆에 앉아 아메리카노를 홀짝이며 햇볕을 즐기다가도 메리 마이어 사건이 떠올라 괜히 의심스러운 눈초리로 주변을 살피기도 했다. 여기에서 총소리가 나면 어디까지 들릴까, 가까운 병원에서 구급차가 올 때까지는 얼마나 걸릴까. 냄새도 마찬가지였다. 오전에는 고소한 버터 냄새와 커피 냄새, 쿠키 냄새로 가득하기만 한 줄 알았는데 꼭 그렇지만도 않았다. 공기 중에 담배 냄새, 매연 냄새, 정체를 알 수 없이 매캐한 냄새가 섞여 있다는 것을 깨달았다.

조지타운을 향한 자그마한 변심의 형태가 워싱턴에서 지내는 나의 삶과 같다는 생각이 들었다. 육아휴직을 하고 미국에서의 새로운 삶을 꿈꾸는 나의 마음은 얼마나 달콤했었던가. 실제로 흩날리는 벚꽃을 맞으며 포토맥 강변을 달리고 스미소니언박물관을 무료로 관람하며 넘치는 여유를 만끽하던 봄은 정말 인생의 꿀 같은 시간이었다. 하지만 예상치 못한 코로나로 모든 계획이 어그러지면서 이전과 다른 스트레스가 생기기 시작했다. 달콤하기만 한 삶은 존재할 수 없다는 당연한 진리를 몸소 느꼈던 시간들이었다.

하지만 스트레스를 견디고 매일을 버티다 보니 삶 속에 숨겨진 보석 같은 순간이 조금씩 눈에 들어왔다. 아내가 좋아하는 농담과 장난을 알게 되고, 다섯 살배기 딸과 깔깔대며 웃고 즐길 수 있는 방법을 발견했다. 헬스장에 가지 않고도 건강을 유지할 수 있게 되었고 혼자만의 시간을 의미 있게 보낼 수 있는 취미도 찾았다. 이렇게 글을 쓸 수 있게 된 것도 새로운 일상이 준 선물 중 하나이지 않은가. 덕분에 누구에게도 없는 나만의 이야기가 만들어지고 있다.

조지타운도 컵케이크와 마카롱 가게로만 가득하다면 세상 어느 곳보다 달콤한 향기로 가득하겠지만 오늘처럼 많은 사람들에게 사랑받는 장소가 되지는 못했을 것이다. 스쳐 지나가는 흔한 관광지 중 하나에 불과했을 것이다. 조지타운이 조지타운일 수 있는 것은 조지가 누구 이름인지 확실하지 않기 때문이고, 언제 어디에서 나타날지 모르는 유령이 도처에 돌아다니고 있기 때문이고, 대통령의 연인이 왜 죽었는지 밝혀지지도 않았기 때문이다. 그리고 무엇보다 빵 굽는 냄새와 쓰레기 냄새가 뒤섞인 진짜 사람이 사는 동네이기 때문이리라. 예쁜 것만 가득하지 않은 조지타운이 좋다.

메모리얼 벤치

내가 처음 경험한 가까운 이의 죽음은 할아버지의 것이다. 1997년, 현충일을 하루 앞둔 6월 5일의 일이었다. 20년도 더 되었지만 워낙 가까웠던 사람의 일이라 그랬는지 그날을 떠올리면 오래 지나지 않은 날, 마치 지난주 어느 날 기억처럼 가깝게 느껴진다. 어떤 감각들은 투명한 문신인 양 내 몸과 마음 곳곳에 깊숙하게 새겨져 있다. 부모님과 차를 타고 병원으로 가던 길가의 풍경, 라디오에서 흘러나오던 안재욱의 〈Forever〉, 병실에 도착했을 때 들리던 할머니의 서글픈 곡소리, 시신이 무서워 도망친 화장실의 독한 소독약 냄새.

그토록 강렬한 경험이었음에도 나는 장례가 진행되는 삼일 동안 울지 않았다. 할머니와 어머니의 계속되는 넋두리를 듣고, 차례로 도착하는 고모들의 눈물을 보며 분위기를 살피기 급급했을 뿐이다. 온전히 현실을 이해하지 못한 채 그저 아버지를 따라 절을 하고 엄마가 주는 대로 음식을 받아먹었다. 슬픔과 두려움을 구별하지 못하고, 있어야 할 자리와 해야 할 일을 찾지 못하던 아직 덜 자란 철없는 나이였다.

그날 내가 유일하게 어른인 척할 수 있었던 시간은 동생들을 보살필 때였다. 신싸 어른들은 이따금씩 내게 용돈을 쥐여주고는 동생들과 함께 나가 놀다 오라고 했고 그때마다 나는 흔쾌히 고개를 끄덕였다. 아버지가 첫째였고 내가 첫째였으니 사촌 동생들은 모두 나보다 어린 아이들이었다. 그들도 어두운 장례식장에서 답답했을 터, 내가 아이스크림 먹으러 가자고 할 때면 언제나 즐거이 따라나섰고 나무 아래 둘러앉아 참았던 수다를 떨었다.

할아버지와는 전혀 관련이 없는 대화들을 나누다 한 동생이 물었다. 여기는 왜 이렇게 흰나비가 많지? 정말 주위를 둘러보니 풀밭에 날아다니는 나비가 참으로 많았고 모두 하얀색이었다. 몰라, 하고 다른 동생이 대답했다. 누구도 대답할 수 없는 질문이었다. 그러자 질문이 내게로 날아왔다. 형은 알지? 모든 동생들의 시선이 내게로 향했다. 어쨌거나 나는 집안의 맏형이었으니 그들의 기대를 저버릴 수 없었다.

원래 나비는 죽은 사람들의 넋이야. 영혼 같은 거지. 특히 흰나비는 더욱 그래, 죽은 사람들이 마지막에 흰옷을 입는 건 알지? 여기가 장례식장이잖아. 죽은 사람들이 많다 보니까 이 앞에 엄청 많은가 보다. 잡지 마. 우리 할아버지도 계시지 않을까. 모른다고 말할 수 없어 생각나는 대로 뱉은 말이었지만 아무도 반문하지 않고 고개를 끄덕였다. 사뭇 진지했던 동생들의 표정 때문이었는지 나 역시 오랫동안, 마치 최면에라도 걸렸던 것처럼, 나비에는 영혼이 깃들어 있다는 믿음을 간직하며 지냈다. 그날 봤던 나비가 봄이나 여름 우리나라 어느 곳에서나 흔하게 볼 수 있는 배추흰나비였다는 사실을 깨닫게 된 건 비교적 최근의 일이다.

*

기억이란 신기하다. 눈앞에 날아다니는 나비 한 마리에 불현듯 20여 년 전 장례식장이 떠올랐으니 말이다. 흰나비도 아닌 호랑나비이고, 지금 여기는 곡소리가 아닌 새소리로 가득한 미국의 식물원인데 말이다. 몇 년간 한국과 타국에서 만났을 수많은 나비들에게서는 아무런 신호가 없었는데 갑자기 오늘 옛 생각이 난 이유가 무엇일까. 할아버지 기일이 지난 지도 한참이고 최근 들어서는 할아버지를 떠올린

적도 없었다. 식물원 어디에 신비한 장치라도 있는 걸까? 가만히 벤치에 앉아 눈으로 나비를 좇으며 한 시간 정도 걸어온 길을 되짚어봤다.

식물원의 정식 명칭은 미도울라크식물원Meadowlark Botanical Gardens으로 버지니아주 비엔나에 위치하고 있다. 식물원 이름은 처음부터 입에 붙지 않았고 산책하는 동안 몇 번을 되뇌어도 잘 외워지지 않았다. 영어도 아닌 것 같은, 유래를 알 수 없는 지명일 뿐 나의 기억과는 아무 관계가 없는 말이다. 매표소는 조금 독특했다. 건물 실내에 비치된 식물원과 관련된 안내 책자나 포스터, 책자는 모두 영어로만 쓰여 있고, 직원도 영어를 모국어로 구사하는 전형적인 미국인이었지만 매표소 한쪽에 거북선 모형이 있는 게 아닌가. 혹시 식물원 호수에 사는 거북이를 형상화한 것인가, 추측했지만 설명을 읽어보니 정말 내가 알던 이순신 거북선이었다. 직원에게 물어보니 2005년쯤, 한인회가 주축이 되어 이민 100주년을 기념하고 한미 우호 증진 차원에서 설치한 것이라고 했다. 혹시 거북선과 한국, 이순신 장군의 죽음으로 할아버지의 죽음을 연상한 것일까.

한국을 떠올리게 하는 것은 이뿐만이 아니었다. 식물원 안쪽에는 대놓고 한국의 정원Korean Bell Garden이 마련되어 있었다. 한참을 걷다 고개를 들었을 때 저 멀리 웬 정자가 보이나 해서 가까이 다가가 보니 가는 길가에는 분홍빛 무궁화가 한가득 피어 있었고, 정자 근처에는 기와집 모형이 설치되어 있었다. 푸른 잔디밭, 소나무와 어울려 있는 한국 조형물을 보고 있으니 감회가 남달랐다. 어린 시절 소풍 나간 나지막한 동네 뒷산을 다시 찾은 기분이랄까.

식물원은 대부분 걷기에 알맞은 평지였기에 연세 지긋한 노부부가 자주 눈에 띄었다. 휠체어에 앉은 남편과 산책을 나온 할머니가 있었고, 손자의 손을 잡고 걷는 정정한 할아버지도 있었다. 그럼 혹시 내가 그들에게서 돌아가신 할아버지를 떠올렸을까. 할아버지를 닮은 동양인이 있었을까, 애써 기억을 더듬어봤지만 글쎄. 내 기억에 할아버지가 저렇게 노인이었던 적이 없다. 할아버지는 꼿꼿한 자세로 걸었고, 곁에 있어도 흔히 말하는 노인의 냄새가 나지 않았다. 할아버지와 함께했던 산책을 떠올려도 늘 해가 지는 저녁의 서늘함이나 개울가 다리 아래 그늘의 시원함이 생각날 뿐 오늘처럼 눈부시게 밝은 날과는 거리가 멀었다.

이렇다 할 단서를 찾지 못하고 자리에서 일어나려는데 벤치에 적힌 작은 글씨가 나를 붙잡았다. 오래된 나무 벤치에 부착된 금속판에는 금빛 글자와 숫자가 양각으로 새겨져 있었다. 처음에는 짧은 영시인 줄 알았지만 결코 아니었다.

Loving memories never die, as years roll on and days pass by.
In our hearts a memory is kept, of ones we loved and will never forget.
사랑하는 기억은 세월이 흘러도 사라지지 않는다.
우리 마음속에는 사랑했던 사람들의 추억이 간직되어 있고 결코 잊지 못할 것이다.

문구 윗부분에는 누군가의 이름과 그가 이 세상에 머물다 간 햇수가 적혀 있었고, 끝에는 그의 가족으로 추정되는 사람의 이름이 있었다. 내가 앉았던 벤치는 사랑했던 누군가를 보낸 뒤 그를 기억하기 위해 설치한 일종의 비인 셈이었다. 어느 공원에서나 볼 수 있는 평범한 벤치였기에 문구를 보기 전까지 전혀 인지하지 못했던 것이었다. 그나저나 여기에 앉아도 되나? 만약 벤치를 둘러싼 나무에 유해라도 뿌렸으면? 무심결에 무례한 행동을 한 것은 아닐까 두려웠다. 옷매무새를 황급히 가다듬고 주위를 둘러보았다. 나를 주시하고 있는 사람은 없어 보였지만 어떻게 하는 게 좋을지 확신이 없어서 다른 사람이 앉았던 벤치로 자리를 옮겼다.

그러나 놀랍게도 옮긴 벤치에서도 당신을 사랑했다는, 영원히 내 마음속에 살아 있을 거라는 비슷한 내용의 문구를 발견했다. 추모 벤치에 아무렇지 않게 앉을 수 있다는 점도 놀랐지만 두 개의 다른 추모 벤치가 몇 미터 떨어지지 않은 가까운 곳에 설치되어 있다는 점도 의아했다. 우연히 여기가 식물원에서 추모를 위해 허가받은 지점이라면 그럴 수도 있겠지만 어느 곳에도 그런 푯말이 세워져 있지는 않았다. 설마. 불현듯 떠오른 예감에 주변에 보이는 벤치를 모두 살펴보았다. 믿을 수 없게도 많은 벤치에 죽은 이를 기리는 메시지가 적혀 있었다. 여기는 일종의 추모공원인 것일까. 아무리 매표소에서 나누어준 안내서를 읽어보아도 장례와 관련된 내용은 어디에도 없었다. 개인이 일정 금액을 지불하고 추모 벤치를 설치할 수 있는 시스템인 듯했다. 확실한 것은 식물원 측에서 이를 금지하지는 않는다는 것과 방문객들도 이를 개의치 않고 방문한다는 것뿐이었다.

벤치 주변을 기웃거리는 내 모습이 이상했는지 식물원 관리인쯤으로 보이는 나이 지긋한 할머니 한 분이 내게 말을 걸었다. 그는 물건을 잃어버렸는지 물으며 자기한테 모양이나 색깔을 알려주면 매표소 쪽에 전달하겠다는 친절을 베풀었다. 나는 그런 게 아니라고 두 손을 저었다. 그러자 그는 내게 무엇을 하고 있었는지 되물었는데, 그 순간 나는 갑자기 말문이 막혔다. 혹시나 말을 잘못하여 타인의 비를 뒤적여본 듯한 뉘앙스라도 주면 정말 나를 이상한 사람으로 볼 것 같았기 때문이다. 그냥 확인하고 싶은 게 있었다고 대답하고 그가 자리를 뜨기만을 기다렸지만, 그는 물러나지 않았다. 결국 갑자기 떠오른 할아버지의 죽음과 나비, 식물원의 거북선, 추모 벤치의 관계에 대한 두서없는 이야기를 늘어놓았다. 막상 말을 하고 보니 내가 정말 이상한 사람이 된 기분이었다.

나의 말이 끝나자 그는 미국에 온 지 얼마나 되었는지 물었고, 겨우 몇 개월이란 대답에 그럴 줄 알았다는 듯 빙그레 웃었다. 그러면서 이 나라에는 죽은 이를 기리는 메모리얼 벤치가 곳곳에 있다고 알려주었다. 내가 살고 있는 동네 공원에만 가도 쉽게 찾을 수 있다는 것이었다. 생전에 고인이 자주 갔던 공원이나 산책길에 벤치를 두면 남은 가족들이 죽은 이를 오랫동안 기억할 수 있고, 또 어디엔가 떠도는 그의 영혼이 편히 쉴 수도 있지 않느냐며, 식물원에 메모리얼 벤치가 많은 것은 그만큼 많은 사람들이 이곳을 좋아했고 자주 방문했다는 뜻일 거라는 말도 덧붙였다. 너도 할아버지를 떠올렸으니 그것도 참 멋진 일이지, 라며.

그의 설명에 고개는 끄덕였지만 한 가지 의문이 들었다. 고인을 알지 못하는 다른 사람들도 메모리얼 벤치를 좋아할까? 나는 죽음을 떠올리면 뭔가 불편했다. 장례가 끝나고도 할아버지의 영정이 벽에 걸려 있는 것을 보고 아버지께 굳이 그 이유를 여쭈었다. 할아버지를 향한 그리움과 별개로 죽은 이의 사진을 지켜보는 게 쉽지 않았기 때문이다. 일본에 사는 친구 집에 방문했을 때 위패와 유골함이 방 한쪽에 놓여 있는 것을 보고 기함을 한 적도 있다. 삶이 빛이라면 죽음은 어둠이었고 삶은 음악이라면 죽음은 침묵이었다. 살아 있는 자들과 웃고 떠들 수는 있지만 죽은 이 앞에서는 웃음을 거둬야 한다고 생각했다. 죽음이 일상에 끼어든다면 뭐랄까, 사는 게 조금 무거워질 것 같았다. 추모공원 건립을 반대하는 주민들의 논리도 아파트 가격 때문만은 아닐 것이라고 믿었다.

그래서 식물원 관리인 할머니에게 사람들이 메모리얼 벤치를 싫어하지는 않는지 물었다. 왜? 그는 이해할 수 없는 표정을 지었다. 이 벤치들이 네 기분을 나쁘게 했니? 나는 그렇지는 않다고 대답했다.

"그렇지만 이건 죽음을 떠올리게 하잖아요."

"죽음이 왜?"

"죽음은 조금 무서우니까요."

"그럴 수도 있지. 그런데 이 벤치에 앉아 있으면 죽음보다는 사랑이 더 생각나지 않니?"

벤치에 새겨진 문구를 다시 읽어보았다. 온통 그리움과 애정으로 가득한 말들이었다. 어디에서도 슬픔과 비통함이 느껴지지는 않았다. 죽은 이를 기리는 벤치가 비석처럼 가득한 식물원에서 밝은 온기와 기쁨만이 느껴졌다. 맑은 날씨 덕분일까. 아니면 풀과 나무, 하늘과 바람이 주는 소리와 냄새가 죽음에 대한 공포를 덜어내고 있는 것일까. 이양하 선생이 말한 것처럼 신록에는 이상한 힘이 있어서 내 마음에 참다운 기쁨과 위안을 주고, 나의 눈과 머리를, 또 마음 구석구석을 씻어주었나? 어찌 되었건 죽음이 가득한 이곳에서 나는 전혀 불편하거나 두렵지 않았다.

할머니에게 고맙다는 작별 인사를 건네고 베로니의 벤치에 다시 앉았다. 나무 비는 한국 무덤가에서 봐왔던 비석과는 다르게 묘하게 따뜻한 느낌을 풍겼다. 한참을 내 옆에서 머물다 간 사람들에 대해 생각했다. 할아버지의 마지막 손도 잡아드리지 못하고 겁쟁이처럼 뒷걸음질 친 어린 날을 아쉬워했고, 내가 알지는 못하지만 벤치를 만든 사람들과 이곳을 좋아했을 사람들을 그리워했다. 그러자 한적한 식물원이 많은 이들로 복작이는 것처럼 느껴졌고, 아름다운 공간에서 소중했던 사람을 기억하는 것은 그 자체로 또 다른 추억이 만들어진다는 것을 깨달았다. 더 이상 죽음을 마냥 두려워하지는 않으리라. 호랑나비가 더 이상 눈으로 좇을 수 없을 만큼 멀리 날아가고 나서야 앉았던 자리에서 일어났다.

이름 부르기

베이비시터 카라를 집으로 바래다주는 길에 있었던 일이다. 언제나 그랬듯 운전을 하면서 대화거리를 생각하고 있었다. 나는 음악이나 여행지, 대학 생활에 관한 이야기를 나누고 싶었지만 그는 나에게 한국이나 아시아 문화와 관련된 정보를 듣고 싶어 했다. 목소리 톤과 분위기로 한국인과 중국인, 일본인을 구별하는 방법을 알려주었을 때 놀라워했고, 식문화가 달라 세 나라의 젓가락이 서로 다르다는 말에도 흥미를 감추지 않았다. 이날도 그가 듣고 싶어 하는 이야기를 할지 내가 알고 싶은 것을 물어볼지 한참을 고민하고 있었다.

그도 딱히 할 말이 없었는지 갑자기 내 이름을 물었다. 하긴, 이름은 처음 만났을 때 한 차례 말했던 것이 전부였다.

기억하지 못하더라도 이상할 게 없었다. 딱히 다른 화제도 떠오르지 않아 천천히 이름을 발음하고는 알파벳 철자를 하나씩 짚어가며 알려주었다. 그는 혼잣말처럼 내 이름을 몇 번 발음해보더니 영어 이름 '존John'이나 '쟝Jean' 하고 비슷하다고, 그래서 부르기 어렵지 않아 좋은 이름인 것 같다고 칭찬했다. 자기가 짐작하고 있던 이름과 달라서 물어보기를 잘한 것 같다며 웃었다.

외국인이 내 이름을 한 번에 알아듣기 쉽지 않다는 사실은 이미 느끼고 있었다. 우체국이나 아파트 관리실에서 이름을 말했을 때 한 번의 발화로 정확하게 전달된 적이 없었다. 언제나 지앙, 지안과 같이 그들의 귀에 익숙한 이름으로 바뀌어 내게 되돌아왔다. 처음에는 나의 발음이 어색했을까 의심했지만 자기 이름을 모국어로 말하는데 틀렸을 리가 없다. 이 나라에서는 히읗 발음을 듣는 것이 어려운가 보다, 하고 생각하고 어느 날인가부터 '한'에 강조를 두고 말하기 시작했다. 필요하면 오늘처럼 철자와 함께. 그럼에도 늘 최소한 두 번씩은 알려줘야 했다.

내가 고충을 토로하니 카라는 그건 자기도 마찬가지라면서 신경 쓰지 말라는 위로 아닌 위로를 건넸다. 네가 외국인이라서 겪는 인종차별 같은 문제는 아니라고 했다. 이 나라에는 워낙 다양한 국적의 사람들이 살고 있다 보니 이름의 길이도 형식도 모두 달라서 마이클 같은 교과서 이름이 아니고서는 누군가의 이름을 한 번에 알아듣기 어렵고, 글자로 적혀 있는 이름을 봐도 어떻게 발음하는지 본인에게 직접 물어봐야 하는 경우도 흔하다고 했다. 지한이든, 지안이든, 쟌이든 그게 뭐 중요해? 그게 너라는 사람을 가리키면 되는 거지, 포토맥이 그렇듯이. 그의 말이었다. 포토맥? 워싱턴을 가로지르는 강 말하는 거야? 내가 목소리를 높여 되묻자 그는 집에 도착할 때까지 포토맥강에 대한 이야기를 들려줬다.

오늘날 포토맥강은 그냥 '강the river'이라고 불릴 정도로 이 지역에 사는 사람들에게 중요하고 친숙한 지명이지만 불과 얼마 전까지만 해도—카라에 따르면 자신의 할머니가 어렸을 때까지만 해도—사람들마다 포토맥강의 철자를 다르게 쓰는 경우가 많았다고 한다. 왜 그랬는지 정확한 이유는 알 수 없다. 공식적으로 승인받은 이름이 없어서 그랬을 수도 있고, 포토맥이 무슨 뜻인지 어디에서 온 말인지 모르는 사람들이 많아서 그랬을 수도 있다. 어쩌면 저마다 포토맥강을 부르는 이름이 달랐을 수도 있다.

카라는 꽤 오래전 문서에서 강의 영문 이름을 찾을 수 있다고 알려주었다. 그는 휴대폰으로 검색하여 탐험가 존 스미스가 1612년에 출판한 그의 저서 『버지니아의 지도A Map of Virginia』의 일부를 보여주었다. 책에는 현재 포토맥강이라 불리는 곳을 '파타오메크Patawomeke'라고 표기한 지도가 있었다. 지도 옆에는 "네 번째 강은 파타오메크라고 불리며 폭은 6-7마일, 길이는 140마일 정도이다. 원류에서 갈라진 지류와 샘이 많으며 강에는 물고기가 넘칠 만큼 많다"고 적혀 있었다.

나는 카라에게 파타오메크가 무슨 뜻이냐고 물었지만 그는 모른다며 고개를 가로저었다. 자신이 알고 있는 것은 파타오메크가 강 남쪽에 살고 있던 인디언, 즉 원주민 부족 이름이라는 것과 그들의 짧은 역사뿐이라고 했다. 미국에서 흔하게 들을 수 있는 인디언 부족의 분열과 멸종사史였다. 당시 강 주변에는 포와하탄Powhatan이라 불리는 인디언 연방이 있었고, 파타오메크족도 그 일원이었다. 그러나 영국에서 건너온 이민자들과 인디언 연방 간에 전쟁이 일어났을 때 파타오메크족은 연방을 배신하고 이민자들과 동맹을 맺어 승리자의 편에 선다. 그럼에도 파타오메크족에게 해피엔딩은 없었다. 결국 자신들이 살고 있던 모든 땅과 자원을 이민자들에게 빼앗긴 채 사라지고 말았다. 남겨진 것은 강 이름뿐이다. 안타깝게도 현재 그 이름은 명확한 뜻조차 없다. 대부분의 미국 인디언이 사용했던 언어가 그렇듯, 파타오메크족이 사용했다는 알곤킨Algonquin어는 제대로 된

번역이 이루어지지 않은 채 사라졌기 때문이다. 그저 구전 설화나 다른 유사 언어를 통해 '물가의 사람들', '소나무를 태우는 강', '행상行商의 강' 등으로 의미를 추측한다.

카라의 이야기를 듣고 있으니 궁금한 게 많아졌다. 강 이름이 파타오메크가 아니라 포토맥으로 된 사연이 있을까? 더 묻고 싶었지만 차 속에서 휴대폰으로 검색하는 것에는 한계가 있어 보였다. 마침 멀지 않은 거리에 카페가 보였다. 커피나 한잔하자고 제안하자 그는 그러자고 했다. 이렇게 재미있는 이야기를 공짜로 들을 수는 없지 않느냐고 괜한 너스레를 떨며 아메리카노와 컵케이크를 주문했다.

주문한 커피를 기다리는 동안 우리 둘은 열심히 관련 정보를 검색했다. 흥미로운 이야기가 많았다. 존 스미스 이후 강 이름을 파타오메크라고 표기한 다른 책들이 출판되고 이주민들이 강 주변에서 본격적으로 살기 시작했음에도 그 강은 수십 년 동안의 여러 가지 철자와 발음으로 불렸다. 당시 작가들도 지명의 연속성에 대해서는 신경 쓰지 않은 채 음성적인 유사성에 기대어 지명을 표기하였기에 이름은 고정될 줄을 몰랐다. 심지어 버지니아주 주지사를 역임했던 토머스 제퍼슨도 1784년에 쓴 편지에서 무려 같은 페이지에 'Patomac'과 'Patowmac'이라는 두 개의 다른 철자를 사용하여 포토맥강을 지칭했다.

나의 궁금증은 미국지명위원회 활동 기록을 보고 나서야 해소되었다. 미국은 1890년에 이르러 지명위원회를 설립하여 연방 정부 차원에서 지리 용어를 지정하고 확립해 사람들의 혼란을 피하고자 했다. 이때 위원회 원칙 중 하나는 큰 문제가 없는 한 지역에서 널리 불리는 이름을 쓰겠다는 것이었다. 그러나 1930년 위원회가 포토맥강 이름에 관심을 가졌을 때 그들이 수집했던, 당시에도 여전히 사용되고 있는 강의 이름은 무려 95개에 달했다. 목록에는 '코혼가루타강Cohongaroota River'과 같은 전통적인 미국 인디언 이름도 있었고, '터키버자드강Turkey Buzzard River'이나 '엘리자베스강Elizabeth River'처럼 주민들이 부르는 별명도 있었다. 가장 널리 알려진 포토맥이라는 명칭 또한 'Patowomek', 'Potomach', 'Pittomack', 'Pottomeek', 'Betomek'처럼 수십 개의 다른 철자로 존재했다. 위원회가 선택한 오늘날의 'Potomac'도 그중 하나였다.

커피 잔이 비워지자 카라는 오늘의 이야기를 정리했다. 포토맥강을 파타오메크라고 부르든 포토와맥이라고 부르든 우리가 그 단어가 가리키는 강이 무엇인지 알고 있다면 별로 문제될 것이 없다. 이름은 특별한 의미가 있는 것이 아니라 그냥 세상에 있는 무언가와 짝지어진 라벨 같은 거니까 네 옆에 비슷한 이름의 사람이 있어서 헷갈리는 것만 아니라면 이름을 잘못 발음하는 정도로 스트레스 받을 필요 없다는 말이었다. 심지어 더 이상 파타오메크 부족이 강가에 살고 있지 않더라도 여전히 포토맥이라고 부르는 걸 생각해보라고.

철학적이다. 넌 교육이 아니라 철학을 전공해도 되겠어. 나는 그에게 감상을 전했다. 철학적이라고? 뭐가? 그는 웃는 듯 마는 듯 알 수 없는 표정을 지었다. 순간 그의 눈이 반짝거리는 것 같았다. 음, 왜냐하면 너처럼 생각한 철학자가 있었거든. 그 사람도 강에 대한 이야기를 했었어. 나는 짧게 대답한 뒤 떠날 채비를 했다. 누구? 그도 자리에서 일어났다.

크립키, 솔 크립키Saul Kripke.

크리피Creepy하다고? 무슨 이름이 그래? 그가 깔깔대며 웃었다.

아니, 아니, 케이로 시작하는 크-립-키. 나는 영어 발음이 좋지 않았나 싶어 멋쩍게 웃으며 다시 천천히 그의 이름을 말했다. 카라는 장난이라며 어깨를 으쓱하더니 자기도 그 철학자 이름을 들어본 적 있다고 알은체를 했다. 강 이야기는 모르겠지만.

'그 사람이 쓴 책 『이름과 필연』에 나오는 말인데, 영국에 있는 다트머스라는 도시는 다트라는 강 하구에 있는 마을이라고 해서 붙여진 이름이래. 그런데 오랜 세월이 흘러 다트라는 강줄기가 변해서 하구 위치도 달라질 수도 있잖아? 그래도 여전히 그 도시는 다트머스라고 불릴 거라는 거야. 크립키는 이름이라는 것이 어떤 뜻을 갖는 게 아니라 대상을 지칭할 뿐이라는 말을 하고 싶었대. 고정 지시어rigid designator라나 뭐라나.'

그에게 이렇게 대답을 하고 싶었지만 머릿속에서 내용을 다듬다 보니 한없이 말이 길어질 것 같았고, 또 생각해보니 이건 강 이야기가 아니라 도시 이름에 관한 이야기 같았다. 그래서 기억이 잘 나지는 않는다 얼버무리고 어쨌든 포토맥 이야기는 재미있었다고 감사 인사만을 건넸다. 카라는 웃음으로 가볍게 인사를 받았다. 그러고는 "천만에, 오늘도 태워줘서 고마워, 지한" 하고 말했다. 이제껏 외국인에게 들어본 적 없는 정확한 발음의 내 이름이었다.

독립기념일 불꽃놀이

벌써 15년 전 일이다. 나는 의정부에서 2주간 카투사 신병 교육을 마친 뒤 자대로 배치될 시간을 기다리고 있었다. 딸기 향 가득한 4월의 논산에 입대하여 5주간 기초훈련까지 마친 후였으니 집 떠나온 지는 두 달이 넘었을 무렵이었다. 각 부대로 출발하기 몇 시간 전부터 자유시간이 주어졌기에 나는 훈련받았던 장소들을 홀로 돌아다니며 상념에 젖었다. 푸른 잔디와 베이지색 단층 건물들로 채워져 있는 교정은 여전히 이국적이었다. 미국에 있다면 이런 기분이겠지, 싶었다.

야! 혼자 뭐 하냐? 저만치서 같은 방을 쓰던 준형이가 외쳤다. 준형이는 서울에서 태어났지만 중학교 때 미국으로 건너가 고등학교를 졸업하고 귀국하여 입대한 친구였다.

뭐 하긴. 쉬는 중이지, 나는 대답했다. 가족들 아무도 안 왔어? 그는 내게 뛰어와 다시 물었고, 나는 그렇다고 대답했다. 그는 불쑥 내 옷깃을 잡더니 그럼 자기 가족들하고 같이 사제 음식 먹자며 팔을 이끌었다. 아냐, 괜찮아, 정말 괜찮아, 몇 번을 거절했다. 그래도 준형이는 막무가내로 나를 자신의 가족들이 있는 곳으로 데려가려 했고 나는 결국 못 이긴 척 그를 따라갔다. 오랜만에 바깥 음식이 당겼던 걸까, 아니면 이럴 때 혼자 있으면 딱해 보인다는 그의 말에 마음이 약해졌던 걸까.

이날은 훈련 과정이 끝나는 날인 동시에 새로운 부대에서 본격적인 군 생활이 시작되는 날이었고, 또 동시에 '패밀리 데이'였다. 말 그대로 가족의 날. 정작 엄마, 아빠가 보고 싶고 사무치게 집밥이 생각났던 때는 논산훈련소에서였지만 그 당시 한국 군대는 훈련병들의 마음 따위 신경 쓸 겨를이 없었나 보다. 기초훈련이 끝난 뒤 칼같이 다음 훈련소행 열차에 몸을 싣게 했다. 그런데 밥도 맛있고 휴식 시간도 충분했던 미군 훈련소에서 패밀리 데이라고 가족을 초대하는 시간을 준다니. 감상적이기 이를 데 없었다. 어차피 카투사들은 근무하는 부대로 배치받은 후엔 당장 주말마다 외출, 외박이 가능한데 이런 시간이 무슨 의미가 있다고.

그래서 나는 애초부터 가족들에게 패밀리 데이의 존재를

알리지 않았다. 더구나 여기는 의정부였다. 우리 가족과는 어떤 추억이 없는 타지이자 고향에서 차를 타고 오면 족히 네 시간은 걸리는 동네. 며칠 후면 만날 수 있는 상황에서 두 시간 짧은 만남을 위해 가족들이 그보다 배나 더 걸리는 시간을 할애하여 이동하는 것은 불필요한 일이라고 생각했다. 군에 있는 아들이 면회를 요청하면 어느 부모가 거절하겠냐마는 그들에게도 일상이 있고 직장이 있을 터였다. 휴가를 쓰기도 복잡한 일이고 낯선 길 운전도 힘든 일이겠지, 부모님께 괜한 고민거리를 안겨주고 싶지 않았다.

준형이네 가족은 다른 어느 가족보다도 수가 많았다. 무려 열 명 남짓. 할머니를 비롯해 사촌으로 보이는 학생들까지 연령대도 다양했다. 뭐 이리 많이들 오신 거야, 나는 속으로 생각했다. 어색하게 그들을 바라보며 서 있으니 가족들 중 누군가, 아마도 준형이의 엄마나 이모였을 분이, 어서 와 앉으라며 다정한 목소리로 접시에 과일과 초밥을 가득 담아 내 앞에 놓아주셨다. 그러고선 만나서 반갑고 와줘서 고맙다고, 아들이 군에서 좋은 친구를 만났다고, 같은 부대로 가게 되어서 정말 마음이 놓인다며 나를 한껏 치켜세워줬다. 우리는 다 같이 컵에 음료를 따라 몇 차례나 건배를 했다. 서로의 만남을, 우리들의 훈련소 무사 졸업을, 앞날의 멋진 군 생활을, 또 화창한 오늘의 날씨를 위하는 건배였다.

어머니, 아버지가 바쁘셨나 보구나? 그들 중 누군가 내게 물었다. 네, 두 분 모두 직장 생활을 하셔서 말씀 안 드렸어요, 나는 짧게 대답했다. 속이 깊네, 아들이 부르면 분명 오실 테니까, 그는 나를 칭찬하듯 말했다. 그래도 다 이런 시간들이 추억이니까 다음에는 연락드려봐, 나중에 알면 서운해하실 수도 있거든. 이런 게 뭐 그리 중요한가, 나는 속으로 생각했다. 세리머니라는 게 해도 그만 안 해도 그만인 거니까. 사실 나는 12월 31일 자정 보신각종 소리를 들으러 밤새는 사람들도 이해할 수 없었다. 부모님께 대학 입학식에도 오시지 말라고 했었다. 물론 그날 나는 네, 그럴게요! 하고 싹싹하게 대답했지만, 내가 2년 후 전역을 하는 날에도, 5년 후 대학을 졸업하는 날에도, 또 2년이 지나 대학원을 졸업하는 날에도 결코 부모님께 함께하자고 연락하지는 않았다.

*

오늘 7월 4일은 미국의 독립기념일이다. 1776년 7월 1일, 13개 식민지에서 온 대표단은 필라델피아에 모여 영국 의회로부터의 독립 여부에 대해 격렬하게 논의했다. 그 결과 하루 뒤 12개 식민지 대표단이 독립에 찬성표를 던졌고, 이틀 뒤인 7월 4일 의회는 토머스 제퍼슨이 작성한 독립선언서 초안 수정안을 공식적으로 채택했다. 영국 의회와 조지 3세로부터 미국의 독립을 선언한 것이다. 이듬해 7월 4일 첫 번째 독립기념 행사가 필라델피아에서 열렸고, 1870년에 의회는 독립기념일을 국가 기념일로 지정했다.

내게 비록 미국 독립에 대한 해박한 지식은 없지만 세계사 측면에서 미국의 독립이 정치, 경제, 문화 등 거의 모든 영역에서 거대한 사건이라는 것은 안다. 어떤 나라든 어떤 분야든 근현대사를 논할 때 미국 이야기가 빠질 수는 없을 것이다. 하지만 미국의 독립이 폭죽 제조자에게도 엄청난 일일 수 있다는 것을 오늘 밤 불꽃놀이를 보기 전까지는 미처 깨닫지 못했다. 해가 진 아파트 지붕 위에서 본 불꽃들의 향연은 이제껏 어디에서도 보지 못한 장관이었다. 일몰 시간으로 예정된 9시 12분이 가까워지자 멀리에서 폭죽 소리가 하나둘 들려오기 시작하더니 이내 지평선 모든 방향에서 하늘로 불꽃이 피어나는 게 아닌가. 정말 문자 그대로 눈에 보이는 세상의 모든 곳. 멀리 산 아래쪽에서 포토맥 강변을 따라, 또 수많은 건물들 사이에서 그리고 눈앞의 워싱턴 기념탑 사이에서 불꽃이 터져 나왔다.

기사에 따르면 미국인들은 매년 7월 4일에 약 10억 달러, 한화로 하면 1조 원 정도를 불꽃놀이에 쓴다고 한다. 매번 부상과 사망을 수반하는 사고가 일어나 많은 주와 도시에서는 이미 안전을 이유로 개인의 폭죽놀이를 금지하고 있음에도 말이다. 10억 달러가 얼마나 많은 불꽃을 일으킬 수 있는 돈인지 알고 싶다면 30분이 넘는 시간 동안 어느 쪽으로 고개를 돌려도 폭죽을 볼 수 있다고 생각하면 될 듯하다. 처음에는 와— 하고 손뼉을 쳤지만 끝없이 이어지는 팡 팡 팡, 펑 펑 펑 소리에 박수를 멈추게 된다. 이제 끝인가 보다, 하면 다시 또 팡 팡. 정말 길다, 언제 끝나지, 하면 다시 또 펑 펑. 이 생각을 몇 번이나 다시 하게 된다.

결국 끝없는 불꽃 소리에 지쳤는지 대체 왜 이렇게까지 폭죽을 터뜨리나 하는 의문이 들었다. 1776년 첫 번째 독립기념일 행사에서 열세 발의 대포를 쏜 뒤 파티를 시작했다는 것이 독립기념일 불꽃놀이의 시작이라는 이야기는 익히 들었다. 시대가 변하면서 대포와 총성을 폭죽과 불꽃놀이로 대체했다는 말이었다. 그럴 수 있다. 그렇지만 오늘날 수많은 비용과 위험을 지불하는 이 전통을 과연 합리적인 문화라고 정당화할 수 있을까. 비용과 편익을 따져 의사결정 내리기를 좋아하는 이 나라에서 폭죽 산업 번창이 국가 경제에 주는 이득이 상상 이상으로 큰 것일까? 아니면 기념일을 즐기는 사람들의 행복이 10억 달러의 지출보다 더 많은 이익으로 해석될 수 있는 것인가.

애초에 기념일을 요란하게 챙기는 것을 이해할 수 없었

다. 기념일이 존재하는 이유는 사전에 적혀 있는 대로 '어떤 뜻깊은 일이나 훌륭한 인물 등을 오래도록 잊지 아니하고 마음에 간직하기' 위해서이다. 이 표현에는 주어가 지정되어 있지 않으니 기념일은 다양한 층위로 존재할 수밖에 없다. 국가적으로 뜻깊었던 일도 기념일이고 사적으로 뜻깊었던 일도 기념일이다. 훌륭한 인물에 대한 구체적인 기준이 없으니 적당한 합의가 있다면 얼마든지 누군가의 기념일을 만들 수도 있다. 이렇다 보니 시간이 지날수록 기념일은 늘어만 간다. 나라에서 지정한 공휴일뿐만 아니라 밸런타인데이나 화이트데이와 같은 비공식적 기념일, 개인적인 생일이나 기일, 결혼기념일까지. 더 이상 달력을 보지 않고는 기억하지 못할 정도로 많았다. 그런데 이 모든 날들에 이벤트를 한다고? 일종의 에너지 낭비가 아닐까 생각했다. 그저 잊지 않고 마음에 간직하면 되는 것일 텐데.

기념일 이벤트에 대한 나의 불만은 미국에 온 뒤로 더욱 커졌다. 예컨대 한국에서는 밸런타인데이를 연인들의 사적인 기념일이라고 치부할 수 있었지만 미국에서는 결코 그럴 수 없었다. 평소와 다름없이 등원한 어린이집에서 모든 아이들이 서로에게 나누어주기 위해 가져온 초콜릿을 보았을 때 그 당혹감이란. 뒤늦게 마트에서 구매한 사탕을 아이 손에 들려 보내야만 했다. 난생처음 듣는 성패트릭데이를 위해 초록색 옷을 사야만 했고 추수감사절과 핼러윈도 그냥 지나칠 수 없었다. 내가 전혀 파티를 즐기는 사람이 아니었음에도, 실제로 기념일에 파티를 하지 않았음에도, 신경 써야 할 일이 너무 많았다. 매달 행사가 있는 기분이었다. 독립기념일은 그저 불꽃을 보기만 하면 소극적인 기념일이었음에도 불구하고 끊임없이 터지는 폭죽 소리를 듣고 있으니 다시 삐딱한 마음이 솟아오른 것이었다.

나만 이 찬란한 순간을 온전히 즐기지 못하는 사람인지 궁금해 주위를 둘러보니 옥상은 이미 사회적 거리가 유지되지 않을 정도로 많은 사람들로 가득 차 있었다. 그들은 맥주며 와인, 주전부리를 접시에 담아 불꽃을 바라보며 시끌벅적 수다를 떨고 있었다. 어떤 이는 불꽃이 터질 때마다 환호성을 지르고, 어떤 이는 준비한 스피커에서 흘러나오는 노래를 따라 부르며 춤을 췄다. 누군가와 영상통화를 하며 불꽃놀이를 생중계하는 사람도 많았다. 그들에게는 매년 볼 수 있는 축제일 텐데 다들 이 순간이 처음인 양 얼굴에는 웃음과 흥이 가득했다. 코로나 시국이라는 말이 무색할 만큼 세상 화려한 파티가 지금 이곳에서 열리고 있었다.

내 성격이 이상한가 보다, 이제 그만 들어가야지, 하는 순간 누구보다 황홀한 표정을 짓고 있는 한 사람이 눈에 들어왔다. 바로 내 옆에 앉아 있는 다섯 살배기 딸이었다. 아무리 뒤꿈치를 들어도 난간에 시야가 가려 고개를 치켜들고 있어야 했지만 아이는 작은 불꽃 하나라도 놓칠까 한순간도 딴청을 피우지 않았다. 큰 폭죽은 크다고 놀라고, 빨간 불꽃은 자기가 좋아하는 색이라고 신나고, 꽃잎, 하트, 별 모양이 터질 때면 신기하다고 감탄했다. 엄청 예쁘다. 아빠, 이거 언제 또 해? 오늘 무슨 날이야? 아이는 궁금한 게 많았다. 독립기념일이라고 말했지만 목소리가 폭죽 소리에 묻혔다. 그냥 큰 소리로 좋은 날이야 하고 외쳤다. 그러자 아이는 미국에 오니까 좋다, 다음에도 또 같이 보자 했다.

아이가 웃는 모습에 어느새 삐딱한 마음이 온데간데없이 사라졌다. 아이가 좋으니 아빠가 좋고 아빠가 좋으니 할머니가 좋고, 이렇게 모든 가족이 좋아지니 온 나라가 좋아질 수 있는 날, 미국과 이 나라 사람들은 그런 날이 좋아 이렇게 아낌없이 불꽃을 터트리나 보다 싶었다. 어쩌면 독립기념일 불꽃놀이는 가끔은 행복을 위해 묻지도 따지지도 말고 즐겨야 한다는 것을 말하려는 것이 아닐까.

15년 전 '패밀리 데이'를 앞두고 미군 교관이 했던 말이 떠올랐다. '패밀리 데이'는 훌륭하게 훈련을 이수한 너희들을 위한 날이다. 마음껏 축하하고 즐거워하라고, 꼭 가족이 아니어도 되니 누구든 초대해서 건배를 하라고 했었다. 준형이는 이미 그 말을 이해하고 그토록 많은 가족을 초대했던 것일까. 돌이켜보니 고마웠다. 덕분에 건배를 하고 맛있는 음식을 먹으며 웃으며 군 생활을 시작할 수 있었다. 새삼 이제껏 무심하게 흘려보냈던 나의 기념일들이 조금은 아쉽게 느껴졌다. 나를 사랑하는 사람들에도 미안한 마음이 들었다. 어쩌면 그들은 나와 함께 축배를 들고 싶었을 수도, 나와 함께 웃고 싶었을 수도 있는데. 한국에 돌아가게 되면 그들과 함께 성대한 귀국 기념 파티라도 열어야겠다는 마음이 솟아났다.

라테의 발견

며칠 전 아침 문득 커피가 생각나 서둘러 옷을 챙겨 입고 밖을 나섰다. 냉장고에는 아메리카노가 있고 찬장에는 원두가 있어서 집에서도 차갑거나 따뜻한 커피를 마실 수 있었지만 갓 내린 커피를 마시고 싶었다. 아파트 건물에 훌륭한 카페가 있다는 건 참 좋은 일이라고 혼잣말을 하면서 엘리베이터 버튼을 눌렀다.

하지만 그 카페의 입구에 선 순간 내가 진정 원했던 것은 신선한 원두에서 추출한 커피가 아닌 여유롭게 카페에 앉아 커피를 마시는 기분이라는 것을 깨달았다. 그래서 야외 테이블이 있는 한 블록 아래 카페로 주저하지 않고 발길을 돌렸다. 아직 문을 열지 않았을지도 모른다는 걱정과 원하는 것을 찾아간다는 설렘에 3분도 채 되지 않는 짧은 시간 동안 가슴이 두근거렸다. 떨림은 카페 주문대 안에 사람이 있는 것을 눈으로 확인한 뒤에야 비로소 멈추었다. 아직 매장 안에는 아무도 없는 아침, 나는 오늘의 첫 손님이었다.

주문대 앞에서 늘 그랬던 것처럼 아메리카노를 말하고 아이스라고 말을 덧붙이려는데 창문 밖으로 행인의 움츠린 어깨가 보였다. 바람이 서늘한 가을이다. 그때 친구가 가을에는 라테라고 말했던 게 떠올라 재빨리 직원에게 미안하지만 따뜻한 라테로 주문을 바꿔줄 수 있냐고 물었다. 그는 밝게 웃으며 미안할 거 없다고 대답했다. 나는 창가에 기대어 커피가 나오기를 기다렸다. 첫 손님이었음에도 내 이름을 부르기까지 생각보다 오랜 시간이 걸려 카페 안에 걸린 사진과 그림 들을 하나하나 살펴볼 수 있었다. 커피콩 앞에서 있는 농부 사진도 있었고 빨간 커피 열매가 그려진 그림도 있었다. 그림 속 커피나무 잎의 개수를 열다섯 개쯤 세었을 때 비로소 내 이름을 부르는 소리를 들었다. 하얀 거품으로 그린 나뭇잎이 담겨 있는 라테였다.

그 잎이 예뻐 나도 모르게 아름답네요, 라고 중얼거렸다. 직원은 아직 아무도 없는 바쁘지 않은 시간이라 그린 거라고 대답했다. 오랜만에 하는 라테 아트라 오래 걸렸다는 말도 덧붙였다. 나는 짧은 영어로 당신은 재능이 있는 것 같다고 인사했다. 평소 같았으면 별다른 생각 없이 커피를 마시며 오늘의 할 일 따위나 계획하고 있었을 텐데 그 작은 나뭇잎 그림이 마음에 들어 오롯이 라테와 라테 아트만을 생각하며 커피를 마셨다. 고소한 라테도 훌륭했지만 오랫동안 흐트러지지 않고 잔 위에 떠 있는 그림이 주는 감동이 묘하게 진했다. 깜짝 선물을 받은 것 같기도 했고 간직하고 싶은 엽서를 보고 있는 것 같기도 했다. 언젠가 받았던 손 편지를 떠올리게도 했다. 덕분에 카페에 앉아 커피를 마시고 싶었던 나의 바람이 빈틈없이 채워졌다.

사실 이날 마신 커피는 내가 내 돈을 내고 주문한 첫 라테였다. 본디 나는 라테에 적합한 사람이 아니다. 유당불내증이 있어서 우유가 들어간 음료를 그리 좋아하지 않기 때문이다. 비슷한 맛을 느끼고 싶을 때는 두유를 먹거나 어쩔 수 없을 때는 소화가 잘되는 우유를 먹는다. 카페에 가서 굳이 불편한 일을 만들고 싶지 않을뿐더러 커피콩의 쌉싸름함도 좋아하기 때문에 여름에는 차갑게, 겨울에는 따뜻하게 아메리카노를 주문해서 마신다. 라테는 동행자가 시켰을 때 한 모금 맛보는 정도가 전부였다. 정말 그 아침 라테를 주문한 것은 움츠린 행인의 어깨와 함께 우연히 떠오른 친구의 목소리가 유도한 충동적인 결정이었다.

하지만 컵 안의 하얀 나뭇잎이 가을의 낭만을 소환한 그날 이후 라테에 대한 관심이 높아졌다. 어느 카페에 가든 항상 라테를 주문했다. 라테의 맛은 은근히 가게를 혹은 바리스타의 손을 탔다. 에스프레소에 물만 부어 만드는 아메리카노와는 달리 라테는 우유와 우유 거품이 들어가기 때문에 변수가 많다. 맛은 때때로 연하기도 하고 진하기도 하고 기대했던 것보다 달기도 하고 비리기도 했다. 너무 뜨거울 때도 있었고 생각보다 덜 따뜻하게도 느껴질 때도 있었다. 어쩌면 완벽한 라테는 상상 속에서만 존재하는 유니콘 같은 것이라고 생각했다. 집에서 내린 커피에 우유를 넣어 마셔보기도 했지만 에스프레소 기계나 우유 거품기도 없는 상황에서 카페보다 나은 맛을 기대하는 건 옷장에서 유니콘이 나타날 확률 같은 것이었다.

내가 라테에 대해 더 잘 알면 그 맛을 더 잘 느낄 수 있지 않을까라는 단순한 생각으로 관련 정보들도 찾아봤다. 워낙 대중적인 음료라서 라테의 유래나 제조법은 쉽게 찾을 수 있었다. 라테의 어원은 이탈리아어구나, 유럽에서 시작한 음료구나, 비율이나 제조법만 다를 뿐 카푸치노나 카페오레가 모두 비슷한 것들이구나. 알아도 쓸모없는 지식들을 검색하며 라테를 마시곤 했다. 물론 이런 시간은 오래가지 않았다. 나중에 한국으로 돌아가 누구한테 아는 척하기에도 한없이 가벼운 것들이었고 무엇보다 이런 것들을 안다고 해도 라테의 맛을 느끼는 데는 크게 도움이 되지 않았기 때문이다.

그나마 하나 건진 게 있다면 '라테 리버럴latte liberal'이라는 새로운 용어를 익힌 것이었다. 이 용어는 미국에서 보수가 진보를 비꼴 때 쓰이는 단어로 한국식 표현으로는 '강남좌파'쯤 된다. 진보주의자들이 한가하게 스타벅스에서 라테나 마시면서 소위 사회적 약자들을 위하는 이상적인 이야기나 하고 있는 모양새를 비판하면서 등장한 표현이다. 왜 하필 애꿎은 스타벅스일까. 그건 어쩌다 스타벅스가 진보 성향인 도시인 시애틀에 처음 지어진 탓이다. 이 용어는 2015년 코넬대학 마이클 메이시 교수가 「왜 진보주의자들은 라테를 마시는가Why Do Liberals Drink Lattes」라는 논문을 발표한 이후 더욱 주목을 받았다. 논문은 길고 복잡하지만, 사람들이 특정 정치적 문제를 대할 때 본질적인 가치를 판단하기보다는 자신이 속한 집단에서 옳다고 생각하는 가치와 삶의 양식을 따라가는 경향이 있다는 것을 말하고자 했던 것 같다.

물론 실제로 미국의 진보주의자들이 보수주의자들보다 라테를 더 자주 마시지는 않는다고 한다. 커피를 즐겨 마시는 1,500명을 대상으로 한 설문조사에 따르면 진보주의자와 라테의 선택 간에 유의미한 상관관계를 찾기는 어려웠고, 오히려 가장 선호하는 음료는 일반적인 아메리카노였다. 진보주의자들의 라테에 대한 선호가 조금 높긴 했지만 이를 설명할 수 있는 유일한 요소는 세계화에 대한 입장 차이였을 뿐이었다. 자국의 상품을 선택하고자 하는 보수주의자들에게 라테가 유럽에서 시작된 음료라는 인식, 라테가 주는 용어의 이질감은 선택을 주저하게 할지도 모른다는 말이다. 거의 믿거나 말거나 수준이다.

어쨌든 라테의 맛에 다시 한 번 감동을 느끼고 싶은 나의 욕망은 라테를 완성하는 다른 요소에 주목하게 만들었는데 바로 라테 아트였다. 다른 카페에서는 라테를 주문했을 때 따로 그림을 그려주지 않았다. 보통 추가 요금을 내야 해주는 시스템이었고 따로 요청을 받지 않는 곳도 많았다. 다시 예전의 카페로 가볼까 했지만 행여 실망할까 차마 행동에 옮기진 못하고 주변만 맴돌았다. 최후의 보루로 남겨두고 싶었다. 그래도 이왕 시작한 라테 투어의 끝을 보고 싶어서 검색창에 'best latte art in DC'를 입력했다. 수많은 기사와 블로그가 있었고 어떤 글은 순위별로 열 개, 다른 글은 열다섯 개의 카페를 정리해서 보여주었다. 공통적으로 등장하는 카페 다섯 곳을 고른 뒤 구글맵의 평점과 비교하여 신뢰도를 높였고 그중 집에서 가까운 한 곳을 최종 선택했다. 'Cafe Georgetown.' 역시나 DC의 모든 명소는 조지타운에 있다.

카페는 조지타운 어느 도로 한편에 위치한 푸른색 건물 1층에 있었다. 건물이라고 하기에는 주택처럼 보였고 실제로 바로 옆 건물에는 어느 할머니가 살고 계시는 듯했다. 아마 카페도 주택이었던 곳을 개조해 사용하고 있을 것이다. 일부러 찾아가는 것이 아니라면 그냥 스쳐 지나갔을 정도로 흔한 외관이었지만 카페 앞에 파라솔이 있는 테이블 세 개가 놓여 있어서 이곳이 카페라는 것을 알아차릴 수 있었다. 또 입구 옆에는 'Happy Fall'이라고 새겨진 나무판자와 호박과 수수가 담긴 자그마한 손수레가 가을 손님을 맞았다.

이곳이 라테에 자부심이 있다는 사실은 가게 안으로 들어가는 순간 느낄 수 있었다. 문을 열자마자 눈에 보이는 커다란 핑크빛 포스터에 'Daydream latte'라는 문구와 함께 엄청나게 화려한 라테 아트가 그려진 커피잔이 인쇄되어 있었기 때문이다. 하얀 거품 위에 푸른색 산호와 짙은 남색과 갈색의 이파리들이 어우러진 라테 아트는 감탄을 자아내기 충분했다. 제목 없는 현대미술 작품을 보는 것 같은 비현실적인 느낌을 주는 라테 아트였다. 사람의 손으로 이렇게 세밀하게 거품 위에 그림을 그릴 수 있는 것인지 의심까지 들었다. 이러한 감탄과 의심으로 기대감이 더욱 높아졌기에 나는 메뉴판을 보지도 않고 라테를 주문했다. 아트를 원한다는 요청과 함께.

예상하지 못한 질문은 늘 어렵다. 직원이 어떤 그림을 원하는지 묻는 짧은 질문도 잘 듣지 못해 뭐라고요? 하고 다시 물었다. 그가 어떤 라테 아트를 원하는지 조금 천천히 말했을 때 비로소 질문 내용을 알아차렸지만 생각하지 못한 질문이라 답이 바로 나오지 않았다. 동네 카페에서처럼 아무거나 그려주는 건 줄 알았는데 진지하게 라테 아트를 내세우는 곳은 달라도 뭔가 다르다. 그렇다고 갑자기 내 얼굴을 그려달라고 할 수는 없는 노릇이고, 추가 요금까지 냈는데 기껏 하트나 나뭇잎을 그려달라고 하기도 내키지 않았다. 그래서 그냥 유명한 것으로 해달라고 했다. 그래놓고 가장 그리기 쉬운 걸로 해주면 어쩌지, 걱정을 했다.

이번에도 꽤 오랜 시간을 기다렸다. 그동안 옆집 할머니는 쓰레기를 버리러 두 번이나 집 밖을 들락날락하셨고, 커다란 개를 산책시키는 꼬마는 시야에서 사라졌다 다시 나타나 왔던 길을 되돌아왔다. 나에게 주문을 받았던 직원은 나보다 늦게 도착한 네 명의 손님을 위해 창고에서 의자를 꺼내 와 테이블 앞에 펼쳐주었다. 나는 평일 한낮 도로가에 앉아 움직이는 사람들과 지나가는 차를 관찰하며 내가 주문한 라테가 나오기를 하염없이 기다렸다. 혹시 주문을 깜박한 게 아닐까 걱정이 되어 확인해야겠다는 마음이 들 때쯤 카페 문이 열렸다.

우연을 맞닥뜨리는 것만큼 즐거운 일이 있을까? 횡단보도를 건너다 우연히 오래전에 알던 사람을 만났던 순간, 친구의 아내가 우연히 아내의 친구여서 모두 함께 손뼉을 쳤던 순간, 군대 간 동생의 면회실에서 우연히 연예인을 만났던 순간, 헤어지고 돌아오는 길 라디오에서 박성신의 〈한번만 더〉가 흘러나오던 순간, 삶의 모든 우연들은 사랑스럽다. 그런데 오늘 나의 우연 리스트에 추가할 만한 사건이 일어났으니, 문을 열고 계단을 내려오는 직원이 얼마 전 내게 나뭇잎을 그려주었던 바로 그 사람인 게 아닌가. 놀란 마음에 라테 아트에는 눈길 줄 생각도 하지 못한 채 그를 쳐다보았다. 동일인이 며칠 사이에 일하는 카페를 옮길 확률보다 내가 외국인 얼굴을 잘 구별하지 못할 확률이 더 높지 않을까. 내 시선이 노골적이었는지 그는 뭐 필요한 게 더 있는지 물었다. 나는 노, 노를 몇 차례 더듬다가 혹시 여기에서 새로 일하는 분이냐고 물었다. 그는 웃으며 어제부터 일을 시작했다고 대답하며 고개를 끄덕이고는 다시 매장 안으로 발길을 돌렸다. 나를 전혀 알아보지 못한 눈치였지만 오랜만에 등장한 우연에 기분이 좋았다.

그가 사라진 뒤에야 비로소 손안의 따뜻한 라테가 느껴졌다. 뒤늦게 온기가 가득 담긴 곳으로 시선을 돌렸는데 컵 안에서 안녕, 하고 손을 흔드는 판다 한 마리와 눈이 마주쳤다. 우유 거품의 하얀색과 라테의 갈색이 어우러진 한없이 귀여운 판다는 얼굴만큼 커다란 앞발을 들어 정말 손 인사를 하는 것 같았다. 단순한 선과 점으로 그려진 그림이었지만 웃고 있는 표정까지 느껴지는 판다였다. 이래서 라테 드로잉이나 라테 스케치가 아니라 라테 아트라고 부르는 걸까. 만든 이의 정성과 감각이 보는 이에게 전달되고 그의 마음까지 움직인다면 재료가 무엇이든, 가격이 어떻든 그것을 예술이 아니면 뭐라고 부를 수 있을까.

가을의 찬 바람에 라테의 온기가 사라질까 저어하며 서둘러 컵 끝에 입술을 댔다. 부드러운 우유 거품을 따라 들어온 향긋한 커피 향이 혀끝에서 목으로 넘어가며 온 입안을 촉촉하고 따뜻하게 감쌌다. 이제까지 마셨던 몇 잔의 라테들과 다른 점이 무엇이었는지는 도무지 설명할 길이 없었지만 정말이지, 흠잡을 데 없이 훌륭했다. 한 모금 들이켠 후에도 판다는 여전히 안녕 하고 내게 손을 흔들었다. 절로 웃음이 났다. 라테를 완성하는 건 어쩌면 그저 마시는 날의 기분인지도 모르겠다. 고개를 들자 구름 한 점 없는 푸르고 높은 가을 하늘이 보였다. 가을에는 역시 라테야, 한국도 라테가 어울리는 계절을 지나고 있겠지. 친구에게 이 고소한 맛과 귀여운 판다를 전해주고 싶은 마음이 한가득 차올랐다.

깜깜한 밤

어젯밤에도 어떻게 잠이 들었는지 모르겠다. 창문으로 들어오는 빛을 피하려고 수차례나 고개를 돌리고 자세를 고쳐보았지만 애초부터 의미 없는 몸부림이었다. 침대 위치를 바꿔보기도 하고 안대를 쓰는 방법을 생각해보기도 했지만 그 역시 추위나 낯선 이물감 같은 또 다른 불편을 초래하는 일이었다. 건축가가 애초에 방을 설계할 때 침대 위치로 의도한 장소는 분명해 보였다. 그는 그저 건너편 집에서 블라인드를 뚫을 만큼 밝은 빛의 전구를 사용하리라고 예측하지 못했을 뿐이었다.

암막 커튼을 설치하고 싶었지만 월세를 내고 사는 입장에서 이미 설치되어 있는 블라인드를 제거하기란 번거로운 일이었다. 어쩔 수 없이 차선책으로 암막 스티커를 구매했다. 분무기로 창문에 물을 흠뻑 뿌린 뒤 창문 크기에 맞게 자른 커다란 검정 스티커를 조심스럽게 붙였다. 거대한 휴대폰 액정 필름을 붙이는 기분이었다. 모든 작업을 마무리하고 어느 때보다 밤이 되기를 기다렸다.

그러나 막상 밤이 찾아오자 기대는 실망으로 바뀌었다. 정말 꼼꼼하게 암막지를 붙였다고 생각했는데 잠자리에 들었을 때 여전히 창틀 사이로 새어 드는 빛이 보였다. 아무리 니드를 강하게 조여도 샤워 호스에서 떨어지는 물방울을 막을 수 없던 기억이 떠올랐다. 어쩔 수 없는 건가. 내가 원하던 밤이란

함께 있는 사람의 목소리만을 통해 존재를 알 수 있을 만큼
창밖 별의 개수를 셀 수 있을 만큼
별빛만으로 손그림자놀이를 할 수 있을 만큼
그리하여 눈을 떴는지 감았는지 분간할 수 없을 어둠으로 채워진 시간

언제쯤 이런 완벽한 밤에 잠들 수 있을까. 늘 마음 한편에 작은 불만을 품은 채 수개월을 지냈다.

오늘도 잠을 설친 탓인지 셰넌도어동굴Shenandoah Cavern로 가는 길 내내 멍하니 한 가지 생각만 붙잡고 있었다. 표지

판과 지도에는 왜 'cave'가 아니라 'cavern'이라고 적혀 있을까? 딸이 읽고 있는 『곰 사냥을 떠나자』라는 그림책에서도 곰은 좁고 어두운 'cave'에 살고 있다는데 제대로 된 동굴에 가고 있는 것은 맞는지 의심스러웠다. 우연히 본 도로 표지판에 사로잡힌 생각이 한 시간째 머릿속을 떠나지 않았다.

의문은 입구 매표소에 도착했을 때 비로소 풀렸다. 나 같은 사람이 많았는지 팸플릿에 친절하게 설명되어 있었다. 'cave'는 내가 알던 대로 햇빛이 들어오지 않는 부분이 있을 만큼 충분히 큰 지하의 빈 공간을 가리키는 용어였고, 'cavern'은 그중에서 석회 동굴처럼 용해성 암석으로 이루어져 있어서 빗물이나 지하수에 의해 자연적으로 확장될 수 있는 공간을 지칭하는 말이었다. 어쨌든 둘 다 동굴이었다. 잘못 찾아온 것은 아니라는 생각에 안도했다.

딸은 차에서 내리자마자 안아달라고 칭얼거렸다. 동굴에 가고 싶다던 마음은 어느새 사라지고 어두운 곳으로 들어갈 생각에 겁이 난 모양이었다. 거대한 곰 조형물 탓도 컸다. 매표소 한쪽에서 까만 눈으로 우리를 내려다보고 있는 복슬복슬한 곰들이 어찌나 거대하던지. 정말 동굴 앞에서 곰을 만날 줄은 예상하지 못했다. 실제로 동굴 안에 곰이 살고 있었던 걸까. 셰넌도어국립공원이 미국 곰의 서식지라고 하던데…. 물론 매표소 곰들은 오래전 마을에서 퍼레이드를 할 때 사용했던 인형들이었고, 딸에게도 이 사실을 알려주었지만 아무런 소용이 없었다. 피로감이 몰려왔다.

셰넌도어동굴은 버지니아에서 엘리베이터가 설치된 유일한 동굴로 유명했지만 코로나로 운행이 중단된 상태였다. 어쩔 수 없이 우리는 계단을 통해 지하로 걸어 내려가야 했다. 평소라면 동굴을 관리하는 직원들에게만 허락된 비상통로였을 것이다. 딱 봐도 가파르고 투박한 계단은 관광객을 위한 용도가 아닌 게 분명했다. 아직 불을 켜지 않았는지 위에서는 동굴 바닥이 보이지 않았고 어떠한 인기척도 느껴지지 않았다. 얼마나 깊이 내려가야 하는지 감이 오지 않았다. 용감하게 앞장선 사람을 따라 간신히 계단에 발을 내디뎠다.

한 발 한 발 지하 동굴을 향해 내려갈 때마다 매표소의 따뜻했던 온기가 조금씩 옅어졌다. 겉옷을 입은 채 겁먹은 아이를 안고 80계단을 내려왔음에도 땀을 나기는커녕 서늘하기만 했다. 바닥에 도착해 한숨을 돌리고 고개를 들어보니 눈앞은 온통 갈빛이었다. 사방에 솟은 종유석과 석순, 석주 들이 어떠한 규칙도, 패턴도 없이 가이드가 켜놓은 주황색 전구를 반사하는 중이었다. 길고 짧고 둥글고 모난 동굴 속 조형물들은 커튼처럼 지하 공간을 둘러싸고 있었고, 종유석에서는 수백 년 동안 떨어졌을 물방울이 여전히 쉴 새

없이 떨어지고 있었다. 계속 맞고 있다가는 내 어깨 위로도 석순이 자라는 게 아닐까. 자리를 피하고 싶었지만 가시거리가 10미터도 채 되지 않아 움직이는 사람이 아무도 없었다. 가이드가 이동할 때까지 꼼짝없이 제 자리에서 어깨를 적시는 물방울 개수를 세야만 했다.

셰넌도어 관람이 이전에 방문했던 동굴 관람과 다른 점은 가이드가 이동하면서 동굴 속에 설치된 전구를 켜고 끈다는 점이었다. 누구도 가이드를 앞장설 수 없는 시스템이다. 그는 특정 지점까지 사람들은 안내하면서 전구를 켜고 모든 이가 그곳에 도착하면 지나온 길의 전구는 다시 소등하기를 반복했다. 마치 『어린 왕자』의 가로등지기처럼 그는 끊임없이 동굴 속 가로등을 껐다 켰다. 그것도 매우 성실하게. 어린 왕자가 가로등지기를 가리키며 "내가 보기에 우스꽝스럽지 않은 사람은 이 사람뿐이야. 그건 아마 이 사람이 제 자신이 아닌 다른 것에 정성을 들이고 있기 때문일 거야"라고 했던 말은, 꼭 동굴 속 가이드를 두고 하는 말 같았다.

『어린 왕자』의 가로등지기는 스스로 본인의 일을 끔찍하게 여겼지만 동굴 가이드는 달랐다. 오히려 그는 이런 구조를 십분 활용해 관람객들의 흥미를 유지시켰고 이를 즐기는 것처럼 보였다. 어두운 방 안에서 "서프라이즈!"를 외치며 촛불 가득한 생일 케이크를 안겨주는 것처럼, 그는 무지개 빛깔 조명을 거대한 석주에 비추며 관객의 환호성을 유도했다. 동굴에는 유독 커튼처럼 보이는—그래서 베이컨층이라고도 불리는—반투명의 물결 모양 구조물들이 다수 형성되어 있어서 실제로 조명과 함께했을 때 그 아름다움이 극대화되었다. 얼어붙은 폭포처럼 보이는 'Diamond Cascade'도 빛에 따라 다이아몬드처럼 눈부시게 반짝였다.

건강한 눈은 어둠에 적응하는 데 25분 정도의 시간이 필요하다고 한다. 동굴에 들어왔을 때는 전등 주변을 제외하고는 어떤 것도 보이지 않았지만 시간이 지날수록 눈에 들어오는 정보가 많아졌다. 눈이 떠지자 동굴이 원형 트랙처럼 단순한 구조가 아니라 S자 형태의 복도와 여러 개의 방으로 이루어졌다는 것을 느낄 수 있었고 탄성을 자아내던 화려한 동굴 구조물도 조금씩 비슷해 보이기 시작했다. 가이드가 외치는 '서프라이즈'도 세 번째쯤 되니 더 이상 전혀 서프라이즈하지 않았다. 아이도 어두움과 동굴에 적응을 했는지 어느 순간 칭얼거림을 멈추고 주변을 맴돌며 축축하고 미끈대는 돌들을 만지면서 놀았다.

그러던 중 가이드가 마지막 이벤트가 있다며 사람들을 모았다. 아직 가로등이 소등되지 않아 더 이상 특별하지 않은 동굴의 풍경이 눈에 그대로 들어오는 장소였다. 그는 사람들에게 잠시 휴대폰을 꺼내지 말라고 당부하며 하나, 둘, 셋을 함께 외치자고 했다. 그의 구호에 따라 우리들은 소리쳤다.

One,

Two,

Three!

순간 모든 빛이 사라졌다. 그때 내가 마주한 어둠이란, 겁에 질려 손가락만 간신히 붙잡고 있는 딸의 표정은커녕 얼굴의 위치도 찾을 수 없을 만큼, 공간에 대한 감각이 사라져서 한 발자국도 뗄 수 없을 만큼, 정말 눈을 떴는지 감았는지 분간할 수 없을 만큼, 그래서 허공에 손을 휘휘 저으며 무언가로부터 나를 보호해야 한다는 걱정이 들 만큼의 깜깜함이었다. 시각을 제외한 다른 감각들이 예민해졌다. 어둠 속에서는 신체가 편히 잠들 수 있으리라는 예상과 달리 모든 부분이 깨어나는 기분이었다.

가이드는 그곳이 동굴 안에서 유일하게 어떤 빛도 들어올 수 없는 공간이라고 했다. 지상에서 경험할 수 없는 절대적인 어둠을 마주할 수 있는 장소인 셈이었다. 1분도 채 되지 않는 시간이었지만 영원처럼 느껴졌다. 다시 불이 켜졌을 때야 비로소 크게 숨을 내뱉을 수 있었다. 동굴을 빠져나오는 내내 어둠이 나를 쫓아오는 것 같았다.

동굴을 벗어나며 생각했다. 나는 왜 완벽이라는 말을 좇아 살고 있는가. 무엇이든 완벽한 것이 좋은 것이라는 믿음이 있다. 완벽한 학생, 완벽한 연인, 완벽한 부모. 전문가들의 충고에도 불구하고 이런 개념에 대한 집착을 버리는 일이 쉽지 않았다. 완벽한 상태란 도달하기 힘든 상태일 뿐 분명 누구에게나 보다 우월한 상태일 거라고 믿었다. 매일 밤 완벽한 어둠을 바라는 마음도 이런 믿음에서 기인했을 것이다.

그런 내게 동굴 속 어둠은 깜깜한 밤에 대한 환상을 깨트렸다. 완벽한 밤이 완벽한 잠을 이끌지 못할 수도 있다는 사실을 깨달았다. 어쩌면 나는 애초부터 절대적 어둠 속에서는 편히 잠들 수 없는 사람이지 않았을까. 깊은 잠을 방해했던 건 빛 자체가 아닌 빛 없는 어둠을 찾으려는 나의 마음이었을 것이다. 이곳은 땅속 동굴이 아니니까 어차피 내가 살고 있는 세상에 완벽한 어둠이란 존재하지 않는다. 한없이 두꺼운 커튼을 치고 꼼꼼하게 스티커를 붙여도 빛은 분명 어디에선가 새어 들어올 거다. 하지만 그래도 괜찮다. 그 빛 알갱이 덕분에 잠이 깨더라도 꿈을 꾸고 있는 딸의 얼굴을 볼 수 있으니까. 그럼 된 거다. 이 정도면 충분히 깜깜한 밤이다.

추수감사절 저녁 식사

매년 11월 넷째 주 목요일은 추수감사절이다. 미국에서는 가장 큰 공휴일 중 하나지만 나에게는 그저 어린이집이 운영되지 않는 날일 뿐이다. 쌀쌀한 연휴 동안 아이와 춥지 않게 나들이할 수 있는 장소를 찾을 생각밖에 없었다.

그러던 어느 날 아내와 직장 동료의 통화 내용을 건너 들었다. 동료 이름은 다리니, 인도에서 태어나 7년 전에 미국으로 건너와서 석사 학위를 받고 직장 생활을 하고 있는 독신 여성이었다. 그는 홀로 외롭게 타지 생활을 하는 와중에도 추수감사절에는 항상 누군가로부터 식사 초대를 받아 좋았다고 했다. 하지만 올해는 코로나 유행으로 주변에 남아 있는 사람이 없다며 아쉬움을 토로했다. 자기와 비슷한 처지의 외국인 동료들은 진즉에 자기 나라로 돌아갔고 미국인들은 모두 가족을 만나러 고향으로 떠났는지 평소에는 바쁘게 울리던 휴대폰도 조용하고, 메일이나 메신저도 오지 않는다고 했다. 그의 사정을 듣고서야 미국에서 추수감사절은 누구와 함께 있어야 한다고 느끼는 날이라는 것을 깨달았다.

그럼 같이 저녁이라도 먹자고 해봐, 내가 아내에게 말했다. 아내는 나의 제안에 무척 반색했다. 아내는 내가 불편해할까 봐 굳이 먼저 말하지 않은 것 같았다. 사실 그럴긴 하다. 친분 없는 사람과 함께하는 식사 자리는 결코 쉬운 일이 아니다. 더구나 상대는 외국인. 그래도 본인 친구니까 알아서 전담 마크할 테니 괜찮겠지 싶었다. 그런데 막상 약속을 만들다 보니 모임의 규모가 커졌다. 우리 가족 셋에 다리니, 그리고 또 다른 친한 직장 동료 커플까지. 이렇게 여섯 명이 함께 저녁을 먹게 된 것이다. 뒤늦게 합류한 커플이 자신들의 집으로 초대했다.

집주인이자 아내의 또 다른 친구 샤론 역시 인도인이었고, 그의 남자친구는 홍콩인이었다. 다들 워싱턴에서 돈벌이를 하고 있는 사람들이다. 그러니까 어찌 보면 미국에서 일하는 외국인 노동자들끼리 미국 명절에 먹는 저녁인 셈이었다. 추석에 만나 함께 송편을 빚는 이주노동자들 같은 상황이랄까? 어쩌면 서글프게 비칠 수도 있는 상황이지만 내 기분은 전혀 그렇지 않았다. 오히려 처음으로 외국인 가정집에 방문한다는 사실에 설레었다. 노크를 하고 문이 열리기를 기다리는 동안 평범한 철문 뒤에 비현실적이라고 느낄 만큼 낯선 풍경이 눈앞에 펼쳐지기를 기대했다.

*

집 안은 어두웠지만 반짝였다. 실내는 몇 개의 백열등과 그보다도 작은, 크리스마스트리 장식용 전구처럼 보이는 조명들로 밝혀져 있었다. 어둠에 눈이 적응하자 곳곳에 켜진 촛불도 눈에 들어왔다. 은은하게 빛나는 전등 근처에는 액자와 사진 들이 가득했다. 예사롭게 보이지 않는 코끼리 그림도 있었고 커플들의 흔한 추억 사진도 벽에 걸려 있었다. 인테리어에 꽤나 신경을 쓴 것처럼 보이는 배치였다. 시각자극이 무뎌질 때쯤 후각이 발동되었다. 자연스럽게 음식향이 가득한 곳으로 다리가 움직였다. 낯선 냄새가 느껴졌다. 내가 한 번도 먹어보지 않은 향신료를 사용하고 있는 것이 분명했다. 카레 냄새인가 싶다가도 과일을 삶고 있는 것 같기도 했다.

어느 누구도 미국인은 아니었지만 오늘의 메인 요리는, 어쩌면 당연하게도, 칠면조 구이였다. 6인용 식탁 한가운데 닭보다 세 배는 더 커 보이는 칠면조가 위풍당당하게 자리하고 있었다. 다양한 종류의 빵과 치즈가 이를 둘러싸고 있었고, 샐러드와 옥수수, 쌀밥도 있었다. 나를 이끌었던 요리는 버터치킨카레와 크랜베리소스였다. 식탁은 빨강, 노랑, 파랑, 초록 단풍으로 물든 가을 산처럼 알록달록했기에 마치 영화 속에 들어와 있는 기분이 들었다. 추수감사절 저녁 식사는 마땅히 이런 모습이어야 할 정도로 환상적이었다. 우리가 준비해 간 와인과 음료를 올려놓자 식탁은 더 이상 음식을 둘 곳이 없을 정도로 가득 찼다.

식사가 무르익을 때쯤 아이는 칠면조 요리를 두고 미국은 역시 치킨도 크다고 말했다. 옆에 있던 샤론은 치킨이 아니라 터키라며 두 새의 차이점에 대해 한참을 설명했지만 아이는 이해하지 못했다. 나는 우리가 농장에서 봤던 괴상하게 생긴 동물이라며 말을 받았다. 그러자 아이는 내게 왜 추수감사절에 못생긴 터키를 먹는지 되물었다. 글쎄. 아마 단둘이 있었다면 일단 생각나는 대답을 말하고 넘어갔을 테지만 왠지 누군가 정답을 알고 있을 것 같아서 아무 말이나 내뱉을 수가 없었다. 아빠도 모르겠네, 하고 고개를 들어 모두에게 질문을 던졌다.

“왜 추수감사절에 칠면조를 먹어요?”

가벼운 질문이었지만 홍콩인과 인도인, 한국인 중 자신있게 정답을 말할 수 있는 사람은 아무도 없었다. 갑작스럽게 추수감사절에 칠면조를 먹게 된 유래에 대한 토론이 시작되었다. 호스트인 샤론이 정답을 맞힌 사람에게 작은 상품을 주겠다며 판을 키우고 흥을 돋우었다.

내가 먼저 말할래, 샤론이 숟가락을 들고 아이를 보며 말했다. "Thanksgiving과 Turkey가 모두 알파벳 T로 시작해. 그렇다고 Tiger나 Turtle을 먹을 수는 없잖아?" 그의 답변이었다. 너스레를 떠는 그의 표정과 몸짓에 우리들은 모두 손뼉을 치며 웃었다. 정답일 리 없었지만 그의 농담에 분위기가 훨씬 편안해졌다. 어떤 답변이든 무안하지 않을 것 같았다.

다음은 그의 파트너 홍콩인의 입장이었다. "11월 말이 칠면조가 가장 맛있을 때가 아닐까? 살이 가장 통통하게 오른다거나…." 그는 자신이 없었는지 대답하는 목소리가 잦아들었다. 에이, 칠면조는 항상 통통하던데? 샤론의 반박에 그는 귓불을 만지며 멋쩍게 웃고만 말았다. 칠면조 생애주기를 잘 모르는 내 입장에서는 그럴싸하게 들렸기에 큰 박수를 쳤다. 음식은 제철에 먹어야 제맛이니까.

다리니 차례였다. 그는 기다렸다는 듯이 대답했다. "칠면조가 옛날부터 사냥하기 쉬운 동물이 아니었을까? 칠면조는 날 수 없잖아. 그렇지? 그래서 편하게 잡아먹을 수 있었을 거 같아"라고 말했다. 닭도 있는데 왜 하필 칠면조야? 또 다시 호스트인 샤론이 반문했다. 글쎄, 오래전부터 아메리카 대륙에 칠면조가 더 많았나 봐, 닭은 알이 필요하니까 더 소중하게 여겼을 수도 있고. 다리니의 답변에는 막힘이 없었다. 영리한 친구라고 생각했다.

내가 답할 차례였지만 그럴듯한 아이디어가 떠오르지 않았다. 다리니와 샤론의 대화에서 가까스로 답변을 짜냈다. “추수감사절 저녁은 보통 오늘처럼 여러 사람이 함께 먹잖아요? 그럼 치킨 한 마리로는 부족할 텐데 그렇다고 두세 마리를 요리하는 건 부담스러울 테니까 커다란 칠면조를 먹게 된 게 아닐까요.” 더듬거리며 간신히 말을 마쳤다. “추수감사절에 꼭 닭이나 칠면조를 먹어야 하는 이유가 있어?” 아내가 물었다. 예부터 한국에서도 귀한 손님 오고 그러면 씨암탉 잡는 것과 비슷할 거라고, 원래 잔치에서는 새 요리를 하는 거라고 말하고 싶었지만 소는 비싸다며 어물쩍 넘어갔다.

아내는 칠면조에 어떤 상징이 있는 것 같다는 의견을 피력했다. “예를 들면 다산이라든지, 풍요라든지. 아니면 가을까지 잘 자란 칠면조는 풍년이나 행운을 의미한다거나. 대지의 여신께 감사하는 마음으로 바치는 제물 같은 거죠.” 아내가 말을 마치자 좋은 생각이다, 이게 정답일 것 같다며 사람들의 칭찬이 이어졌다.

그럼 이제 구글링을 해볼까, 샤론이 숟가락을 들고 진행을 계속했다. 과연 누구의 말이 정답일까? 과연 오늘의 선물은 누구에게? 어느새 모두 손바닥으로 식탁을 두드리기 시작했다. 둥둥둥, 둥둥둥.

*

워싱턴에 와서 알게 된 도리스 리Doris Emrick Lee라는 화가가 있다. 한국에서 그다지 유명하지 않지만 미국에서는 대공황 시대에 가장 성공한 예술가로 알려진 여성 미술가다. 그는 1930년대부터 1960년대까지 활동하면서 꽤 많은 그림과 판화 작품을 남겼는데, 다양한 미국 전원 풍경과 사람들의 생활상을 묘사하면서 이름을 알렸다. 그의 작품에는 오래전 미국의 모습을 꽤 즐거운 마음으로 상상하게 만드는 힘이 있다고 한다.

대공황 시대와 즐거움이라니. 얼핏 어울리지 않은 단어 같지만 그의 그림을 보면 기분이 좋아질 수밖에 없다. 채색된 그림들은 화려하면서도 경쾌하고 따뜻해서 엽서로 소장하고 싶고, 흑백의 판화는 인물과 주변 사물을 바라보는 세심하고 작가의 밝은 시선이 그대로 느껴져 휴대폰 바탕화면에 넣어두고픈 마음이 든다. 예를 들어 그의 1945년 작품 〈수확기Harvest Time〉를 보고 있으면 당장이라도 피크닉 가고 싶은 마음이 샘솟는다. 푸른 하늘 아래 잔디밭 테이블에 둘러앉아 맥주를 마시고 웃고 있는 사람들이 그렇게 편안해 보인다. 브루어리에서 맥주를 마셨던 어느 일요일 오후가 떠오른다.

도리스가 주로 활동했던 지역은 뉴욕이었지만 워싱턴 D.C.에서 그의 작품을 만날 수 있는 장소가, 내가 알기로는, 두 군데 있다. 하나가 바로 우체국 건물Ariel Rios Federal Building이다. 1935년 미국 재무부는 그에게 워싱턴에 있는 중앙우체국 실내 벽면에 그림을 그려달라고 의뢰했다. 도리스는 건물의 성격에 맞게 〈일반상점과 우체국General Store and Post Office〉이라는 그림을 그렸다. 20세기 초까지 미국 시골 상점은 종종 우체국 역할도 했기 때문에 일반상점과 우체국을 함께 그린 것이다. 그림 속 사람들은 상점의 왼쪽에서 우편 업무를 보고 오른편에서는 식음료를 사고 신문을 읽는다. 상점 안에 세워진 벽면과 반듯하게 서 있는 사람들, 천장으로 올라간 난로 연통 덕분인지 다소 바쁘게 보인다. 특유의 생동감으로 만화 같기도 하고 현실감 넘치는 사진 같기도 한 작품이다.

두 번째 장소는 스미소니언미국미술관이다. 무명이었던 도리스는 1935년, 서른 살에 출품한 작품으로 미국 전역에 이름을 알리게 되는데, 그 작품이 바로 〈추수감사절Thanksgiving〉이다. 부엌에서 추수감사절 잔치를 준비하는 여성들과 아이들을 묘사한 이 그림은 시카고미술협회에 처음 전시되고 그해 로건상Logan medal of the arts을 수상하는 기염을 토한다. 우연하게도 우체국 벽화를 의뢰받던 날 수상까지 하는 행운을 누렸다고 한다. 스미소니언미국미술관에는 이 그림의 석판화 버전이 있다. 그림은 농장을 가까이에 둔 어느 시골의 소탈한 가정집 부엌을 그린 것처럼 보이지만 접시를 놓는 찬장이나 칠면조를 굽는 오븐, 아이만을 위한 유아 의자가 있는 것을 보면 이곳이 가난과는 거리가 먼 곳임을 짐작하게 한다. 다섯 명의 여자와 네 명의 아이 모두 백인이고, 입고 있는 옷이나 쓰고 있는 모자에서도 어느 정도의 경제적 여유가 느껴진다. 표정도 모두 활기를 띠고 있다. 칠면조를 굽는 여인, 밀가루 반죽을 하는 여인, 꽃병을 들고 가는 여인, 고양이와 노는 아이, 누구 하나 지루함이 없다. 오븐 아래에서 눈을 감고 엎드려 있는 강아지조차 온기를 즐기고 있는 것 같다. 어쩌면 대공황 시대의 이상향을 그린 것인지도 모를 정도로 추수감사절을 준비하는 그들의 모습엔 생기와 사랑이 넘친다. 마치 우리의 오늘 저녁처럼.

*

식탁을 두드리는 손바닥 소리가 커질 만큼 커졌을 때쯤 샤론이 외쳤다. "찾았다! 자, 누가 맞았는지 잘 들어봐." 그는 추수감사절의 유래부터 설명하고 있는 긴 글을 재빠르게 읽어 내려갔다.

"추수감사절은 남북전쟁 승리 직후 전국적인 평화 이벤트를 찾던 에이브러햄 링컨 대통령이 1863년에 국경일로 공표하였지만 최초의 추수감사절은 200년이나 더 거슬러 올라간다. 바로 1621년 플리머스 지역(북아메리카에 개척된 초기 영국 식민지)에서 열린, 유럽에서 건너온 청교도들이 신도들의 행운을 비는 가을 감사 예배이자 잔치가 그 시작인 것이다. 만약 최초의 추수 감사 만찬에 올라온 고기가 칠면조였다면 오늘날까지도 칠면조를 먹는 이유도 쉽게 찾을 수 있다. 말하자면 그냥, 전통인 거지." 샤론이 여기까지 말했을 때 사람들의 시선은 아내를 향했다. 그나마 비슷한 답을 말한 아내가 승리자로 굳어지는 듯했다.

"하지만 첫 추수감사절을 기록한 문건에 칠면조는 없었대. 오히려 사슴과 물새류 같은 것이 있었다고 하네." 샤론은 계속해서 설명했다. 유럽에서는 추수철에 귀족들이 백조나 왜가리 같은 대형 철새를 잡아서 요리하는 풍습이 있었고, 서민들은 보다 작은 철새인 거위를 잡아먹었다고 했다. 계절의 변화를 알리는 철새가 추수 감사 기도를 올리기에 적합한 동물로 간주된 것이다. 그런데 콜럼버스가 아메리카 대륙을 발견한 이후 유럽에서는 아메리카에서 들여오는 칠면조를 먹기 시작했고, 이 문화가 다시 미국으로 건너갔다는 말이다. 누구도 말하지 않은 답이었다.

이제 마지막이야, 샤론의 눈이 반짝였다. 칠면조를 먹게 된 배경에는 실용적인 이유도 있었다. 칠면조는 닭이나 소와 달리 알을 낳거나 우유를 만들지 않기 때문에 순수하게 식용을 목적으로 기르는 동물이라는 것이다. 굶주림이 일상이던 시절 식탁을 가득 채울 만큼 크다는 점도 명절에 어울리는 식재료였다고 했다. 그 말을 듣는 순간 나는 고개를 끄덕이며 손뼉을 쳤다. 무릎에 앉아 있는 아이에게 아빠가 이길 것 같다고 속삭였다.

샤론은 노란색 종이에 펜으로 큼지막하게 'WINNER'라고 적은 뒤 양 끝자락을 붙여 왕관을 만들었다. 그러고선 모두에게 다시 물었다. "Who is the winner?" 모두의 손가락이 나를 가리켰고 내 머리 위에 황금빛 왕관이 씌워졌다. 동시에 환호와 웃음, 박수와 함성이 터졌다. 우리가 있는 모든 공간이 빈틈없이 채워지는 기분이었다. 시상식에 소감이 빠질 수는 없는 법. 멋쩍은 표정으로 자리에서 일어나 마이크처럼 숟가락을 들었다.

"감사합니다, 저녁 식사 초대해주셔서 감사하고, 또 이렇게 큰 선물 주셔서 감사합니다. 그리고 음, 사실 미국에서 처음 맞는 추수감사절이다 보니 어떻게 보내야 할지 아무 생각이 없었거든요. 그냥 마트에서 파는 조리된 칠면조 고기나 사서 데워 먹어보려고 했죠. 그런데 여러분들과 함께 웃으며 맛있는 음식을 함께 먹다 보니 왜 미국 사람들이 다들 집으로 가고 친구들을 초대하는지 조금은 알 것 같아요. 뭐랄까, 새로운 가족이 생긴 것 같은 기분이 듭니다. 행복하네요." 연신 고개를 숙이며 감사하는 말을 반복했다.

외국인 노동자들은 모두 비운 잔을 채우고 축배를 들었다. 그렇게 몇 번이나 술잔을 부딪쳐 반가움을 나누고 서로의 안녕과 행복을 빌었다. 샤론 커플의 연애 이야기를 듣고 우리의 결혼식에 대해 들려줬으며, 서로 미래의 꿈을 공유했다. 비록 출신도 다르고 언어도 다르고 피부색도 다른 우리였지만 먼 타국에서 같은 장소와 시간을 나누는 이 순간만큼은 누구보다 가까운 친구이자 가족임이 분명했다. 아무도 외롭지 않았고 누구도 어색해하지 않았다. 도리스가 그렸던 어떤 장면보다도 멋진 밤이었다.

페리스의 바퀴

놀이기구에서 인생이 보인다는 건 이제 내가 더 이상 아이가 아니라는 것이겠지. 어쩌면 인생이란 대관람차를 타는 것이 아닐까. 혼자든 둘이든 각자의 공간에 몸을 실은 채 하늘 높이 올라가지만 시간이 흐르고 나면 결국 아무 데도 가지 못하고 탔던 자리에서 내려야만 한다. 우리가 저 높은 곳에 있었어, 하고 꼭대기만 추억할 뿐. 누군가 인생은 돌고 도는 회전목마라고 말하지만 아무리 생각해봐도 대관람차가 더 어울린다.

워싱턴을 가로지르는 포토맥강을 따라 남쪽으로 내려오다 보면 꽤 멀리서부터 대관람차가 보인다. 대관람차가 설치된 '내셔널 하버'라는 관광지는 이름대로 항구를 품고 있어서 지대가 낮고 주변에는 높은 건물도 거의 없기 때문이다.

사실 내셔널 하버를 관광지라고 부르기에는 여러모로 부족하다. 바닷가가 아니기에 긴 해변이 있는 것도 아니고 명성 있는 식당이 즐비한 것도 아니다. 기껏해야 카약이나 패들보트를 탈 수 있는 소규모 시설과 생긴 지 얼마 되지 않아 비싸 보이는 기념품 가게, 음식점만 눈에 띈다. 그나마 멀리서라도 워싱턴의 스카이라인을 볼 수 있는 '수도의 바퀴 Capital wheel'가 있어 사람들이 발길이 끊이지 않는다.

캐피털 휠을 타러 가는 길은 사람들로 하여금 즐거움과 기대감이 커져가도록 영리하게 설계되어 있다. 주차장에서 내리면 눈앞의 회전목마에 발걸음이 멈추게 되고 이내 강가 모래사장에 파묻혀 있는 커다란 포세이돈 형상에 감탄한다. 매표소로 가는 길에는 아이스크림 트럭과 핫도그 트럭이 코와 혀를 강렬하게 유혹한다. 고개를 들어 55미터짜리 거대한 휠을 올려다보기 전부터 흥분할 수밖에 없다. 마침내 도착한 탑승점에서 마주한 42대의 곤돌라는 생각보다 빨라 입장권을 쥔 손에 잔뜩 힘이 들어간다. 저렇게 힘차게 회전하는 통 안에 몸을 실을 수 있을까, 어지럽지는 않을까. 모두는 온몸 가득 긴장과 설렘을 안고 높고 푸른 하늘을 향해 오른다.

다양한 놀이기구들이 첨단의 기술로 사람들의 온갖 말초신경을 간질거리며 자극하는 시대에도 대관람차는 여전히 흔들리지 않고 존재감을 뽐낸다. 대관람차는 여느 공원이나 놀이터에 붙박이처럼 서 있는 목마와 달리 아무 곳에나 설치되는 놀이기구가 아니다. 아무리 커다란 광장이라도 함부로 대관람차를 들이지 못한다. 대관람차가 있다는 사실은 그곳이 주변 일대에서 제일가는 중심지라고 선언하는 것 혹은 상당한 규모의 놀이공원이 조성되어 있다는 것을 뜻한다. 하품하는 사자처럼 놀이공원 한 귀퉁이에서 가장 천천히 돌아가는 거대하고 오래된 바퀴는 조용하게 세상을 내려다보고 싶은 자들을 부른다. 감히 놀이공원의 대장이라 부를 만하다. 우두머리는 자고로 크고 시끄럽지 않은 법이니.

대관람차를 부르는 이름은 의외로 지역에 따라 다양하다. 내셔널 하버의 대관람차는 캐피털 휠이지만 라스베이거스에 설치된 대관람차는 하이롤러라고 부른다. 영국 런던에는 런던 아이가 있고, 프랑스 파리에는 90년간 최대 규모를 자랑했던 그랑 루 드 파리가 있다. 또 일본 시가현에는 크기가 108미터에 달했던 이고스108도 있었다. 이렇게 지역 특산물처럼 각자의 이름이 있으니 대관람차를 지칭하는 영단어가 '페리스 휠Ferris Wheel'이라는 사실을 모른다는 것에 그리 부끄럽지 않았다. 이름보다 별명이 유명한 셈이니까. 페리스에 특별한 의미가 있어서 페리스 휠이라고 부르는 것도 아니었다. 디젤이 고안해서 디젤 엔진인 것처럼, 캐리어가 발명해서 캐리어 에어컨인 것처럼 대관람차를 제작한 사람이 페리스George Washington Gale Ferris Jr.였던 것이다.

하지만 페리스의 대관람차에는 엔진이나 에어컨과는 다르게 조금 슬픈 사연이 있다. 우선 페리스가 어느 날 갑자기 세상에 없던 놀이기구를 발명한 것은 아니라는 사실을 밝힌다. 사람들은 꽤 오래전부터 대관람차의 원형이라고 할 수 있는 유흥 도구를 즐겼다. 1620년대 영국인 여행자 피터 먼디의 글에 따르면 튀르키예의 작은 마을에서 큰 바퀴에 매달린 의자를 타고 놀라워하는 아이들이 있었고, 18세기 이후에는 영국과 프랑스에 수동으로 돌아가는 톱니바퀴 형태의 놀이기구가 있었다고 한다. 당시에는 기껏해야 열 명 내외의 인원이 탑승할 수 있는 장치였지만 어쨌든 대관람차는 이미 존재했던 기구였다.

페리스가 대관람차의 역사에 등장하게 된 배경에는 파리의 에펠탑이 있다. 뜬금없이 에펠탑이라니. 오늘날 프랑스의 상징이라고 할 수 있는 324미터 높이의 에펠탑은 1887년부터 2년간 건축되었는데 이는 1889년 프랑스혁명 100주년 기념 세계박람회의 출입문으로 만들어졌다. 당시 에펠탑에 대해 모든 사람들이 찬사를 보낸 것은 아니지만 거대한 크기만큼 인상적이었던 것은 분명했다. 4년 뒤 세계박람회를 개최할 미국 입장에서는 고민이 많았다. 에펠탑에 뒤지지 않는 무언가를 보여주고 싶었으니까. 더구나 콜럼버스의 신대륙 발견 400주년이라는 거창한 구호도 준비되어 있었다.

"새롭고 독창적이며 대담하고 독특한 무언가"를 찾던 시카고박람회 주최 측이 선택한 것이 바로 대관람차였다. 왜 하필 대관람차를 선택했는지는 알 수 없다. 추측건대 당시 나무로 만들어진 'Observation roundabout'라는 이름의 놀이기구가 미국 유명 리조트나 놀이공원에 설치되어 사람들에게 한창 인기를 끌고 있었던 시기였기에 대관람차에 관심을 가졌던 것 같다. 그것을 크게만 만들 수 있다면 세계박람회를 즐거움 가득한 놀이공원과 같은 분위기로 가꾸면서도 에펠탑에 대항할 만한 위압감을 줄 수 있다고 평가하지 않았을까. 이 소식을 들은 공학자들은 관람차를 더 거대하고 보다 안전하게 만들 수 있다는 가능성을 내비쳤고, 34세의 젊은 공학자 페리스도 그중 한 사람이었다.

페리스는 강철을 검사하는 회사를 운영하고 있었기에 나무가 아닌 철근을 재료로 대관람차를 구상했다. 그리고 이내 지름 75.5미터에 2,160명까지 탈 수 있는 거대한 대관람차를 성공적으로 만들었다. 박람회는 페리스 휠과 함께 성공적으로 개최되었고 이로써 페리스는 일약 스타가 되었다.

그의 미래는 커다란 바퀴와 함께 끝없이 높은 곳으로 올라갈 것처럼 보였다.

하지만 인생이든 대관람차든 꼭대기에 머무는 순간은 찰나일 뿐이다. 박람회가 끝나자 페리스는 여러 건의 소송에 휘말렸다. 그중 하나는 대관람차의 설계 방법에 저작권 침해였는데, 윌리엄 서머즈가 제작한 나무 대관람차의 작동 방식을 훔쳤다는 내용이었다. 긴 재판 끝에 페리스는 법정에서 혐의 일부를 시인했고 이때부터 그는 추락한다. 그의 명성에 난 흠집보다 더 큰 문제는 대규모 프로젝트를 진행하는 과정에서 여러 업체에 지게 된 빚이었다. 수차례 법정을 오가며 페리스는 결국 파산했고 결혼 생활마저 파탄에 이르렀다. 지친 그에게 찾아온 것은 질병뿐이었다. 장티푸스에 걸려 겨우 37세의 나이로 세상을 떠났을 때 페리스 곁에는 장례비 150달러조차 내줄 사람 하나 없었다. 페리스 휠을 세상에 선보인 지 3년 만이었다.

페리스 인생의 빠르기가 '페리스 휠' 같았으면 좋았을 텐데. 대관람차는 하늘로 올라갈 때나 땅으로 내려올 때 속력이 일정하여 그 안에 있는 사람들이 평온함을 느끼고 오롯이 주어진 시공간을 즐길 수 있다. 상승과 하강의 빠르기가 같기에 높이의 공포에서 벗어나 관람차 밖 풍경을 감상하는 것이다. 영화 〈비포 선라이즈〉에서 셀린과 제시가 비엔나 프라우터공원 대관람차에 탑승하여 입을 맞추며 낭만적인 밤을 보낼 수 있었던 이유도 이 때문이리라.

페리스도 천천히 올라가더라도 그만큼 느리게 내려오며 한 바퀴를 돌다 가는 삶을 살았다면 마지막 순간이 한결 평안하지 않았을까. 그는 갑작스럽게 명성을 얻어 끝을 모르고 빠르게 올라가다 날개를 잃은 이카로스처럼 고르지 않은 속력으로 떨어졌다. 혹자는 남의 성공을 가로챈 그에게 신이 내린 벌이라고 말하지만 어쩌면 그 자신도 어찌할 수 없는 운명이었을지 모른다. 오랜 시간 전 세계 사람들의 사랑을 받고 있는 놀이기구 페리스 휠과 너무나도 다른 그의 삶이 안타깝기만 하다.

캐피털 휠에서 내려다보이는 워싱턴은 영원히 마음속에 간직하고 싶을 정도로 무척 아름다웠다. 그래 봤자 어차피 빙글빙글 한 바퀴, 장관을 감상할 시간은 찰나에 불과했지만 그 순간 생각했다. 내 삶은 대관람차의 궤적을 닮았으면 좋겠다. 떨어지는 순간을 짐작할 수 없어 불안한 롤러코스터 같은 삶은 원하지 않는다. 다른 말의 엉덩이만 쫓아가며 돌아가는 회전목마는 어지럽다. 충분히 느리고 올라갈 때와 내려갈 때를 짐작할 수 있어서 창밖으로 보이는 세상에 감탄하고, 함께 타고 있는 사람과 감상을 나눌 수 있는, 그런 대관람차 같은 심심한 삶을 살고 싶다고 소망했다.

승리보다 소중한 것*

한국으로 돌아갈 날이 얼마 남지 않았지만 외국인 친구를 사귀는 일은 요원했다. 내가 싱글이라면 데이트 앱이라도 사용해서 외국인을 만나볼 수도 있었겠지만 그건 이미 수년 전부터 가능하지 않은 옵션이었다. 순수하게 친분만을 위해 사람을 구하려는 시도 자체가 사치인 상황이었다. 그럴 시간과 에너지가 있다면 가족들과 시간을 보내든지 집안일을 하든지 경제 활동을 하는 게 맞다. 아니면 (가족을 위해) 내 건강과 능력을 향상시키든지.

그래서 위 목적에 부합하면서도 새로운 친구를 만날 수 있는 일이 어떤 것들이 있을까. 고민했다. 코로나 시국이니

* 무라카미 하루키, 『승리보다 소중한 것』, 하연수 옮김, 문학수첩, 2008 참고.

실내가 아닌 실외에서 이루어지는 만남이어야 했다. 골프를 치면 되나? 테니스? 가능은 하겠지만 친구를 만드는 것이 선행되어야 즐길 수 있는 활동이었다. 어쨌든 생각해보니 운동을 같이 하는 게 유일한 방법인 것 같았다.

누군가와 같이 달리는 것은 어떨까? 달리기는 잘 모르는 사람과 뛰어도 그리 어색하지 않은 운동이다. 숨이 차면 자연스럽게 말하기가 힘들어지니 침묵도 자연스럽다. 미국은 워낙 달리기가 활성화된 나라라 그런지 여럿이 모여 조깅하는 사람들을 자주 볼 수 있었다. 이런 분위기면 어렵지 않게 가입할 수 있는 동호회도 많이 있을 것이 분명했다.

일주일에 한두 번 정도 혼자 달리기를 했으니 애초부터 러닝메이트 구하기를 떠올리지 못했던 것은 아니었지만 문제는 달리기에 대한 자신감이 없었다. 내가 누구보다 빠르다고 자랑할 만한 수준은 아니어도 한국에서 조깅하면서 다른 사람에게 추월을 허용하는 일은 극히 드물었는데 미국에서는 하루가 멀다 하고 추월당하는 일이 생기는 게 아닌가. 게다가 한번 따라잡히면 다시 앞지르기도 어려웠다. 젠장. 아무리 달리는 사람이 많아도 그렇지. 아무리 나보다 키 크고 몸 좋은 사람이 많아도 그렇지. 이게 말이 되나. 이렇다 보니 기껏 러닝메이트를 구했는데 페이스를 쫓아가지 못할까 봐 걱정이 앞섰다. 비웃음을 살까 겁이 났다.

*

그러던 어느 날 공원에서 산책을 하던 중 몇 명의 사람들이 모여 스트레칭을 하고 있는 것을 보았다. 하는 동작이며 입고 있는 옷들이 분명 '우리는 이제 달리기를 할 거'라고 말하고 있었다. 웬만하면 그냥 지나쳤을 텐데 인적 구성이 독특해 보였다. 중학생처럼 보이는 아이도 있었고, 중년의 남성도 있었고 나와 나이가 비슷해 보이는 여성도 있었다. 보통 동호회라면 느껴지는 특유의 동질감이 드러나지 않았다. 궁금증을 참지 못하고 그중 인자한 인상을 풍기는 사람에게 슬그머니 다가가 물었다.

"혹시 러닝클럽 멤버들이에요?"

"아뇨, 우리 트레이닝을 받고 있는 중이에요." 그는 웃으며 대답했다.

트레이닝이요? 하고 내가 바로 되물었다. 그는 왼팔로 자신의 허벅지를 뒤쪽으로 당기며 그렇다고 대답했다. 친절하게도 지역 커뮤니티 센터에서 운영하는 수업이라는 말도 덧붙였다. 나는 고맙다고 대답한 뒤 곧장 집으로 돌아와 그에게 들었던 단어들을 검색 창에 입력했다.

찾아보니 정말 있었다. 지역 커뮤니티 센터에서 운영하는 달리기 수업이라는 것이. Recenter라는 이름의 스포츠 센터에서 다양한 스포츠 프로그램이 저렴한 가격으로 운영되고 있었다. 수업은 계절마다 재단장되는 것 같았다. 이번에 열린 달리기 수업은 연령과 성별을 따지지 않는 5킬로미터 완주를 목표로 한 초급자 수업이었다. 당장 10킬로미터라도 달릴 수 있는 몸이었지만 구미가 당겼다. 이 정도 그룹이라면 달리기 못한다는 이야기를 듣지는 않겠구나 싶었다. 새로운 결심과 용기가 일어났다.

수업 기간은 짧았다. 5주간 일주일에 고작 한 번 만나 50분 정도 운동을 하는 일정이었다. 50분 내내 달리는 것도 아니었다. 수업의 절반이 스트레칭이었다. 이렇게 훈련해서 처음 달리기하는 사람이 5킬로미터를 뛸 수 있을까, 의심했다. 그렇지만 훈련소에 입소하였을 때를 떠올리면 다들 아무런 연습도 없이 아침마다 수십 분을 뛰었다. 그렇게 며칠 뛰다 보면 어느새 달리면서 군가도 부르고 소리도 지른다. 어쩌면 사람은 원래 어느 정도는 달릴 수 있도록 설계된 동물인지도 모른다.

초보자를 위한 수업이었지만 첫 수업의 긴장감은 어쩔 수 없었다. 사실 달리기에 초보가 어디 있고 고수가 어디 있을까. 잘 달리는 사람은 아무것도 배우지 않아도 잘만 달린다. 수업 장소에 미리 도착해 차 안에 몸을 숨긴 채 어떤 사람들이 오는지 지켜보았다. 운동을 제법 한 것처럼 보이는 여자, 부자 관계로 보이는 두 남자, 부부 관계로 보이는 중년의 남녀 커플, 정말 한 번도 달려보지 않았을 것 같은 여자, 강사로 보이는 다부진 체격의 남자가 차례로 도착했다. 험악한 분위기는 아닌 것 같아 조심스레 차 문을 열고 무리로 다가갔다.

예상과 다르게 강사는 운동을 제법 한 것처럼 보이는 여자였다. 가까이에서 보니 나보다 열 살은 더 많아 보였다. 젊었을 때 육상을 전공한 사람인가 했는데 군인이었다고 했다. 그는 취미로 마라톤을 즐기다 전역한 후부터 가르치는 일을 시작했다며 자신을 소개했다. 듣고 보니 군인이라는 직업과 잘 어울리는 사람 같았다. 자세가 곧았고 목소리가 또렷했다.

한 사람씩 돌아가며 간단한 자기소개와 수업 참석 동기를 말했다. 달리는 데 특별한 이유가 있을까. 살을 빼고 싶다는 사람과 마라톤에 참가해보고 싶다는 사람이 많았고, 아버지 손에 억지로 끌려온 사춘기 소년이 한 명 있었다. 나는 살을 빼고 싶지도 않았고 마라톤 대회도 참가해봤기 때문에 그저 달리는 자세를 교정하고 싶다고 말했다. 강사는 모든 답변이 훌륭하다며 손뼉을 친 뒤 스트레칭을 시작했다.

종아리를 늘리거나 발목과 허리를 돌리는 흔한 스트레칭을 오래 하지는 않았다. 스트레칭 시간의 대부분은 우스꽝스러운 자세로 달리는 것으로 이루어졌다. 뒤꿈치를 높이 들어 엉덩이 치기, 무릎을 가슴까지 들어 올리기, 팔다리 휘젓기와 같은 것이었다. 사람들은 강사 뒤로 한 줄로 늘어선 채 그를 따라 괴상하게 폴짝거리며 앞으로 나아갔다. 이내 이마에 땀이 송골송골 맺혔다. 달리기도 전에 다들 숨이 가빠졌다.

달리기 강도가 얼마나 높을지 걱정이 되기 시작했지만 예상은 또 빗나갔다. 그는 현재 시각을 알려준 뒤 20분간 자신에게 맞는 속도로 걷거나 뛰라는 지시만 내렸다. 그저 코로 공기를 들이마시고 입으로 내뱉으라는 기본적인 호흡법만 알려주었다. 가만히 숨을 고르던 사람들은 그의 출발 신호에 따라 천천히 움직이기 시작했다. 어떤 사람은 몇 미터 뛰다 걸었고 누군가는 아주 느린 속도로 달렸다. 나도 적당히 사람들과 속도를 맞춰가며 달리기 시작했지만 몸이 날아갈 듯이 가벼워 자꾸만 빠르게 달렸다.

5주간 비슷한 수업이 반복되었다. 혼자라면 절대 하지 않을 것 같은 자세로 모두 함께 몸을 풀었고 스트레칭이 끝나면 각자 편한 속도로 달렸다. 달리기 실력이 늘고 있는지 확인할 길은 없었지만, 어렵지 않게 주어진 시간을 달리면서 미국 기준으로 초급자는 아니라는 사실을 위안으로 삼았다. 그리고 어느 날 강사가 내게 초급자 수업을 들을 필요가 없었을 거라고 칭찬했을 때 비로소 사라졌던 자신감이 조금 돋아났다.

간신히 회복된 자신감이 떨어질까 두려워 러닝메이트 찾는 일을 서둘렀다. 인터넷 검색 창에 'running club near me'를 입력하는 것으로 시작했다. 여기까지는 어렵지 않았다. 문제는 결과 창에 나타난 수많은 클럽 중에 하나를 선택해야 하는 일이었다. 어떤 기준으로 내게 적합한 클럽을 골라야 할지 막막했다. 달리는 코스가 집에서 멀지 않아야 하고, 이왕이면 달리는 수준도 비슷하고, 신입에게 배타적인지 않기를 바랐다. 임의로 고른 클럽을 몇 개 살펴봤지만 미팅 장소와 시간 외에는 도무지 알 수가 없었다. 결국 그중 가장 회원 수가 많은 클럽을 골랐다. 'I run You run'이라는 촌스러운 이름이 오히려 편안하게 다가왔다. 일정을 확인해보니 다음 일정이 바로 이번 토요일이었다.

*

습한 아침이었다. 비가 내리지는 않았지만 언제라도 쏟아질 것처럼 후덥지근했다. 그나마 바람이 불어 다행이라고 생각했다. 단 50분이지만 내리쬐는 햇볕 아래에서 달리는 것은 결코 쉬운 일이 아니다. 여름인 걸 감안하면 달리기에 이상적인 날씨였다.

5천 명이 넘는 회원 수를 보유한 클럽이었지만 오늘 참석한 인원은 딱 열 명이었다. 가입만 하고 활동하지 않는 유령 회원이 꽤나 많은가 보다. 대부분의 러닝클럽이 마찬가지일 테지만 성비는 남성이 압도적으로 높았다. 여성은 단 한 명이었다. 이삼십대를 주축으로 하는 클럽이라 나이들은 다 비슷해 보였다. 내가 유일한 신입일까 긴장을 하고 있었지만 서너 명을 제외하고는 서로 모르는 분위기여서 안도했다.

예정된 출발 시간이 되자 유일한 여성이었던 올리비아가 진행을 시작했다. 모두 그의 지시에 따라 자기소개를 하고 1마일을 몇 분에 뛸 수 있는지 밝혔다. 비슷한 속도로 뛸 수 있는 사람들끼리 뭉쳐서 달리라는 뜻으로 이해했다. 나는 옆자리에 서 있는 사람과 비슷하게 대답했다. 초행길이라 빠르게 뛸 생각은 처음부터 없었다. 올리비아가 코스를 설명했지만 길을 잃지 않으려면 어차피 누군가를 쫓아가야 하는 입장이었다.

“Let’s go!” 올리비아의 외침으로 달리기가 시작됐다. 두 명이 빠르게 치고 나갔고 올리비아는 다른 네 명과 중간 그룹을 형성했다. 나는 나머지 두 명을 앞에 두고 가장 마지막에 출발했다. 일부러 선택한 위치는 아니었지만 스트레칭을 제대로 하지 않고 뛰는 바람에 처음부터 속도를 내기는 어려웠다. 다 함께 몸이라도 풀고 뛸 줄 알았는데 오산이었다. 차라리 잘됐다고 생각했다. 뒤꿈치를 엉덩이까지, 무릎을 가슴까지 높이 들어 올리는 우스꽝스러운 모습을 굳이 보여주고 싶지는 않았으니까.

후방 주자들에게 합류하는 일은 어렵지 않았다. 그들은 서로 친분이 있는 사람들인지 대화를 나누며 매우 편안한 조깅을 즐기고 있었다. 뒤에서 듣고 있으니 이야기 주제는 종잡을 수 없었다. 어제 있었던 야구 결과, 고장 난 자동차, 너무 많은 매미의 끔찍함. 그들은 아무 말이나 내뱉고 웃기를 반복했다. 그들이 뛰는 속도를 보니 코스를 완주할 의지는 없어 보였다. 그저 25분 앞으로 갔다가 25분 돌아오는 말 그대로 'fun run'을 할 모양이었다.

답답한 마음에 중간 그룹을 만나기 위해 피치를 올렸다. 시야에서 사라진 것은 아니었지만 어느 정도 거리가 벌어져 있었기에 내딛는 발에 힘을 실었다. 전력 질주를 한다면 금세 따라잡을 만한 거리였지만 아직 코스의 절반도 지나지 않은 시점이었다. 초반에 무리를 한다면 얼마 못 가 속도가 떨어질 게 뻔했다. 숨을 깊이 들이마시고 끝까지 내뱉기를 반복하며 여유를 찾으려고 노력했다. 비로소 푸른 포토맥강 건너 우뚝 솟아 있는 워싱턴기념탑이 눈에 들어왔다.

오늘 코스는 루스벨트섬에서 출발하여 워싱턴기념탑을

지나 링컨기념관에 도착한 뒤 다시 루스벨트섬으로 돌아오는 것이었다. 차를 타고 수없이 지나가던 길이었지만 이렇게 두 발로 달리니 전혀 다른 감상들이 번졌다. 평소에는 동질감을 느꼈을 관광객들이 낯설어 보이면서 어디에서 온 여행자들일까 궁금했다. 동시에 그들 눈에는 무리 지어 달리는 우리가 어떻게 보일지 상상했다. 불현듯 함께 달리고 있는, 오늘 처음 만난 외국인들에게 연대감이 느껴졌다. 또 내가 이곳에 굉장히 오랫동안 살고 있는 사람이라는 착각이 들었다.

중반 그룹에 합류하자 올리비아가 왜 리더 역할을 맡았는지 깨달았다. 단지 그룹 내 유일한 여성이었기 때문에 목소리를 낸 것이 결코 아니었다. 그의 달리기는 굉장했다. 중반 그룹의 속도는 군 시절 경험했던 단체 구보보다도 빨랐다. 그리고 그 속도를 오롯이 올리비아가 조절했다. 뒤에서 관찰해보면 그다지 안정적이지 않은 자세로 뛰고 있음에도 빠르기는 처음부터 끝까지 한결같았다. 어깨에 어렴풋한 피로감이 느껴졌지만 몸을 앞으로 밀고 나가는 박력이 있었다. 어떤 의지가 그를 이끌고 있는 듯했다.

한동안 그를 쫓아가다 보니 확연히 호흡 주기가 짧아졌고 뜨거운 혈액이 연신 온몸을 데웠다. 팽창된 다리 근육이 날카롭게 느껴졌다. 링컨기념관을 지나치고 다시 루스벨트섬으로 들어가는 다리에 진입하자 200여 미터 앞으로 선두 그룹이 보였다. 도착점까지 2킬로미터 정도 남았을 것이다. 나는 몇 걸음 보폭을 넓혀가며 얼마나 힘이 남았는지 가늠해보았다. 괜찮았다. 예상이 틀리지 않는다면 도착 지점에서 그들과 선두 경쟁이 가능할 것 같았다.

오늘의 달리기는 누구에게도 시합이 아니었다. 그저 자신의 페이스로 정해진 시간을 달리기만 하면 되는 것이었다. 돌이켜봐도 그 순간 왜 추월에 대한 욕심이 생겼는지는 잘 모르겠다. 아마 궁금했던 것 같다. 내가 이 거리를 따라잡을 수 있을까. 정말 가능할까. 이런 의문.

결심이 서자 재빨리 기어를 바꿨다. 흔드는 팔의 각도를 키웠고 내딛는 발에 체중을 더 실었다. 앞쪽 무릎의 높이는 자연히 올라갔다. 습, 습, 하, 하. 네 박자로 쉬던 호흡은 후, 하, 두 박자로 단축되었다. 머릿속에 떠올렸던 이봉주 선수는 우사인 볼트로 대체했다. 이 상태로 오래 달릴 수 없다는 건 알고 있었지만 일단 선두 그룹에 합류할 때까지만 버티자는 생각으로 온 힘을 쏟아냈다.

앞에서 뛰던 두 사람은 곧 나의 존재를 알아차렸다. 자신에게 다가오는 발소리와 호흡에 귀를 기울이면 상대의 마음까지 드러나기 마련이다. 내 욕망을 눈치챈 그들은 기꺼이 나의 장단에 춤을 추었다. 도착점이 직선 주로에 놓이기가 무섭게 한 사람이 쓰윽 앞으로 치고 나갔다. 이제껏 달렸던 페이스가 지루했다는 식으로 지극히 자연스럽게. 눈 깜짝할 사이에 거리가 벌어졌다. 그를 따라잡으려면 고통스러운 기어 변환이 한 번 더 필요했다. 숨 쉬는 것조차 잊고 달려야 하는 고통의 상태.

달리기를 멈추고도 한참이나 거친 숨이 가라앉지 않았다. 목 깊숙한 곳에서 비릿한 피 맛이 느껴졌다. 두 다리에 통증이 찾아왔고 온몸에 피로가 몰려왔다. 철퍼덕 바닥에 앉아 벌컥벌컥 생수를 들이켜며, 도저히 이길 수가 없겠다는 생각에 고개를 떨궜다. 그 순간 먼저 도착한 남자가 다가와 손을 내밀었다. 잘 달렸다고, 재밌었다고. 다음에 또 보자며 악수를 나누고는 다시 멀찍이 떨어져 앉았다.

얼마 지나지 않아 올리비아가 이끄는 그룹이 도착했고 뒤이어 후방 러너들도 도착점에 모습을 보였다. 본인들의 페이스보다 가볍게 달렸는지 하나같이 밝고 상쾌한 표정들이었다. 나 혼자 가쁘게 숨을 쉬는 것 같아 서둘러 호흡을 가다듬었다. 우리 모두는 출발했던 자리에 다시 둥글게 모여 스트레칭을 하며 소회를 나눴다. 누군가는 구름이 좋았다고 했고, 다른 누군가는 나뭇잎이 아름다웠다고 했다. 모두 듣기 좋은 말들이었다. 나는 사람들과 함께 달려서 기분이 좋았다고 말했다.

땀이 식어간다고 느낄 때쯤 올리비아가 근처 피자집에서 점심을 먹자고 제안했고 몇몇이 손을 들어 동조했다. 나는 잠깐 고민했지만 내게 손을 내밀었던 남자가 참석하는 것을 보고 같이 가겠다는 의사를 밝혔다. 문득 러닝클럽에 가입하기 잘했다는 생각이 들었다. 모든 것이 완벽했다. 승부를 걸어본 용기와 최선을 다한 달리기, 그토록 바랐던 외국인 친구의 등장, 더위를 식혀준 흐릿한 날씨까지 전부. 워싱턴 생활의 끝자락에서 마주한 만족감이 더없이 달았다.

에필로그

오즈의 나라

귀국이 얼마 남지 않은 어느 날, 그러니까 한국행 비행기표를 예매하고 이사 업체에게 운송 정보를 넘겨주고 괜스레 마음이 헛헛하여 아무런 일이 손에 잡히지 않았던 날, 영화 〈미나리〉(2021)를 감상했다. 영화는 "어디에 있어도 알아서 잘 자라는" 미나리 같은 한인 이민 가족의 애환을 그린다. 우습기도 하고 슬프기도 한 다채로운 감정을 느낄 수 있는 작품이지만 내게 영화의 백미는 중반쯤 등장하는 부부싸움 장면이었다. 극중 부인 모니카는 남편 제이콥의 꿈을 따라 적막한 시골로 이사했지만 늘 불안을 안고 사는 사람이다. 외로움을 나눌 친구도 없고 아픈 아들을 위한 병원도 멀다. 미국에 가서 서로를 구해주자던 남편의 약속은 도무지 지켜질 것 같지 않은 상황. 토네이도가 몰아치던 어느 밤,

두 사람은 결국 폭발한다. 모니카는 비바람조차 막아주지 못할 코딱지만 한 집에서 사는 오늘을 이해하지 못한다. 제이콥은 가족과 미래를 위한 일시적인 희생이라고 말하지만 모니카는 누굴 위한 희생이냐며 반문한다. 모니카는 조금이라도 안정된 삶을 살자고 소리치고 만다.

그들의 다툼을 보고 있자니 불현듯 미국에 오기 몇 달 전 아내와 저녁밥을 먹었던 날이 떠올랐다. 그날 한국은 토네이도는커녕 비 한 방울 내리지 않는, 미세먼지만 가득한 날이었다. 모든 창문을 굳게 걸어 닫은 집 안에서 들리는 소리라고는 공기청정기 모터 소리와 말소리뿐이었다. 어찌 됐든 아내의 꿈이 이루어진 상황이었기에 우리는 축배를 들었고 나는 그의 직장과 업무에 대해 질문으로 관심을 표현했다. 그렇게 몇 마디를 나눈 뒤 내가 물었다. 나와 아이는 어떻게 하는 게 좋겠냐고. 아내는 오래 고민하지 않고 대답했다. 휴직할 수 있다면 잠시라도 워싱턴에서 함께 지내면 좋겠다고 했다. 나는 다시 물었다. 왜? 뭐가 좋을까. 손익을 따져봤을 때 우리 가족에 이익이 되는 결정인지 알고 싶었다.

반으로 접은 흰 종이를 펼쳐두고 오른쪽에는 +를, 왼쪽에는 −를 적었다. 무엇이든 좋으니 예상되는 좋은 점과 나쁜 점을 적어보자고 했다. 잠시 동안 침묵이 흘렀다. 나는 윙윙

거리는 모터 소리를 견디지 못하고 먼저 입을 열었다. 경제적 손실. 너의 연봉이 상승한다고 하더라도 우리 두 사람이 버는 정도에는 미치지 못해. 워싱턴 아파트 월세와 어린이집 비용이 엄청나더라. 열심히 자산을 축적해야 할 시기에 모아둔 돈을 써야 할지도 모르는 상황은 분명 커다란 리스크이지 않나. 내 직장 커리어는? 한창 일할 시기에 쉬어도 괜찮을까? 남자가 2년이나 육아휴직을 하는 경우는 아직 들어본 적이 없다. 안전은? 총기 사고와 인종차별 뉴스가 넘쳐나는데 미국에서 편안하게 지낼 수 있을까? 또 미국에서 병원 가기가 어렵지는 않고? 터져버린 둑처럼 끊임없이 의구심이 쏟아져 나왔다. 아내는 그럴 수 있다고 고개를 끄덕이며 천천히 같이 생각해보자고 했다. 적어도 공기는 좋을 거라는 말을 덧붙였을 뿐이다.

어쩌면 모니카와 나는 비슷한 유형의 사람인지도 모른다. 변화로 누릴 수 있는 기대감보다 그로 인해 따라붙는 이런저런 걱정을 크게 느끼는 사람. 사실 변화로 인한 이익이 무엇인지, 얼마나 높은 확률로 일어날 일인지는 별로 중요하지 않고 실제로 걱정이 실현될 가능성도 잘 알지 못한다. 오래된 생활양식에 따라 살고 싶어 하는 성격이랄까. 나는 이미 한국에서 사는 데 익숙한 사람이었다. 남 눈치도 봐야 하고 목구멍이 텁텁한 날도 많지만 이런 문제들을 안고 사는

데 큰 어려움이 없었다. 더구나 내가 아무 곳에서나 잘 자라는 미나리인지 확신할 수 없었기에 미국행을 두고 걱정과 고민이 많았다. 모니카와 다른 점이 있다면 소리를 지르지 않았던 것, 그뿐이었다.

살면서 걱정하는 일이 실제로 벌어질 확률을 극히 낮다고 하지만 이번에는 달랐다. 아내가 미리 구해놓았다는 아파트는, 한 달 생활비를 훌쩍 넘는 무려 월세 2,500달러짜리였는데 거실과 방 한 칸이 전부인, 말 그대로 코딱지만 한 집이었다. 한국에서 부친 짐을 모두 풀어놓기에도 좁아 보였다. 세 식구가 당장 같은 방에서 먹고 자고 놀아야 하는 상황이었다. 침대에 누워 있으면 화장실 변기 물 내리는 소리가 머리맡으로 흘러들어왔고, 발치에서는 스멀스멀 음식 냄새가 올라왔다. 사생활은커녕 부부만의 공간도 확보되지 않는 곳이었다. 그 옛날 단칸방에서 신혼을 시작하셨다는 부모님들이 이런 기분이었을까. 미국 생활을 본격적으로 시작하기도 전에 한국에서 살던 집이 그리웠다. 더구나 도착하고 얼마 지나지 않아 낙상으로 병원 신세를 져야 했으니 수시로 "세상에 집만 한 곳이 없다"라는 〈오즈의 마법사〉 도로시의 말이 떠올랐다고 해서 내가 유별나다거나 유약한 사람은 아닐 터이다.

그렇다고 내가 도로시와 비슷한 처지라고 생각하지는 않

았다. 아무리 따져봐도 더 힘든 쪽은 오히려 나였다. 도로시가 살던 캔자스는 애초부터 음울하기 짝이 없는 마을이었다. "집 앞에서 서서 주위를 둘러보면 보이는 것은 드넓은 회색 초원뿐이었다. (…) 쟁기로 일군 땅은 뜨거운 햇볕에 목말라 쩍쩍 갈라져 있었다. 풀조차 녹색이 아니었다. 태양은 기다란 풀 줄기를 태워서 어디에나 있는 똑같은 회색으로 만들었다. (…) 집도 다른 것들과 똑같이 음침한 회색이었다."* 물론 고아인 자신을 돌봐주는 헨리 아저씨와 엠 아줌마가 있었지만 그들조차 웃음이 사라진 회색 빛깔 사람들이었다. 그러나 회오리바람을 타고 도착한 오즈의 나라는 탐스러운 과일과 아름다운 꽃, 빛나는 새들이 날아다니는 오색 빛 가득한 환상의 나라였다. 더구나 유일하게 회색이 아니면서 자신을 웃게 만들어준다는 토토와도 함께였다. 집에 가고 싶다는 도로시의 마음은 그저 익숙한 장소에 대한 향수라고밖에 이해할 길이 없다.

반면 내가 원래 살던 집은 밤에도 빛이 사라지지 않는 찬란한 곳이었다. 먹고 싶은 음식을 아무 때나 배달시킬 수 있고, 먹다 배가 부르면 언제든 밖에 나가 산책을 할 수 있는 곳이었다. 웃음 가득한 부모님이 곁에 계시고, 무엇이든 즐

* 라이먼 프랭크 바움, 『오즈의 마법사』, 손인혜 옮김, 더클래식, 2013.

겁게 나눌 수 있는 형제와 친구들이 있는 곳이었다. 계절마다 달라지는 빛과 향기를 느낄 수 있고 산해진미를 맛볼 수 있는 안식처였다. 그런데 인생 계획에 없던 워싱턴에 와보니 방 개수는 줄어들었지, 조명은 어둡지, 밤에는 밖에 나갈 수도 없지, 음식은 입에도 안 맞지, 말도 안 통하지. 뭐 하나 환상적이라고 감탄할 만한 것이 없었다. 집 안에서 창밖을 내다보면 거대한 회색 건물뿐이었다. 정작 집에 가야 할 사람은 도로시가 아닌 나였다.

집home이 아닌 집house에서 시작한 워싱턴 생활이었다. 어떻게든 비좁은 공간에서 벗어나고 싶은 마음에 툭하면 집 밖으로 나가기 일쑤였다. 집 앞 거리라도 걷고 뛰어야 마음이 편안해지고는 했다. 그러나 웬걸. 코로나바이러스 유행으로 미 정부는 외출을 자제하고 집에 있으라는 'stay-at-home' 명령을 발동했다. 미국에 도착한 지 채 한 달도 되지 않았던 때였다. 새로운 운동을 배우고 외국인 친구를 사귀고 여행을 다니겠다는 바람은 사치가 되었다. 일상은 끊임없는 가사와 육아로 채워졌다. 설도 아닌데 떡국을 먹었고 출산한 것도 아닌데 미역국을 끓이는 날이 많았다. 딸과 하루 종일 마주 앉아 색종이를 오리고 색칠을 하고 동요를 불렀다.

누가 그랬던가. 어떻게든 삶은 계속된다고. 정말 그랬다.

근 20년이 넘는 시간 동안 이렇게 집 안에서 갇혀 지냈던 적이 없는 삶이었기에 답답하기 그지없는 나날들이었지만 어쨌거나 시간은 흘렀다. 그 와중에도 끼니와 산책을 거르지 않아서일까. 흐르는 시간 속에 몸과 마음이 조금씩 단단해져갔고, 트인 숨통으로 웃음도 들어왔다.

마음에 여유가 생기니 다른 사람도 만나고 싶어졌다. 다른 사람들은 집에서 무엇을 하고 지내는지, 아이와는 어떻게 시간을 보내는지 궁금했다. 날씨 이야기처럼 실없는 대화도 나누고 싶었다. 주변을 살펴 나와 비슷한 처지에 있는 가족들을 찾았다. 비슷한 또래의 아이가 있어서 그랬는지, 이내 나를 살갑게 대해주는 이들이 나타났다. 나보다 워싱턴 생활을 오래한 사람들과의 만남은 유쾌했다. 그들은 내게 수시로 미국 생활 노하우와 육아 팁을 나누어주고 컵케이크의 참맛을 알려주며 낯선 땅에서 살아가는 법을 전수해주었다.

서로의 집으로 초대하여 요리와 티타임, 음주와 수다로 멈춰 있던 시공간을 채워갔다. 낮에는 케이크에 커피를 마시고 해가 진 뒤에는 스테이크에 와인을 곁들였다. 늘어난 체중만큼 설탕을 섭취할 수 있는 능력과 와인을 마실 줄 아는 미각이 생겼다. 빨간 고기를 굽고 보랏빛 술을 마시고 무지갯빛 디저트를 먹었다. 시답지 않은 가십부터 각자의 아픔과 고민을 나누며 그들과 웃고 떠드는 날들이 많아졌다. 손님용 수저와 포크, 접시와 컵, 의자를 추가로 구매했다. 작은 집이 더 비좁아졌지만 그만큼 집 안 곳곳에 추억이 쌓여갔다.

그때에야 비로소 워싱턴이 보이기 시작했다. 이곳도 한국처럼 꽃이 피고 낙엽이 지는 계절이 있구나. 새벽에 조깅을 하는 사람이 이렇게도 많았구나. 피자, 햄버거라고 다 똑같은 맛은 아니구나. 이 많은 카페의 커피도 서로 다른 풍미가 있었구나. 예전에는 비슷해 보이던 건물도 모두 제각각 특색이 있었고 거리 구석구석마다 색다른 낭만이 있었다. 백신이 개발되고 박물관, 미술관 입장이 재개되자 볼거리가 넘쳐났다. 새로운 것이 보이니 흥미가 생겼고, 흥미는 내가 사는 동네와 도시에 대한 끊임없는 관심과 호기심을 불러일으켰다. 모르는 것을 알고 싶어졌고 알고 나니 더 애정이 생기는 선순환이 반복되었다. 언젠가부터 집에 가자는 말에 자연스럽게 방 한 칸짜리 아파트를 떠올렸다.

집house을 집home으로 만드는 것은 무엇인가. 자신의 침대, 가족사진, 좋아하는 음식으로 채워진 냉장고, 갓 지은 음식 냄새, 익숙하고 오래된 물건? 나는 이런 것만으로는 부족했다. 내게 집은 유형의 제한된 공간 그 이상이었다. 추억이 쌓일 만한 시간이 필요했고 애정을 나눌 수 있는 이웃

이 필요했다. 내게 집은 눈으로는 보이지 않는 시간들과 다른 사람들과의 관계가 함께 채워져 있는 장소라는 사실을 깨달았다. "나의 집이란 장소가 아닌 사람들"*이었다.

스미소니언국립미국역사박물관National Museum of American History에 도로시의 구두가 전시되어 있다는 여행안내서를 읽고 뒤늦게 찾아갔다. 영화 〈오즈의 마법사〉에서 도로시 역을 맡은 주디 갈랜드가 신었던 빨간 구두, 뒤꿈치를 세 번 맞부딪히면 어디로든 갈 수 있다는 그 구두였다. 전 세계에 네 켤레밖에 없다고 하니 지금이 아니면 영영 볼 수 없을 것 같았다. 박물관 3층에서 투명한 유리 상자에 고이 놓여 있는 구두를 마주했다. 80년 전 신었던 신발이라고는 믿을 수 없을 만큼 여전히 아름답게 반짝였다.

한참 동안 전시품을 감상하고 뒤를 돌아봤을 때 초록색 벽면에 적힌 하얀 글씨들이 보였다. 오로지 대문자로만 이루어진 문장이었다.

THERE'S NO PLACE LIKE HOME

평소 같으면 쓱 보고 지나쳤을 문구가 머릿속에 박혔다.

* Louis McMaster Bujold, 『Barrayar』, 1998.

집으로 돌아갈 때가 가까워져서 그랬을까? 그렇지, 집만 한 곳은 어디에도 없지. 나는 박물관을 빠져나올 때까지 그 말을 몇 번이나 되뇌었다. 집으로 간다고 생각하니 오래 걷느라 뻐근했던 다리가 가벼워지는 것 같았다. 역시 집이 제일이다. 크든 작든 결국 가고 싶은 곳이 집이다. 언제든 내가 편안하게 쉴 수 있는 곳이니까. 언제든 나를 반겨주고 품어주는 곳이니까.

어느덧 워싱턴에서의 2년이 지나고 지금 나는 집으로 가는 중이다. 두 발에 빨간 구두는 없지만 아무 상관 없다. 나는 오즈의 나라에 머물렀던 것이 아니니까. 꿈을 꾼 도로시와 달리 내가 만난 사람들, 먹어본 음식들, 맡았던 향기들, 보고 들었던 수많은 명소들은 결코 사라지지 않을 실재였으니까. 하루라도 빨리 떠나고 싶었던 워싱턴은 이제 사랑하는 것들로 가득한, 가고 싶을 때면 언제든 갈 수 있는 또 다른 집이 되었다. 이로써 내게 워싱턴은 애써 기억하려 하지 않아도 잊히지 않을 도시가 되었다. 여전히 혀끝에 남아 있는 달콤한 컵케이크처럼, 그렇게 진하게 내게 스며들었다.

안녕, 나의 집.

참고문헌

스트레인저

Gadsby's Tavern Museum, "The female stranger," 2018.

사월은 벚꽃

Mimi Le Bourgeois, "Blooms tell curious tale of two cities," *The Japan Times*, Mar 21, 2002.

Michael E. Ruane, "Cherry blossoms' champion, Eliza Scidmore, led a life of adventure," *The Washington Post*, Mar 13, 2012.

Diana Parsell, *Eliza Scidmore*, Oxford University Press, Sep 28, 2022.

스테이크는 왜 남자가 구울까

Joshua Specht, "Why are American men so obsessed with steak?," *Princeton University Press*, May 8, 2019.

Joshua Specht, *Red Meat Republic: A Hoof-to-Table History of How Beef Changed America*, Princeton University Press, 2019.

Eleanor Cummins, "America's obsession with meat, explained Here's the beef," *Popular Science*, Oct 28, 2019.

어느 과학자의 유언

David Madsen, "James Smithson and His Legacy: The Chronicle of an Historic Bequest," *The Journal of Higher Education*, Vol.36, No.2, Feb, 1965.

Nina Burleigh, *The Stranger and the Statesman: James Smithson, John Quincy Adams, and the Making of America's Greatest Museum: The Smithsonian*, Harper Perennial, Oct, 2004.

Smithsonian Institution Archives, *Last Will and Testament*, October 23, 1826.

William L. Bird, Jr. "A Suggestion Concerning James Smithson's Concept of "Increase and Diffusion"," *Technology and Culture*, Vol.24, No.2, Apr, 1983.

어른 아이

김소영, 『어린이라는 세계』, 사계절, 2020.

Neil Postman, *The Disappearance of Childhood*, Vintage/Random House, 1994.

Wilhelmina Cole Holladay, *A Museum of Their Own: National Museum of Women in the Arts*, Abbeville Press, 2008.

근거 없는 믿음

NASA, *Ingenuity Helicopter Lifts Off with Support from Ames Aeronautics*, Apr 16, 2021.

좋은 게 좋은 사람

Smithsonian Institution, "Explore Our Collections: Fénykövi Elephant," 2010.

Fénykövi, Josef J., "The Biggest Elephant Ever Killed By Man: In the dense, wild bush of Angola, in Africa, a hunter tracks and kills the largest animal ever shot on earth," *Chicago: Time Inc*, 1956.

별명의 탄생

Dan Snyder, "Letter from Washington Redskins owner Dan Snyder to fans," *The Washington Post*, Oct 10, 2013.

J. Gordon Hylton, "Why is the word "redskin" so offensive," Marquette University Law School Faculty Blog, Dec 1, 2013.

Mabel Powers, *Stories the Iroquois Tell Their Children*, American Book Company, 1917.

이름 부르기

Katherine Brodt, "What's in a name? The Potomac river," Boundary Stones: WETA's Washington DC History Blog, Jun 26, 2020.

독립기념일 불꽃놀이

History.com editors, "Fourth of July – Independence Day," *HISTORY*, Jun 29, 2020.

Olivia B. Waxman, "How fireworks became a fourth of July tradition," *TIME*, Jul 3, 2017.

라테의 발견

Ashton Yount, "Liberals Do Drink More Lattes, But Maybe Not For the Reasons You Think," *University of Pennsylvania*, 15 July, 2018.

Daniel DellaPosta, Yongren Shi, and Michael Macy, "Why Do Liberals Drink Lattes?" *AJS* Volume 120 Number 5, Mar, 2015.

추수감사절 저녁 식사

U.S. General Sevices Administration, "Doris Lee".

National Museum of Women in the Arts, “Doris Lee”.

페리스의 바퀴

Christopher Maag, “George Ferris stole the Ferris wheel from New Jersey and he paid with his life,” *North Jersey*, May 6, 2019.

Jamie Malanowski, “The brief history of the Ferris wheel,” *Smithsonian Magazine*, June 2015.

PopSci Staff, “There was only ever one true Ferris Wheel, and we blew it up,” *Popular Science*, Mar 11, 2020.

Ron Grossman, “History of the Ferris wheel; 1893 original was taller than Navy Pier’s,” *Chicago Tribune*, May 15, 2016.

컵케이크 워싱턴 슈거하이

1판 1쇄 2023년 9월 8일

지은이 임지한
펴낸이 김태형
펴낸곳 제철소
등록 제2014-000058호
전화 070-7717-1924
팩스 0303-3444-3469
제작 세걸음
전자우편 right_season@naver.com
인스타그램 instagram.com/from.rightseason

ISBN 979-11-88343-63-8 03810